漢詩の流儀

その真髄を味わう

松原朗著

大修館書店

はじめに

「漢詩の流儀」と銘打って、ここに漢詩愛好者の方々に一冊の本をお届けすることになった。漢詩の流儀とは幾分いかめしい書名ではあるが、この書名を選んだのには理由がある。

古典文学としての漢詩には、長い実作の経験の中で蓄えられてきた作法がある。作法とは、実のところ韻字や平仄のように目に見えるものばかりではない。目には見えにくいところにも、主題の設定から題材の選び方まで様々な作法があり、漢詩はその作法に従って作られている。そうした作法をなるべく多く理解しておいた方が、漢詩がいっそう面白く読めるに違いない。その作法をここであえて流儀と言い換えたのは、漢詩の読者の立場から作法というのもおかしな話だと思ったためである。

漢詩は、日本の文学が始まるときにすでにその傍らに山と置かれていた。そればかりか、日本人自身がもう漢詩を作り始めていた。現存する日本最古の漢詩集は七五一年に成立した『懐風藻』であるが、それは『万葉集』の成立よりも数十年ばかり先立っている。また勅撰集を見れば、『凌雲集』『文華秀麗集』『経国集』の漢詩集の成立は、九〇五年に成立した『古今和歌集』よりも百年近く早かった。いわゆる国風文化がおこる前に、唐風文化全盛の時代があったのである。漢詩は中国という外国の文学であったけれども、私たちの祖先はそれを読んだだけではなく、早々と、みずから実作する能力も手に入れていた。

もっともこれ以上に重要なことは、漢詩が日本文学そのものに影響を与え、その成立と成熟に深く関わっていたことであろう。初期万葉時代の歌人である柿本人麻呂の挽歌の作品群に、すでに中国の葬礼文学である誄《るい》と呼ばれる韻文が影響を与えていたことが明らかになっている。その後に現れる『枕草子』や『源氏物語』の作者が漢学に深い素養を持って、その知識が作品にちりばめられていたことは、ここに繰り返すまでもないことだろう。

このように考えてみると、私たち日本人は生得的に、漢詩を受け入れる感覚を持ち合わせているようにも思えてくる。また事実、それはかなりのところまで正しいといってよい。「国破れて山河あり」という杜甫の漢詩の一句などは、日本の古典の世界に溶け込んで、外国の文学と意識することもなくなっている。しかし難しいところは、まさしくその先にある。私たちは、私たちの流儀で、漢詩を読んでしまっているのではないか。そのため漢詩の真意をいつの間にか取り損なっているのではないか。漢詩に日頃から慣れ親しんでいる者にすれば、このことは不安の種ともなりかねない。

本書「漢詩の流儀」は、このような思いを懐《いだ》いている方々の手に取っていただければ幸いと思っている。

なお本書は、十余年前に出版された『漢詩の事典』（松浦友久編　植木久行・宇野直人・松原朗著、大修館書店）で、筆者が担当した「漢詩を読むポイント（用語）」の章に収録する「漢詩のテーマ」「漢詩の歳時」「詩語のイメージ」を元にしている。今回一冊の書物とするに当たり、旧稿には全面的に手を入れ、新たに序章を書き加えた。

平成二十六年十月

松原　朗

目次

序章

一　漢詩と政治

漢詩についてしばしばいわれるのは、政治的関心の強さである。しかしそういわれたところで、文学が政治的であることの意味がよくわからない私たちにすれば、特定の政治的メッセージを宣伝するための質の良くないプロパガンダ文学、という程度に理解するのが落ちである。

芭蕉は奥の細道を辿って衣川《ころもがわ》の古戦場に着いた時に、義経の最期を思いながら次のように書き綴《つづ》っている。

　偖《さて》も義臣《ぎしん》すぐつて此城《このしろ》にこもり、功名一時《いちじ》の叢《くさむら》となる。国破れて山河あり、城春にして草青《くさあを》みたりと、笠打敷《かさうちしき》て、時のうつるまで泪《なみだ》を落し侍《はべ》りぬ。

　　夏草や兵《つはもの》どもが夢の跡

　それにしても、忠義の家来たちが高館に立てこもったが、彼らの功名も一時の夢と消え、今は草が生い茂るばかりだ。杜甫の「国が滅びても、山や河は昔のままだ。荒れた城にも春はめぐり来るが、草だけが緑に生い茂る」の詩を思い出し、笠を置き腰をおろして、いつまでも世のはかなさに涙をながした。夏草や…

芭蕉は、兄の頼朝に追い詰められて衣川で命を落とした非運の義経を思って「夏草や兵どもが夢の跡」の句を残した。杜甫は、安禄山の反乱軍に占領された長安の都をその眼で見て、「国破れて山河あり、城春にして草木深し」と詩に詠じた。

杜甫の愛読者だった芭蕉は、当然のように「春望」詩を知っていて、ここでも「国破れて山河あり、城春にして草青みたり」と冒頭の二句を引用している（「草青みたり」に微妙な書き換えこそあるが）。芭蕉にすれば、杜甫の「春望」はみずからの「夏草や兵どもが夢の跡」と連続するものと見えたのであり、だからこそ両者は一続きの文脈の中に置かれている。

しかし両者の違いは、思いのほか大きいというべきだろう。芭蕉の句は、滅び去ったものに対する詠嘆の思いに満たされるが、杜甫の詩は、安禄山に反乱を思い立たせた政治の過ちを慨嘆している。作者の生きた時代も異なる、制作の情況も異なる。両者が異なるのは、致し方のないことでもある。だからただのこの一事から、日本と中国の文学の相違を推し量ることは、無謀な仕業である。しかしながら中国文学を読み進めるほどに、中国文学の特徴はやはりこの点にあるとの思いが募る。中国の文学は、日本と、ことほど左様に異質なのである。

中国の文学が政治的関心を持つことは、中国の文学の制作者が、官僚層（士人）によって独占されていたためだと説明される。また李白や杜甫は満足な官職に就かなかったが、かえってそのために政治に関与する思いに縛られ続けたとされるのである。

しかしこうした説明では十分ではない。文学の作り手となる知識階層が、貴族や官僚によってほぼ独占されるのは、中国に限ってのことではなく、世界の文明に共通した事態である。そして、政治の世界の住人である貴族や官僚が文学を作ろうとした時に、決まって政治的な関心を文学に持ち込むわけでもなかった。平安時代の貴族は、朝廷の官僚である。彼らは十分に政治的な人種だったのだが、しかしその文学は、いっこうに政治的ではなかった。彼らの文学（和歌）は、自分の政治的抱負を語ることもなければ、民の暮らしに関心を向けることもなかった。むしろ政治的関心を文学に持ち込まないことこそが風流だと考えているかのようである。このような文学的伝統の中に育った私たちは、文学とりわけ和歌のような抒情文学が政治的関心を持つとはどういうことか、やすやすとは理解できない。つまり、『古今和歌集』の中に、恋の歌や、桜や紅葉を詠んだ歌があるのは知っていても、そこに政治的感慨を詠じた和歌があることを一度も期待したことがないのである。

　そのような日本の文学（和歌）では稀な例外として、山上憶良の「貧窮問答歌」（『万葉集』巻五）があり、餓えに苦しむ農民の暮らしが描かれている。

……伏廬《ふせいほ》の　曲廬《まげいほ》の内に　直土《ひたつち》に　藁《わら》解き敷きて　父母は　枕の方《かた》に　妻子《めこ》どもは　足《あと》の方に
囲《かく》み居て　憂へ吟《さまよ》ひ　竈《かまど》には　火気《ほけ》ふき立てず　甑《こしき》には　蜘蛛の巣懸《か》きて　飯炊《いひかし》く　事
も忘れて……楚《しもと》取る　里長《さとをさ》が声は　寝屋戸《ねやど》まで　来立ち呼ばひぬ

　つぶれかけた家、傾いた家の中には、地べたに藁を敷いて、父母は枕の方に、妻子は足の方に、自分を囲むようにざこ寝して、悲しみうめき、かまどには火の気もなく、甑には蜘蛛の巣がはって、飯を炊くこともとうに忘れた。……しかし鞭を持って、里長の税を取り立てる大声が、臥所《ふしど》の中まで聞こえてくる

山上憶良は、七〇一年の遣唐使の随員として唐に渡った経歴を持ち、万葉の歌人の中にあって屈指の中国通である。その彼に、このような民衆の窮乏に関心を示す歌があることには、中国文学の影響があると見るべきだろう。

二　政治的抒情の由来

中国の知識人（貴族・官僚）は、政治を忘れて文学を楽しむのではなく、政治を思うところで文学を作った。少なくとも、そうあるべきだといつも考えていた。世界の平均値と異なって、なぜ中国の文学に限ってそうなったのか。この問題を解く鍵は、中国の知識人が、何を模範として文学を作っていたのかを理解することにある。

中国の文学は『詩経』以来の三千年の歴史があるとされるが、その後への持続的な発展という点で、三国時代の魏の曹操（一五五～二二〇）の宮廷で興った「建安の文学」こそが画期となった。魏の曹操は、当時の中国における最高の権力者だったが、また新しい時代の文学を牽引する重要な詩人でもあった。

曹操には「短歌行」という詩があり、いかにすれば有為の人材を周りに集めて己れの政治的事業（天下統一）を実現できるのかと、その抱負を語っている。

対酒当歌　人生幾何
譬如朝露　去日苦多
慨当以慷　憂思難忘
何以解憂　唯有杜康
青青子衿　悠悠我心
但為君故　沈吟至今
……
月明星稀　鳥鵲南飛
繞樹三匝　何枝可依
山不厭高　海不厭深
周公吐哺　天下帰心

酒《さけ》に対《たい》して当《まさ》に歌《うた》ふべし、人生《じんせい》 幾何《いくばく》ぞ
譬《たと》へば朝露《ちょうろ》の如《ごと》く、去《さ》りし日《ひ》に苦《くる》しみ多《おほ》し
慨《がい》して当《まさ》に以《もっ》て慷《こう》すべし、憂思《ゆうし》 忘《わす》れ難《がた》し
何《なに》を以《もっ》てか憂《うれ》ひを解《と》く、唯《た》だ杜康《とこう》有《あ》るのみ
青青《せいせい》たる子《きみ》が衿《えり》、悠悠《ゆうゆう》たる我《わ》が心《こころ》
但《た》だ君《きみ》の為《ため》の故《ゆゑ》に、沈吟《しんぎん》して今《いま》に至《いた》る
……
月明《つきあき》らかにして星稀《ほしまれ》に、鳥鵲《うじゃく》 南《みなみ》に飛《と》ぶ
樹《き》を繞《めぐ》ること三匝《さんそう》、何《いづ》れの枝《えだ》にか依《よ》る可《べ》き
山《やま》は高《たか》きを厭《いと》はず、海《うみ》は深《ふか》きを厭《いと》はず
周公《しゅうこう》 哺《ほ》を吐《は》き、天下《てんか》 心《こころ》を帰《き》す

酒を前に歌を唱おう、人生は短いのだ。朝の露のように儚《はかな》く消える、しかも過去は苦しみばかりだった。悲嘆し慷慨《こうがい》するほかなかろう。憂いの思いは消しがたいのだ。何によって憂いを忘れようか、それには酒があるだけだ。青い襟の服を着る若人《わこうど》たる君、明日を思い悩むわが胸の内。君に来てもらいたくて、今まで思い煩ってきたのだ。……月が明るく照って星が光を失うとき、カササギが南の空へと飛ぶ。そして木の周りを三回めぐりながら、どの枝に止まろうかと思案する。山はもっと高くなりたいのだ、海はもっと深くなりたいのだ。古代の哲人政治家である周公は、客人を大事にし、食事中でも口の物を吐き出して面会した。天下の人々はそんな周公に懐《なつ》いたのだ

この詩には、二つの要素がある。第一は、人生無常への嘆きである。そしてこれは後漢末から三国時代にかけての戦乱の世相をおおう時代の気分であった。しかし曹操は、それを弱々しい受け身の悲しみではなく、壮士《ますらお》の「慷慨」へと組み替えた。またその壮士の慷慨を引き立てるものとして酒が持ち出されることも、その後の中国の文学の定石となった。そのような壮士の心意気を下敷きとしたところで、第二の要素である政治的抱負の吐露が導かれている。その第二の要素がこの詩の主題であるが、これこそ、曹操が中国文学に投げ込んだ「爆弾」といってもよい。

中国の文学は、それまでにも政治に対する批判の思いを込めることはあっても、みずから権力にある者が、政治を語るための器として文学を作ることはなかった。権力者にすれば文学は所詮、宴会で耳を喜ばせるために提供される余興の歌であり、さもなければ不承不承であっても、それに耳を傾けなければならないとされた下臣が呈上する「諷諭《ふうゆ》」（政治批判）の作品だった。そのどちらの場合も、権力者が進んで文学を作ることはなかったし、ましてそれによって政治的

な抱負を語ることもなかった。こうした流れの中にあって、曹操は文学を作り、しかもそこにみずからの政治的抱負を盛ることでそれまでの文学の性格を作り変えた。その後曹操の子の曹丕《そうひ》は、『典論』の「文を論ず」の中で文学に最上級の役割と価値を与えることになる。いわく「蓋《けだ》し文章（文学）は国を経《おさ》むるの大業にして、不朽の盛事なり」。これも曹操によって切り拓かれた文学観を継承したものにほかならない。こうして権力の座にある者にもない者も、つまり詩を作ることができる全ての知識人にとって、文学は政治と一体のものとなり、自身も政治への関与を己が責任と意識するようになる。

中国のその後の詩人たちは、このような曹操の詩を、実作の手本に据えることになる。貴族文学が栄えた南北朝時代には、好んで花鳥風月のような美的題材が取り上げられることもあった。しかしその場合でも、政治的抱負を語った美的ならざる詩を、野暮と見てさげすむ風潮は生まれなかった。というよりも、たんに美的であるだけの詩を作ることに、彼らは引け目を感じていたというのが真実に近い。

＊　　＊　　＊

曹操によって導かれた建安の文学が、その後の中国文学の持続的発展の起点となり、その政治的抱負を語る建安の文学がその後の実作の模範となったことは、中国文学史の「事件」であった。とはいえ、その建安の文学も、突然変異的に出現したのではない。漢代の詩経解釈学によって培われた儒教的文学観がその土壌を準備していたと見られる。この点について、詩経解釈学の提供する観点を紹介してみよう。

　中国の文学（詩）の出発点は、三千年前にも遡る歌謡も収めた『詩経』である。その後『詩経』は、孔子に始まる儒家の人々によって経典の地位に祭り上げられた。しかし何分にも難解な古代文学であり、そこで漢代の儒教の中に、詩経解釈学という独自の領域が作られることになる。

　詩経解釈学では、「六義《りくぎ》」すなわち風《ふう》・雅《が》・頌《しょう》・賦《ふ》・比《ひ》・興《きょう》という詩学の基本概念を提示する。まず「風・雅・頌」とは、詩体の区別である。黄河流域の各地の民謡に由来する「風」（国風）、周の宮廷歌謡である「雅」、王の祖先を祭った宗廟で歌われる宗教歌謡の「頌」、この三種類の歌謡が三本柱となって『詩経』を構成する。これに対して「賦・比・興」は、詩の表現手法の区別である。「賦」は直叙、つまり比喩を用いない直接的な描写。これに対して「比」は明喩、「興」は暗喩のことをいう。しかし後世になると、「六義」なる語を『詩経』の文学を支える精神という観念的な意味に用いるようになる。白居易（七七二〜八四六）がみずからの文学論を親友の元稹《げんしん》（七七九〜八三一）に開陳した「元九《げんきゅう》に与ふる書」の中で、南朝の貴族文学を批評して「六義尽《ことごと》く去る」というとき、それは、この時期の文学が『詩経』の根本精神を喪失したとして批判するものだった。――文学が備えるべき『詩経』の精神、それは社会生活に根ざした「比興」「美刺《びし》」「諷諭」の批判精神のことと考えられたのである。

　「比・興」は、先に述べた「六義」の一部である。しかし両者をまとめて「比興」と熟語化した場合、政治批評の意を表す「美刺（賛美と風刺）」「諷諭」の意味となる。そもそも「比興」とは、明喩と暗喩との違いはあるものの、ある事物に託して作者の意図を示そうとする技巧である。この「比興」の技巧は、為政者に対する諷刺の中で活用された。例えば『詩経』「魏風」の「碩鼠《せきそ》」の詩は、表面上は、農作物を毎年のように食い荒らす巨大な鼠《ねずみ》「碩鼠」を呪って、鼠のいない楽土に逃れゆこうとする農民の願望を述べている。しかしその「碩鼠」は、実は、苛斂《かれん》誅求《ちゅうきゅう》を事とする為政者の暗喩なのである。このようにして「比興」、特に「興」の技巧は、直接的ではない婉曲な政治批判、つまり諷刺（風刺）・諷諭の手法となるのである。

『詩経』は、儒教においては、文学のあるべき模範の姿を示すと考えられた。その『詩経』の解釈学において、文学の価値が「比興」（諷刺・諷諭）にあると認定されたことは、その後の中国文学の方向に決定的な影響を与えた。中国の知識人には儒教的教養が必須であり、『詩経』もその中の重要な一角だった。彼らが文学に関わるとき、政治の当事者としての自覚と、政治への批判的な精神が要請されるようになる。曹操が、自らの文学を政治的抱負を語る文学へと組み立てたことは、春秋戦国時代から漢代にかけて詩経解釈学の形をとって育まれた儒教的文学観の、創作における実践だった。曹操らの「建安の文学」は、こうした下地があって実現されたのである。

* * *

『詩経』を述べたところで、楽府《がふ》について説明するのが順序であろう。楽府とは、前漢の武帝（在位前一四一～前八七）が設置した、民間の歌謡を採取して、それを宮廷音楽に編曲して管理する役所である。後世では、この楽府に集められた民間歌謡や、さらには民間歌謡一般のことも、やはり楽府の名で称するようになった。

後世「古楽府」と呼ばれるものは、何らかの形で採取され記録された民間歌謡のことを指す。その古いものは前漢に遡り、比較的新しいものは、南北朝期（四三九～五八九）にまで下る。その楽府の題名（楽曲名）を「楽府題」という。またその歌の歌詞（歌辞）を、「古辞」という。民間歌謡の常として、古辞は無名氏（詠み人知らず）のものである。古辞は文字として記録され伝わったが、楽曲は、記譜されることもなく失われていった。

魏晋以降になると、文人が古楽府にまねて、いわば替え歌を作る要領で新しく歌詞（歌辞）を作った。これを「擬古楽府《ぎこがふ》（古楽府に擬《なぞら》えたもの）」という。一例として、「戦城南《せんじょうなん》」は、漢魏に遡る古楽府である。南朝梁の呉均《ごきん》（四六九～五二〇）と唐の李白（七〇一～七六二）にも「戦城南」があるが、この二篇は擬古楽府となる。もっとも二人の頃にはおそらく「戦城南」の楽曲はすでに失われており、これら二篇は実際に歌われることを想定していなかっただろう。

「新題楽府」と呼ばれるものもある。これは言葉づかいや発想の面で古楽府を模倣しながら、古楽府題を用いず、新規に詩題を設けて作った詩歌のことをいう。古楽府に「塞上曲」があるのをもじって李白が「塞下曲」を作ったのは、これに当たる。古楽府・擬古楽府そしてこの新題楽府には、共通性がある。作品は、①作者の個別的な体験を生のまま作品に持ち込むことなく、②自らの立場を離れた第三人称的視点から発想される、ということにある（→五二頁「辺塞」、五六頁「閨怨」)。こうした特徴を共有する「擬古楽府」「新題楽府」は、いわば古楽府の忠実な模倣であり、この三つをまとめて伝統楽府と呼ぶことができるだろう。

しかし以下に述べる「新楽府」は、古楽府題を用いない点では広義には「新題楽府」の仲間であるが、先の「伝統楽府」の様式から意識的に逸脱するものなので、別途説明が必要である。「新楽府」は、①個別的具体的な情況(主に政治情況)に対して、②作者自身の知見や体験に基づく主体的判断(主に政治に対する批判)を、③暗喩の手法に依らずに明確に主張するものである。

新楽府は、現実の社会と政治の情況に対して、作者の批判的精神を明確に主張しようとする。新楽府の先駆者は杜甫(七一二〜七七〇)である。杜甫の「兵車行《へいしゃこう》」、また「三吏三別《さんりさんべつ》」と称される「新安《しんあん》の吏」「潼関《どうかん》の吏」「石壕《せきごう》の吏」「新婚の別れ」「垂老の別れ」「家無《いえな》きの別れ」などは、この方面の代表的作品である。

次に「石壕の吏」を読んでみたい。安史の乱の一つの山場が、七五九年三月の鄴城《ぎょうじょう》(河北省邯鄲《かんたん》市臨漳《りんしょう》県)の戦いだった。六十万と号する官軍は、史思明率いる精鋭五万に思わぬ大敗を吃《きっ》し、将軍郭子儀《かくしぎ》は残兵をまとめて河陽の地に立てこもり、東都洛陽は厳戒態勢が敷かれる。杜甫は、一時帰省していた洛陽から任地の華州に慌てて取って返す途中、石壕村に投宿したときの見聞に基づいてこの詩を作った。この国家存亡の危機に、唐は男という男を徴発して河陽の戦線に送り込み、杜甫が泊まった家では、とうとう老婆までが飯炊きのために役人に連れ去られた。

石壕吏
暮投石壕村　有吏夜捉人
老翁踰牆走　老婦出看門
吏呼一何怒　婦啼一何苦
聴婦前致詞　三男鄴城戍
一男附書至　二男新戦死
存者且偸生　死者長已矣
室中更無人　惟有乳下孫
有孫母未去　出入無完裙
老嫗力雖衰　請従吏夜帰
急応河陽役　猶得備晨炊
夜久語声絶　如聞泣幽咽
天明登前途　独與老翁別

石壕《せきごう》の吏《り》　杜甫《とほ》
暮《くれ》に投《とう》ず石壕《せきごう》の村《むら》、吏《り》有《あ》り夜人《よるひと》を捉《とら》ふ
老翁《ろうおう》は牆《かき》を踰《こ》えて走《はし》り、老婦《ろうふ》は出《い》でて門《もん》を看《み》る
吏《り》の呼《よ》ばはること一《いつ》に何《なん》ぞ怒《いか》れる、婦《ふ》の啼《な》くこと一《いつ》に何《なん》ぞ苦《くる》しめる
婦《ふ》の前《すす》みて詞《ことば》を致《いた》すを聴《き》くに、三男《さんだん》は鄴城《ぎょうじょう》に戍《まも》り
一男《いちだん》は書《しょ》を附《ふ》して至《いた》り、二男《じだん》は新《あら》たに戦死《せんし》すと
存《そん》する者《もの》は且《しばら》く生《せい》を偸《ぬす》むも、死《し》せる者《もの》は長《とこし》へに已《や》みぬ
室中《しっちゅう》更《さら》に人《ひと》無《な》く、惟《た》だ乳下《にゅうか》の孫《まご》のみ有《あ》り
孫《まご》有《あ》れば母《はは》未《いま》だ去《さ》らざるも、出入《しゅつにゅう》するに完裙《かんくん》無《な》し
老嫗《ろうおう》力《ちから》衰《おとろ》ふと雖《いへど》も、請《こ》ふ吏《り》に従《したが》ひて夜帰《よるき》せんことを
急《きゅう》に河陽《かよう》の役《えき》に応《おう》ぜば、猶《な》ほ晨炊《しんすい》に備《そな》ふるを得《え》んと
夜久《よるひさ》しくして語声《ごせい》絶《た》え、泣《な》きて幽咽《ゆうえつ》するを聞《き》くが如《ごと》し
天明《てんめい》前途《ぜんと》に登《のぼ》るとき、独《ひと》り老翁《ろうおう》と別《わか》る

日暮れに石壕の村に投宿したが、夜になると役人が人を捕まえに来た。爺さんは垣根を越えて逃げ出し、婆さんは入り口を見張っている。役人の叫び声の、なんと怒気を含んでいることか、婆さんの泣き声の、なんと苦しげなことか。婆さんが役人の前で話しは

じめるのを聞いた。「お役人さま、三人の息子は鄴城の塞《とりで》におります。そのうちの一人が人づてに手紙を寄こしましたが、二人の息子は最近の鄴城の戦《いくさ》で死んだとのことです。生きている者もなんとか生きていてくれるだけ、死んでしまった者はそれで永遠におしまいです。この家にはもう男手はなく、ただ乳飲み子の孫がいるだけです。孫がいるので、息子の嫁はまだこの家から出て行ってはおりませんが、外出しようにもまともなスカートもございません。この老婆めは力は衰えておりますが、どうかお役人さまの後について今夜にでも軍営に行かせて下さい。急いで河陽の労役に駆けつければ、朝飯を炊くくらいのことはできます」。夜がふけて話し声も途絶えたが、嫁のむせび泣く声が聞こえたようだった。夜明けに再び旅路についたが、爺さんに別れを告げただけだった。

中唐後期に至って、新楽府の制作を自覚的な文学運動にまで発展させたのが、李紳《りしん》・元稹・白居易の三人である。李紳は「新題楽府二十首」（散逸）を作り、元稹はこれに唱和して「李校書郎《りこうしょろう》の新題楽府十二首に和す」を作り、白居易はさらにはこの二人に対抗して「新楽府五十首」を作った。ジャンルの名称として「新楽府」の名が定まったのは、この白居易の作においてである。

ではなぜ政治的な意見表明に、「楽府」が持ち出されたのか。詩経解釈学に基づく儒教的な文学観によれば、『詩経』および漢魏の古楽府に至る民間歌謡には、民衆の思いが託され、政治に対する批判も込められていると考えたからである。またこのような考え方を裏づけるように、「采詩《さいし》の官」の制度もあったと信じられていた。采詩の官とは、周代に民情を察するために各地の民間の歌謡を採取したと伝えられる官のことで、『詩経』「国風」の諸篇は、こうして集められた諸国（諸侯の封国）の民間歌謡と考えられてきた。『漢書《かんじょ》』巻三〇「芸文志《げいもんし》」に、「古《いにしへ》に采詩の官有り。王者の、風俗を観《み》て得失を知り、自《みづか》ら考へ正《ただ》す所以《ゆゑん》なり」（古代には采詩の官があって、王は、彼らが集めてきた歌謡によって民の風俗を察して政治の得失を知り、自らを反省する手段とした）と記されている。その後、前漢の武帝が「楽府」という役所を開き、民間の歌謡を採取した。武帝の目的は、そこで集められた民間歌謡を宮廷音楽に編曲し、宮廷の娯楽に供することにあったのだろう。しかし後世の詩経解釈学では、武帝による楽府の開設を「采詩の官の復活」と理解することになった。

　楽府には本来、民衆の政治に対する批判が込められているはずだった。しかし新楽府の提唱者の見るところでは、貴族文学が流行した南北朝時代以後、文人が作る擬古楽府は古楽府の文字面《づら》をまねするだけで、こうした楽府の正しい姿が承け継がれなくなっていた。元稹は次のように主張する。「古楽府題を踏襲して、いたずらに文辞の巧を競うだけの擬古楽府には、何の意味もない。かりに古楽府題を用いた場合であっても、そこに現実に働きかける批判精神を込めるべきである。近頃の詩人では、杜甫の「悲陳陶」「哀江頭」「兵車行」「麗人行」などの作が、この擬古楽府の弊害を乗り越え、現実に即して新しい楽府題を設け、それまでのように古い楽府題を踏襲するのを止めることで、すぐれた成果を上げている」(元稹「楽府古題序」)。彼の認識によれば、新楽府とは、擬古楽府が陥った弊害を脱して、楽府本来の政治批判の機能を回復させようとするものだった。

唐代の中頃に起こった新楽府の動きは、長い中国文学史の中では一つのエピソードである。しかし中国文学が政治への強い関心を示し続ける中で、一度は必ずここまで達しなければならない極致だった。中国最大の詩人となった杜甫がちょうどその場に居合わせたことは、偶然ではないだろう。

三　漢詩と余韻の美学

元明以降、漢詩は言い方は難しいが一種の飽和状態に陥ることになる。漢詩は、李白や杜甫や白居易が現れた唐代に高い峰を迎え、北宋の蘇軾《そしょく》(一〇三六~一一〇一)や黄庭堅《こうていけん》(一〇四五~一一〇五)に至ってなおも新生面を開くことができた。しかし南宋後期になると、作詩層の爆発的な増大という人口圧力の中で、かえって文学そのものは停滞局面を迎えることになる。そこに出現したのは、晩唐を取るか、盛唐を取るか、さてまた宋代を取るかというモデルの選択だった。南宋後期を風靡《ふうび》した江湖派は、姚合《ようごう》(七七七~八四二)・賈島《かとう》(七七九~八四三)らの晩唐の詩風を評価した。なぜモデルが晩唐だったのか。晩唐の詩人たちが、天下国家の大議論を避けて日常卑近の世界に詩材を求めたことが、南宋後期に新たに作詩の世界に参入した小市民たちに格好の手本となったからである。そもそも江湖派の「江湖」とは民間の意であった。ちなみに室町時代から江戸時代にかけてわが国で広く読まれた南宋、周弼《しゅうひつ》の『三体詩』は、この江湖派の主張に基づいて編集された晩唐詩中心の名詩選である。

その後、元の時代から李白や杜甫らの盛唐詩に対する信奉が高まり、この流れは、明代中期の古文辞派によって頂点に達する。「文は必ず秦漢、詩は必ず盛唐」（『明史』李夢陽《りぼうよう》伝）とは、古文辞派の前期の頭目である李夢陽（一四七三?～一五三〇）のものといわれるが、これこそが彼らの主張のエッセンスだった。詩は李白や杜甫のいた盛唐に限るという極端なモデルの指定が、文学を千篇一律にさせるのは当然の成り行きでもあり、やがてその主張は批判されることになる。しかし重要なことは、こうした分かりやすいモデルの設定が、新興階層に作詩の良き指針を提供し、彼らを作詩の隊列に組み入れることに成功したという事実であろう。

こうしてみると、元明以降に、晩唐か盛唐か宋代かというモデル論が盛んになったことは、文学（古典詩）が新しい世界を開拓できなくなった飽和の状態の反映であり、一方そうしたモデル論の提示は、新しい詩の作り手にすれば分かりやすい作詩法指南として歓迎されたという二面性の中で理解できるのである。

そうした流れの中にあって、清代中期になって現れた「神韻説」は、従来の典型を押し立てるモデル論からいくぶん距離を置くものとして注目される。神韻説は、伝統的な意境《いきょう》論と結びつくことで、文学のみならず中国古典文化の特徴を再認識させるものとなった。

神韻とは、すぐれた余情のことである。「神」とは人間の計らいを超えた霊妙なもの、「韻」とは周囲にただよう気配。要するに人間が作為した物（言語・紙墨・丹青《えのぐ》）の中に根を持ちながら、その輪郭から滲《し》み出るようにひろがるものが神韻である。また神韻論とは、その滲み出したものの中に芸術的価値を認めようとする美学のことである。

神韻は、意境を前提とする。意境とは、形あるものがその輪郭の周囲に二次的に生み出す気配であり、わかりやすくいえば余韻のことである。詩についていえば、まず言語が直接示す意味の世界があり、その背後に広がるもう一つの世界のことである。

神韻説を唱えたのは、清朝を代表する詩人の王士禛《おうししん》（一六三四〜一七一一）であるが、その主張そのものは、晩唐、司空図《しくうと》の『二十四詩品』や、南宋、厳羽の『滄浪詩話』などの文学批評書にヒントを得たものとされる。さらにその根底には「詩禅一致」の哲学があったとされる。王士禛の随筆集『香祖筆記』巻八に次のようにある。

筏《いかだ》を捨てて岸に登るを、禅家《ぜんか》は以て悟境《ごきょう》と為《な》し、詩家《しか》は以て化境《かきょう》と為す。詩禅一致し、等しくして差別《しゃべつ》無し。（岸に登るときに筏は用済みとなる。禅者はこれを悟りの境地と見なし、詩人は一皮むけた境地と見なす。詩と禅は同じで、まるで違いなどない。）

岸に登るまで用いた筏とは、そこらにある意味を伝えるための言語のことである。いったん詩ができたときには、その背後に出現した「意境」が大事であり、言語はその時点で用済みになる。つまり詩とは、たんに意味を伝えるだけでは詩以前なのであり、その言語の背後に意境を生み出す「化境」のレベルに達したときに、初めて本物の詩となる。

漢語（中国語）は、情緒を表す語彙がその他の語彙に比べて多くないともいわれる。口頭語のレベルでは別の判断があり得るとしても、少なくとも正統的漢文のような文字に書かれて読まれることを前提とした書記言語では、その傾向が明らかである。理由は様々に考えられるが、最大の理由は、漢文が紀元前の千年以上の時間をかけて、方言話者やさらには異邦の外国語話者たちの口頭語による意思の疎通が困難な場面を取り持つ人工的な書記言語として、形成されたことによる。そこでは、言語も思考様式も異なる相手に対して、肝要な事をいかに紛れなく伝えるかが優先される。またそのためには微妙で曖昧なものは、不要のものとして抑制されることになる。微妙な情緒や、観念的な論理は、その最たるものである。戦国時代の諸子百家の時代から、即物的な比喩をもちいて自説を展開する手法が徹底的に愛されたのも、抽象的な論理の理解の難しさを避けて、その場における簡潔で鮮明な説得力を追求した結果であろう。漢文の持つ「強さ」は、この点に由来している。しかしその特徴のゆえに、微妙で陰翳のあるものの表現は必ずしも得手とするところではなかった。そのような言語を用いて文学を作ることは、はじめから困難を背負い込んでいたことになる。

文学が、文学として自覚的に作られるようになるのは、漢代の賦からである。それまでの『詩経』や『楚辞』は、文学を目的として作られたのではないものが、その後に文学として読まれるようになったものである。その漢代の賦は、言葉の限りを費やして、山河や、山河に満ちる動植物や、人間の造作した物どもを並べ上げ、描き上げることを主眼とした。そもそも「賦」とは、多くのものを鋪《し》き陳《つら》ねる意味だった。こうしてできた賦の文学には、ものを描写する修辞技術に見るべきものはあっても、文学に期待される抒情性を求めることは難しい。漢代の賦は、漢語を用いて文学を作ることの困難さを、文学史の当初において示す例となった。

後漢が滅んで三国時代となる頃から、民間歌謡を母胎とした詩（漢詩）の制作に知識人たちが参入してくる。民間にあった歌謡が、そもそも男女の情愛や、人生の虚無の嘆きを主な関心としていたこと、また短篇のこの形式が賦のような事物の網羅的描写に不向きなこともあって、この新しい「詩」は抒情に向かって舵を切ることになる。そもそも漢語は、情緒的語彙を十分に蓄えてはこなかった。詩人たちは、この漢語で抒情詩を作るという課題に立ち向かうことになる。

＊　＊　＊

中国の文学は、その中心にある漢詩を筆頭に、言ってみれば名詞に埋め尽くされている。そして有りあまるほどの名詞を繋《つな》ぐために動詞や形容詞が繰り出される。

きっと源氏物語は、中国人には退屈なものに見えるだろう。さもなければ、同じように貴族たちの生活を描いたあの長篇小説の紅楼夢が、おびただしい登場人物と数え切れないほどの出来事を編むようにして物語を繰り広げるのを、彼らが口を極めて賛美するはずがない。彼らは、豊富なものをしっかりと摑んで駆使することに、文学者としてのすぐれた力量を見るのである。一方、日本人は紅楼夢を読みながら、これが日本ではなく中国というものだと自分に言い聞かせることになる。日本の文学にはそもそも用いられる名詞が少ないし、出来事も少ない。その少ない名詞や出来事の間を、情緒がたっぷりと満たしている。

こうした傾向は、何も長い物語に限ったことではない。むしろ短い抒情詩においてこそ目立っている。次に新古今時代を代表する歌人から、西行を取り上げてみよう。

空になる心は春のかすみにて世にあらじとも思ひ立つかな

そぞろになる心はさながら春の霞のようにして、現世《うつつ》には留まるまいと思い立つのだ。

この歌は、西行が二十三歳で出家を決意したときに詠んだものとされる。

年たけてまた越ゆべしと思ひきや命なりけりさよの中山

年老いてもう一度越えることになろうとは思ってもみなかった。これも命があればのことか、小夜の中山よ。

これは西行の老年、東国に旅する途中で遠江国《とおとうみのくに》、今の静岡県掛川市にある「さよの中山」を越えたときの歌。小夜の中山は、東海道の難所として歌枕となっていた。都人には歌のみに歌われる地であるが、西行は自分の足でこの峠の道を越えている。

どちらも西行を代表する名歌であるが、名詞の少なさが際立っている。しかも前者の「春のかすみ」は出家の思いがわき起こることの比喩であり、後者の「さよ（小夜）の中山」は、歌枕であるがゆえに読み込まれたものである。どちらの名詞も、対象をしかと指し示すことに重きが置かれているようではない。歌は、そのような少ない名詞をきっかけとして、もっぱら思いを抒《の》べることに向かう。外物を描くことではなく、ただちに内なる思いを抒べることに主眼はある。

このような和歌と比べるとき、漢詩はずいぶん違う事情にある。そもそも作品に占める名詞の重みが大きい。

山水詩という自然の美を詠ずるジャンルを切り拓いた謝霊運（三八五～四三三）の「江中《こうちゅう》の孤嶼《こしょ》に登る」の中頃の二聯を見てみよう（→六九頁）。

乱流趨正絶　孤嶼媚中川
雲日相輝映　空水共澄鮮

流《なが》れを乱《わた》りて正絶《せいぜつ》に趨《おもむ》けば、孤嶼《こしょ》　中川《ちゅうせん》に媚《うるは》し
雲日《うんじつ》　相《あ》ひ輝映《きえい》し、空水《くうすい》　共《とも》に澄鮮《ちょうせん》たり

この四句の中に、「流」「正絶」「孤嶼」「中川」「雲」「日」「空水」の名詞がある。平均すれば、一句に二つの名詞が登場する勘定となる。漢詩が、名詞に依存する文学であることの一端が見え

ている。謝霊運は、このようにいくつもの外物を取り上げて写しながら、山水が放つ神秘的な気配を描きだそうとする。

　このような漢詩の中に置かれると、次の陶淵明（三六五〜四二七）の有名な「飲酒」などは、明らかに平均値からずれている。後半の三聯を読んでみよう（↓一六二頁）。

采菊東籬下　悠然見南山
山気日夕佳　飛鳥相与還
此中有真意　欲弁已忘言

菊《きく》を采《と》る　東籬《とうり》の下《もと》、悠然《ゆうぜん》として南山《なんざん》を見《み》る
山気《さんき》　日夕《にっせき》に佳《よ》く、飛鳥《ひちょう》　相《あ》ひ与《とも》に還《かへ》る
此《こ》の中《うち》に真意《しんい》有《あ》り、弁《べん》ぜんと欲《ほっ》して　已《すで》に言《げん》を忘《わす》る

　初め方の四句は、「菊」「東籬」「南山」「山気」「日夕」「飛鳥」の多くの名詞が用いられる。とはいえ「悠然見南山」「飛鳥相与還」の二句に注目すれば、それぞれ名詞が一語だけで少なめの印象ではある。注目すべきは終わりの二句であろう。「此中」を名詞と見るかどうかという点を除けば、名詞は「真意」「言」の二つだけであり、しかも具体的事物を指し示さない抽象的な概念語である。陶淵明は、外物の描写をやめて、ただちに内なる思いを言い表そうとする。陶淵明が中国文学の歴史の中で独自の個性を示すことと、こういう場面での名詞の少なさは、どこか微妙なところで関係するに違いない。

＊　　＊　　＊

ここで少しだけ俳句に触れておく必要があるだろう。和歌とともに日本の定型詩を代表する俳句であるが、その文学の姿の違いは思いのほか大きい。

名詞は、和歌に少なく、漢詩には多かった。俳句という文学の性格を考えるときにも、この名詞の割合はわかりやすい目安となる。俳句は季語を持つから、制度的に少なくとも一つは名詞を持つ必要があるが、それだけでは済むものではない。次に、松尾芭蕉の『奥の細道』からよく知られたものを書き出してみたが、これだけでも俳句の平均値を推し量る材料になる。

五月雨《さみだれ》の降りのこしてや光堂　（五月雨・光堂）
夏草や兵どもが夢の跡　（夏草・兵ども・夢の跡）
暑き日を海にいれたり最上川　（暑き日・海・最上川）
象潟《きさかた》や雨に西施《せいし》がねぶの花　（象潟・雨・西施・ねぶの花）
荒海や佐渡によこたふ天河　（荒海・佐渡・天河）

平均して一句に三つの名詞を持っている。このなかでは「五月雨の降りのこしてや光堂」の句が詠嘆的な色調を持っていて、その限りでは和歌の抒情に近づいていることも、この句に名詞が少ないことと無関係ではないだろう。

俳句は、名詞が喚起するイメージに多くを依存する。これが外国人に俳句が愛好される理由ともなっているらしい。かつて松浦友久氏は、「俳句国際化」という面から俳句と短歌を比較したことがある。俳句の国際化は、各国語への翻訳による作品紹介、英語や中国語など各国語を用いた実作、外国人の日本語による俳句の実作という多方面の広がりを見せているが、一方、短歌にはそのような動きが少ないという事態を踏まえつつ、次のように述べている。

要するに「短歌」は、骨がらみの日本語、とりわけ〝てにをは〟の用法を生命としたより主情的な詩であり、聴覚的な流れが優先されているため、外国語に移しかえにくい。逆に「俳句」は、イメージの組み合わせを生命としたより主知的な詩であり、視覚的な構図が優先されているため、外国語という壁を超えやすい。（松浦友久『『万葉集』という名の双関語《かけことば》―日中詩学ノート―』一八八頁、大修館書店）

また松浦氏は別のところで次のように踏み込んで俳句と漢詩との関係を述べている。――日中比較詩学の視点から言えば、「俳句」は「短歌」にくらべて、「漢詩」（特に訓読漢詩）の語彙や発想から、より多く直接的な影響を受けている。漢字語彙の硬質な響きの愛用が、俳句の独自性の形成に大きな役割を果たしていることも、短歌との聴覚イメージの異同という点で特に重要な点であろう。「俳諧・俳句」の史的形成については、「漢詩」と「和歌」を父母とする新しい生命、といった趣旨が説かれるのも、故なしとしない。（松浦友久『リズムの美学―日中詩歌論―』明治書院）――ここで俳句が、漢詩と和歌を父母とする文学という興味ぶかい説明が現れていることに目を留めたい。俳句という中間項を持つことによって、和歌と漢詩の関係、さらにいえば日本文学と中国文学の特質の異同が浮かび上がってくるようである。

＊　＊　＊

漢語は、輪郭のあるものをくっきりと指し示すことが得意である。こうした漢語の特質のゆえに、この漢語をもって作られる漢詩は、大勢としてモノの客観的な描写を中心に据えることになる。抒情詩の場合、こうした「モノの描写」を通してどのように内面の抒情を達成するかが、中国文学の課題となった。次の王維（七〇一?～七六二）の有名な鹿柴を読んでみよう（↓一七六頁）。

鹿柴

空山不見人　但聞人語響

返景入深林　復照青苔上

鹿柴《ろくさい》　王維《おうい》

空山《くうざん》　人《ひと》を見《み》ず、但《た》だ人語《じんご》の響《ひび》くを聞《き》く

返景《へんけい》　深林《しんりん》に入《い》り、復《ま》た照《て》らす　青苔《せいたい》の上《うへ》

この詩は、はたして抒情詩であるのか。この問いに対する最も無難な答えは、叙景詩だということになる。しかしもしこの詩を叙景詩に分類して、抒情詩から外してしまったら、一体どれだけの漢詩が抒情詩として残りうるのだろうか。それどころかこの詩などが、漢語で綴られた最上の抒情詩なのではないのか。

　歴代の文人たちは、「景情交融」という言葉によって叙景と抒情との関係を考えてきた。叙景が、たんに人間の外部にある風景の描写であり、それ自体を目的としているならば、抒情と結び合うことはない。しかし漢語のように情緒系語彙を十分に発達させてこなかった言語によって抒情詩を作ろうとした場合、叙景による抒情がその最も重要な方法となった。

ちなみに日本の文学にも「景情一致」といわれる技法がある。辞書的に説明すれば、目に見えない人間の心理を表現するために、人物の感情と周りの景色を一致させることである。ただそれをいえば、文学に現れるあらゆる周辺描写は、景情一致の手法を通じてすべて心理描写となっているともいえなくはない。しかしこの点をあまり一般化しすぎると、文学の個性を見失うことになる。問題とすべきは、先に挙げた西行の和歌と謝霊運の漢詩の間に見られるような程度の差であり、その程度の差が想像以上に大きいことである。抒情詩としての漢詩においては、「景情交融」は追加的なオプションではなく、ほとんど文学そのものになったと考えればよいだろう。

景情交融は、景色についての直接的な描写表現の背後に生ずる副次的な効果を期待する点で、余韻の技法である。

余韻は文学に重要な技法として、早くは南朝、梁の文学理論家である劉勰《りゅうきょう》（四六六?～五二一?）の『文心雕龍《ちょうりょう》』「隠秀」に次のように述べられている。「隠《いん》なる者は、文外《ぶんがい》の重旨《ちょうし》なる者なり。……夫《そ》れ隠の体《たい》たる、義は文外に生じて、秘響は旁《あまね》く通じ、伏采《ふくさい》は潜《ひそ》かに発す。」（隠とは言語の背後に感じとれる含蓄のことである。……隠の本質とは、言いたいことが言語の外に及び、秘められた響きが文章の至る所に行き渡り、伏せられて色彩が知らぬ間に現れることである）。

唐代の中期になるといよいよ「意境」という用語も登場し、劉禹錫《りゅううしゃく》（七七二～八四二）は「境《きょう》は象外《しょうがい》に生ず」（意境は形あるものの外に生ずる）と述べ、末期の司空図（八三七〜九〇八）は「象外の象」（形の外の形）、「景外の景」（景色の外の景色）、「韻外の韻」（音の外の音）、「味外の味」（味の外の味）といった一連の語を用いて意境の多様さを説明することになる。

意境とは、「余韻」という二次的で付随的な位置づけに飽き足らず、それに独立した地位を与えるための呼称と理解すれば良いだろう。そして清の王士禛の「神韻説」は、意境論によって提起された「余韻の重要性」というテーゼに基づきながら、余韻の美学を前面に押し出す主張となった。先の王士禛の随筆集『香祖筆記』の発言を思い出しておきたい。――岸に登れば、筏を捨てる。岸に上がるまで用いた筏とは、モノを描くために用いる言語である。いったん言語を用いて詩ができたときには、その背後に出現した「意境」が大事であり、言語はその時点で用済みになる――

王士禛は、最後の王朝となる清の詩人である。彼の提示した神韻説は、漢詩がやがて文学の主座からおりようとするこの時代に、漢詩が誕生したときから担い続けてきた難しい課題に一応の結論を出すものとなった。

この王士禛の神韻説、あるいはその母胎となった意境論は、実作の立場から提出された議論ではあるが、私たちが漢詩を読むときに、漢詩の魅力を探る一つの指南とすることができるだろう。

第一章 漢詩のテーマ

私たちが漢詩と呼んでいる中国の古典詩は、現在の私たちにとって古典であるばかりではない。かつて中国に生きた文人にとっても、自分の作る詩は「古典」に倣《なら》って作られるべきものであった。つまり詩とは、自由に、思ったように作るものではなく、すでに価値ありと認定された作品（古典）の、その「あり様《よう》」に倣って作られるものだったのである。

ところで古典のあり様とは、詩型や韻律といった外形的なものばかりではない。何を、どのような関心から取り上げるのか、という「主題」の設定についても、古典にふさわしいあり様があった。言い換えれば、古典詩においては、「題材」もあらかじめ決められた一定の範囲から選ばれており、しかも、その題材ごとに「決まった取り上げかた」つまり「様式」というものが形成されている。このようにして、題材と様式の両面において規格化された「主題」の群れが、厳然として存在していた。しかもその主題の規格から外れて詩を作ることはできなかったのである。

まずは、中国古典詩を特徴づけるこうした主題、テーマを、この章で見ていこう。これらの主題は、何を、どのような関心から取り上げるのかという、古典詩のあり様を規定している。外形を規定する詩型（韻律）についての知識が、詩の正しい解釈の助けになるように、抒情の構造を内面から支えるこうした「主題」の理解は、詩の魅力をいっそう深く読み解くために役立つであろう。

送別《そうべつ》

世界における離別の文学の平均値は、それが生別であっても死別の場合であっても、男女の別れを取り上げることにあるだろう。わが国の文学の始まりに位置する、初期万葉時代の代表的な歌人の柿本人麻呂を見ても、生別では、石見《いわみ》の妻と別れて上京するときの「柿本朝臣人麻呂、石見の国より妻に別れて上り来《きた》る時の歌二首 并せて短歌」、また死別では、軽《かる》の里にいた妻が亡くなったときの「柿本朝臣人麻呂、妻死にし後に、泣血哀慟《きふけつあいどう》して作る歌二首 并せて短歌」など、『万葉集』を代表する佳篇がすでに存在している。前者から、有名な短歌（反歌）を一首掲げておこう。

小竹《ささ》の葉はみ山もさやにさやげども我は妹《いも》思ふ別れ来ぬれば

笹の葉は山をおおってざわざわと風に鳴りさわいでいるけれども、私はただいちずに妻のことを思い続ける、別れて来てしまったので。

柿本人麻呂にとって、男女の離別は、男性同士の離別にもまして切実な文学の題材となっていた。

こうした詩歌の伝統の中に身を置く私たちは、同じことを中国古典詩にも予想することになる。けれども中国古典詩の場合、中心となるのはあくまでも男同士の別れである。これは中国古典詩が士人としての見識を披露するための表芸であり、その士人とは、天下国家の大事に責任を負うと自任する人々だからである。しかも離別詩制作の主な舞台となった送別の宴席は、士人である彼らの大事な儀礼空間だった。こうして男女の別れは、離別の文学の中に場を与えられることもなく、片隅に追いやられることになった。

友人との離別に当たって作られる詩は、「送別」と「留別《りゅうべつ》」に大別される。送別の詩は、送る者が作って、送られる者に手渡す詩であり、留別の詩は、送られる者が作って、送る者に手渡す詩である。現存する詩の作品数についていえば、送別詩が、留別詩の数倍に達する。これは、送別の宴席において、見送る側にいる大勢がこぞって送別の詩を作るときに、送られる者は、ただ一首の留別の詩を作る、という送別の場の一般的な情況の反映である。このため離別の詩という場合、多くは送別の詩を指すことになる。次に、李白の有名な送別詩を読んでみよう。

黄鶴楼《こうかくろう》にて孟浩然《もうこうねん》の広陵《こうりょう》に之《ゆ》くを送《おく》る　李白《りはく》

故人《こじん》　西《にし》のかた黄鶴楼《こうかくろう》を辞《じ》し
煙花《えんか》　三月《さんがつ》　揚州《ようしゅう》に下《くだ》る
孤帆《こはん》の遠影《えんえい》　碧空《へきくう》に尽《つ》き
唯《た》だ見《み》る　長江《ちょうこう》の天際《てんさい》に流《なが》るるを

黄鶴楼送孟浩然之広陵

故人西辞黄鶴楼
煙花三月下揚州
孤帆遠影碧空尽
唯見長江天際流

我が親友の孟浩然は、西のかた黄鶴楼に別れを告げて、春霞に花咲きあふれる陰暦三月、揚州に下ってゆく。君の乗る舟の帆影が、青空のなかに尽き果てると、後にはただ長江が、水平線の彼方まで流れて去るのが見えるだけだ。

「黄鶴楼」は、武漢市（湖北省）の武昌（長江南岸地区）にある。「広陵」は、揚州（江蘇《こうそ》省揚州市）の別名。

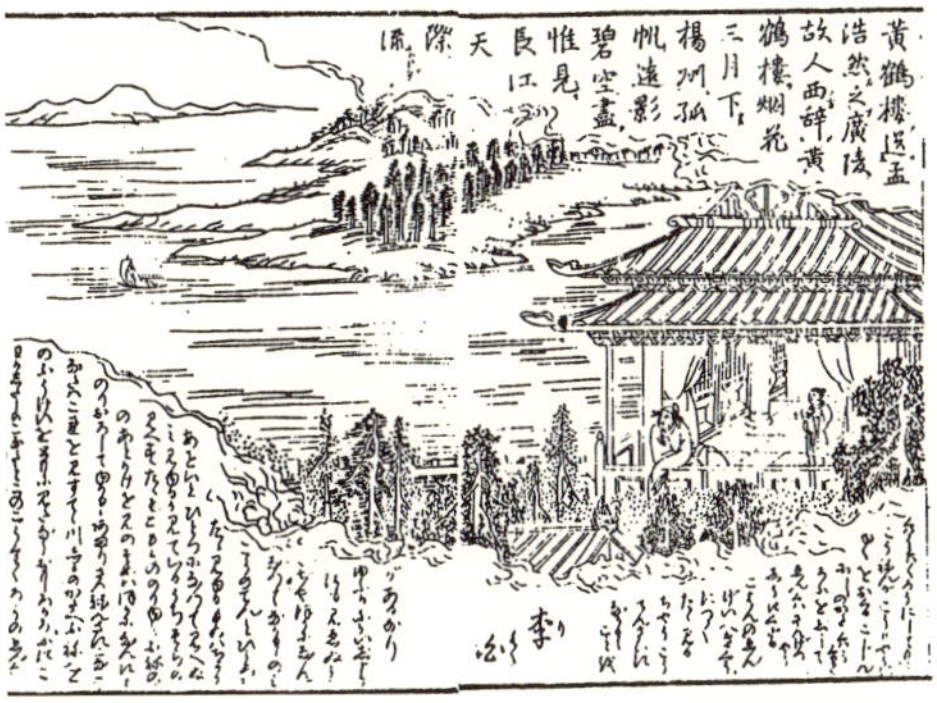

黄鶴楼にて孟浩然の広陵に之くを送る（『唐詩選画本』）

後半の二句は、唐詩に描かれた最も雄大な光景であろう。「天際」の彼方に流れ出す長江の光景は、それだけで無限の空間を思わせる。しかし李白は、その中に吸い込まれるように消えてゆく微塵のような点、去りゆく故人孟浩然（六八九～七四〇）を乗せた「孤帆」の影を付け加えることで、その空間を一挙に実感可能な「眼前の世界」へと転化させることに成功した。それは人を寂寥の思いに駆り立てずにはおかないような、あまりにもはてしなく雄大な光景なのである。――唐詩において、送別詩が魅力的な一角を占めるのは、その惜別の情の深さによるばかりではなく、いかにも唐詩らしい、こうした雄大で魅力的な空間表現を含んでいるために違いない。

送別の詩は、送別の場において旅立つ者に手渡されるものであり、李白は黄鶴楼において、これから船に乗ろうとする孟浩然にこの送別の詩を手渡している。詩の後半に描かれた「孤帆の遠影　碧空に尽き」は別後を想像しての叙景であることを、理解しておかなければならない。

送別の詩（また留別の詩も含めた離別詩一般）は、漫然とした送別の場ではなく、正式に用意された送別の宴席において、衆人環視の中で毫《ふで》を揮《ふる》って作られるものである。李白は、その土地の世話役によって準備された孟浩然の送別の宴に招かれ、他の参加者とともにこの詩を作った。送別詩の制作は、送別の宴席に華を添えるなくてはならない社交の心得だった。

留別《りゅうべつ》

留別の詩は、送別の詩と裏返しの関係にある。旅立つ者が、「別」れに際して「留」めおく詩のことである。先にも述べたような理由で、留別詩は、作品数において送別詩に及ぶことはなかった。しかし、一度の送別の宴で複数の者が足並みを揃《そろ》えて作る送別詩とは異なって、留別詩は、旅立ちの不安を自ら引き受ける当事者の作である。それだけに、真情のこもった作品であることが多い。

金陵酒肆留別
風吹柳花満店香
呉姫圧酒喚客嘗
金陵子弟来相送
欲行不行各尽觴
請君試問東流水
別意与之誰短長

金陵《きんりょう》の酒肆《しゅし》にて留別《りゅうべつ》す　李《り》白《はく》
風《かぜ》は柳花《りゅうか》を吹《ふ》いて満店《まんてん》香《かんば》し
呉姫《ごき》　酒《さけ》を圧《あっ》して客《かく》を喚《よ》びて嘗《な》めしむ
金陵《きんりょう》の子弟《してい》　来《き》たりて相《あ》ひ送《おく》り
行《ゆ》かんと欲《ほっ》して行《ゆ》かず各ゝ《おのおの》觴《さかづき》を尽《つ》くす
請《こ》ふ　君《きみ》　試《こころ》みに東流《とうりゅう》の水《みづ》に問《と》へ
別意《べつい》と之《これ》と誰《いづれ》か短長《たんちょう》なると

風は柳絮《りゅうじょ》を吹き散らして、酒肆の中まで香気が立ち込め、呉の娘ができ立ての酒を搾《しぼ》って、通りすがりの者を呼び止めては味見をさせる。金陵の若者たちがわざわざ自分を見送りにやって来て、行こうとしても、行かせてくれず、かくて改めて、皆それぞれに酒杯を尽くすこととなった。ところで君たち、なんなら長江の東に流れる水に向かって尋ねてもらいたいものだ。私の惜別の思いと、長江の流れと、一体どちらが長くはてしもないかと。

「金陵」は、南京の雅称（江蘇省南京市）。李白は金陵の土地を愛し、生涯に何度かここを訪れているが、この詩は、彼が二十代の半ば過ぎに初めて金陵を訪れて、いよいよそこを去ろうとするときの作である。「柳花」は柳絮の異称。柳が春につける絮《わた》で、風に乗って舞う。柳花に香りがあるわけではないが、立ち込める新酒の香りにかけて「満店香し」と表現した（→一四五頁「柳絮」）。「呉姫」は呉の美女。ここでは、金陵の酒場の娘。三国の呉は、建業（金陵）を都としたので、金陵のことを「呉」といった。

　離別の詩は、前七世紀以前の詠み人知らずの詩篇を集めた中国最古の詩集『詩経』にもすでに存在している。しかし、離別が詩歌の安定した主題となり、いくつも作品が作られるようになるのは、南北朝時代に入って以後のことである。とはいえ南北朝時代の離別詩が、唐代になって成熟した離別詩とは異なる姿を持っていたことは、離別という主題の形成を考える上で、興味深いことである。その南北朝期の離別詩とは、送別と留別との区別を設けることなく作られており、このために送別か留別か見分けのつかないものが多かった。

与胡興安夜別

居人行転軾　客子暫維舟
念此一筵笑　分為両地愁
露湿寒塘草　月映清淮流
方抱新離恨　独守故園秋

胡興安《ここうあん》に与《あた》へて夜別《やべつ》す　何遜《かそん》

居人《きょじん》　行ゝ《ゆくゆく》軾《しょく》を転《てん》ぜんとし、客子《かくし》　暫《しばら》く舟《ふね》を維《つな》ぐ
念《おも》ふ　此《こ》の一筵《いちえん》の笑《わら》ひの、分《わ》かれて両地《りょうち》の愁《うれ》ひと為《な》るを
露《つゆ》は湿《うるほ》す寒塘《かんとう》の草《くさ》、月《つき》は映《て》らす清淮《せいわい》の流《なが》れ
方《まさ》に新《あら》たなる離恨《りこん》を抱《いだ》きて、独《ひと》り故園《こえん》の秋《あき》を守《まも》らん

　居のこる者が、そろそろ車の向きを変えようとするとき、旅人は、名残を惜しんで今しばらく舟を止める。思えば、この一場《いちじょう》の宴の笑いも、二つの土地に隔てられた悲しみ

となるのだ。別れの場に結ぶ夜露は、冷たい土手を覆った草をしっとりと濡らし、差し昇る月は、舟を浮かべた清らかな秦淮《しんわい》をどこまでも明るく照らす。こうなれば今のこの別れの悲しみを胸に抱いて、一人わびしく故郷の秋を送るほかなくなるのだ。

作者の何遜（?～五一八?）は、南朝、梁の人。彼は、国都建康（南京市）を流れる秦淮河のほとりで友人の胡興安と別れる。この別れに寄せる惜別の情の深さは疑いようもないとしても、しかし誰が旅立ち、誰が見送るのか、詩の表面にはっきりと語られることはない。

こうした離別詩の特徴は、詩題の付け方にも反映されている。送別と留別との対立が明確になった盛唐期以降では、詩題も定型化して、送別詩は「送…（…を送る）」「送別…（…を送別す）」、また留別詩は「留別…（…に留別す）」「別…（…に別る）」として整理される。こうして両者は、詩題の上ではっきり区別されるのである。しかし南北朝期の離別詩では、いずれの場合でも「贈別…（…に別るるに贈る）」「与…別（…と別る）」「別…（…に別る）」という詩題が用いられて、両者の区別はなかった。離別は、中国古典詩では最も多くの作品を集める主題である。しかしそれが唐詩の中で、「送別」と「留別」の二元対立の形に整理され、安定した表現様式を確立するまでには、これに先立つ長い数百年の前史があったことになる。そしてこの事実は、文学に新しい主題が追加されるときの一般的な情況を予想させる。古典文学においては、主題、つまり何をどのように描くのかという安定した型は、それが完成するまでには長い時間をかけた試行錯誤が必要とされたのであり、現代人が思うほどに容易ではなかった。またそれゆえにこそ、このようにして成熟した主題の安定性が、古典文学に時代を超えた普遍性を与えることにもなったのである。

行旅（行役）　こうりょ（こうえき）

旅にあって作られた詩。南朝、梁の昭明太子だった蕭統《しょうとう》（五〇一～五三一）によって編纂された『文選《もんぜん》』では、すでに「行旅」という部が立てられ、当時までの主だった詩人たちの作品が幅広く採録されている。行旅は、唐に先立つ魏晋南北朝期において、すでに詩の有力な主題となっていた。

中国の詩人たちは、一般に官僚である。しかも紀元前の秦の時代から中央集権国家を目指してきたこの国では、地方官も、都で任命されて赴任するのを原則としていた。行旅の詩は、官僚たちのこうした中央と地方の往復の中で作られるものが多かった。

ちなみに官僚の左遷（流謫《るたく》）も、一種の赴任である。それは官職を剝奪しての流罪ではなく、名目的には、地方の小官への任命という形式をとるものだった。だから左遷の嘆きを詠じた詩も、行旅の詩の一形態となる。また、無位無官のまま官職を求める放浪の中で作られる詩も、その中に含めてよいのかもしれない。

行旅の詩が作られるもう一つの場合が、景勝地の探訪である。『文選』に最も多く行旅詩の選録されている詩人が、山水詩の開拓者として知られる謝霊運《しゃれいうん》であることは、よくこの辺の事情を物語っている。文人が好んで景勝の地を求めて山水に分け入る風潮は、李白を代表格として唐代の詩人たちにも幅広く引き継がれ、その行旅の詩の中で、多くの詩跡（漢詩の歌枕）が形成されることにもなる。

行旅の名作は、枚挙に暇《いとま》がないほどに多い。李白の三峡を下るときの有名な七言絶句、「早《つと》に白帝城《はくていじょう》を発《はっ》す」（→二二八頁）も、また杜甫の晩年の傑作「旅夜書懐」も、行旅の作である。

旅夜書懐　　杜甫《とほ》

細草微風岸　危檣独夜舟
星垂平野闊　月湧大江流
名豈文章著　官応老病休
飄飄何所似　天地一沙鷗

旅夜《りょや》に懐《おもひ》を書《しょ》す

細草《さいそう》　微風《びふう》の岸《きし》、危檣《きしょう》　独夜《どくや》の舟《ふね》
星《ほし》垂《た》れて平野《へいや》闊《ひろ》く、月《つき》湧《わ》きて大江《たいこう》流《なが》る
名《な》は豈《あ》に文章《ぶんしょう》にて著《あらは》れんや、官《かん》は応《まさ》に老病《ろうびょう》にて休《や》むべし
飄飄《ひょうひょう》として何《なん》の似《に》たる所《ところ》ぞ、天地《てんち》の一沙鷗《いちさおう》

かぼそい春の草が、微風にうち靡《なび》く岸辺。高い帆柱が、独り眠れずに過ごす夜に聳《そび》え立つ小舟。星は、平野がどこまでも広がる西の地平線へと落ちかかり、月は、長江の揺らいで流れる水の面《おもて》に湧き上がるように現れる。名声は、どうして我が拙い文学によって

世に知られようか。しかも官職とて、かくも老いて病がちともなれば諦めるほかはない。おのれのあてどなく漂泊する姿は、いったい何に似ていよう。それは、天と地の間を漂う、あの一羽の鷗《かもめ》の影。

この詩は描かれた風景などから見れば、杜甫が五十七歳になった春、二年ばかり逗留した白帝城から長江に舟を放って、江陵《こうりょう》（現在の湖北省荊州《けいしゅう》市）の辺りまで下ったときの作であろう。深い三峡の谷間を抜け出たこの辺りでは、長江は、一望千里の平野の中に溢れ出る。その水面も、天空を浸してはてしなく広がっている。頷聯《がんれん》「星垂れて平野闊く、月湧きて大江流る」の叙景を支えているのは、こうした長江の雄大な光景である。ちなみに「細草」は、春に芽吹いたばかりの柔らかい草を指す（↓一二三頁「春草」）。従来この詩は、三峡のやや上流、忠州（重慶市忠県）の付近を下っているときの作と考えられていた。しかし忠州はすでに峡谷の中にあり、「星垂れて平野闊し」の光景とは無縁である。しかも杜甫が忠州を下っていた時期は秋であって、「細草」の春にもそぐわない。春に、長江に舟を浮かべて大平野の中を下ったのは、杜甫の生涯において上記の時期ただ一回だけである。

登覧（登高遠望）

とうらん（とうこうえんぼう）

高楼や高台に登って、周囲を見渡して作った詩。登覧の詩は、『詩経』『楚辞』の昔から作られてきた。中国最古の詩集である『詩経』魏風《ぎふう》から「陟岵《ちょくこ》」（部分）を読んでみたい。

陟彼岵兮
瞻望父兮
父曰嗟予子
行役夙夜無已
上慎旃哉
猶来無止

彼《か》の岵《こ》に陟《のぼ》り
父《ちち》を瞻望《せんぼう》す
父《ちち》は曰《い》はん　嗟《ああ》　予《わ》が子《こ》よ
行役《こうえき》して夙《あした》に夜《よる》に已《おこた》ること無《な》かれ
上《ねが》はくは旃《これ》を慎《つつし》まん哉《かな》
猶《な》ほ来《き》たりて　止《とど》まる無《な》かれと

あの禿山《はげやま》に登って、遠く父を眺めやろう。父はきっと言う。「ああ、我が子よ。戦《いくさ》に出かけた以上、朝も夜もしっかりやりなさい。ただ願わくは体を大切にして、ぐずぐずせずに帰っておいで」。

遠征に出かけた若者は、遠い故郷にいる父親のことを思い出そうと山に登っている。次に読む「哀郢《あいえい》」（『楚辞』九章）は、紀元前三百年頃の楚の憂国の文人屈原が、都を追われて作ったといわれるものだが、ここでも詩人は高台に登っている。

登大墳以遠望兮　大墳《たいふん》に登《のぼ》りて以《もっ》て遠望《えんぼう》し
聊以舒吾憂心　聊《いささ》か以《もっ》て吾《わ》が憂心《ゆうしん》を舒《ゆる》くす

大きな丘に登って遠くを望み、ともあれ我が胸のうちの悲しみを慰めよう。

たんに眺望を求めようとするためではない。今の情況から距離を置いて、何かを思い願うときに、詩人は小高い山に登るのである。この意味でいえば、登覧は、日常の中にある行為ではなく「文学的な行為」だった。もっとも、時代をさらに遡れば呪術的な行為にも行き着くのであろう。

右の二例のようなごく古い時代を別とすれば、その後の登覧は、主要な舞台を山から高楼に移すことになる。魏晋南北朝時代のこの方面の代表的作品としては、魏の王粲《おうさん》（一七七～二一七）の「登楼《とうろう》の賦《ふ》」がある（『文選』巻一一）。

登茲楼以四望兮　茲《こ》の楼《ろう》に登《のぼ》りて以《もっ》て四望《しぼう》し
聊暇日以銷憂　聊《いささ》か暇日《かじつ》に以《もっ》て憂《うれ》ひを銷《け》す
……　……
雖真美而非吾土兮　真《まこと》に美《び》なりと雖《いえど》も吾《わ》が土《くに》に非《あら》ず

曽何足以少留

曽《すなは》ち何《なん》ぞ以《もっ》て少《すこ》しく留《とど》まるに足《た》らん

この高楼に登って四方に遠くを見渡して、やることもない日に、ともあれ憂いを忘れることにしよう。……だがしかし、景色は真に美しいのだが、自分の故郷ではない。どうしてしばしも留まることができようか。

王粲は、その後、曹操に仕えて「建安七子《けんあんしちし》」の一人に数えられることになる文人。しかしこの時、彼は後漢末期の長安の戦乱を避けて、荊州（現在の湖北省襄陽市《じょうようし》）に身を寄せていた。

鸛鵲楼に登る（『唐詩選画本』）

唐代になると、登覧は詩歌のごく一般的な主題となり、名作も次々に現れることになる。王勃《おうぼつ》の「滕王《とうおう》閣《かく》」、王之渙《おうしかん》の「鸛鵲楼《かんじゃくろう》に登る」、崔顥《さいこう》の「黄鶴楼」、杜甫の「登楼」「岳陽楼《がくようろう》に登る」、李白の「金陵の鳳皇《ほうおう》台《だい》に登る」「金陵城の西楼《せいろう》なる月下の吟」などはどれも有名である。天宝十一載（七五二）、岑参《しんじん》・高適《こうせき》・薛《せつ》據《きょ》という当時の有力な詩人たちが、長安城内の慈恩寺《じおんじ》の大雁塔《だいがんとう》に登って五言古体詩を唱和するという事件があった。この時、杜甫は三人に遅れて大雁塔に登り、彼らに唱和する詩を作っている。このうち岑参の「高適・薛據と同《とも》に慈恩寺の浮図《ふと》に登る」詩は、明の李攀龍《りはんりょう》『唐詩選』にも採られていて、江戸時代以降、我が国でも多くの読者を持った。

登覧の詩には、共通した性格がある。一つに、日常性からの離脱である。日常の世界を俯瞰《ふかん》する（遠くに小さく低く見る）ことによって、普段はその中を支配している堅固な物差し（価値観）から、自分を解き放つことができる。より普遍的な高みに身を置いて人生と社会を省察し、感慨を表出することは、登覧の詩に共通した特徴となっている。二つに、その高み（高楼）が異郷に聳《そび》えるものであるならば、詩人は初めて見る世界の新奇な眺望を賞するのであり、さもなければ孤独の思いから、望郷と懐旧の念を募らせるのである。次の李白の詩は、自分がかつて仕えた玄宗の朝廷を遠くにあって思い起こした作である。

登金陵鳳皇台
鳳皇台上鳳皇遊
鳳去台空江自流
呉宮花草埋幽径
晋代衣冠成古丘
三山半落青天外
一水中分白鷺洲

金陵《きんりょう》の鳳皇台《ほうおうだい》に登《のぼ》る　李白《りはく》
鳳皇台上《ほうおうだいじょう》　鳳皇遊《ほうおうあそ》ぶ
鳳《ほう》去《さ》り台空《だいむな》しくして江《こう》自《おのづか》ら流《なが》る
呉宮《ごきゅう》の花草《かそう》　幽径《ゆうけい》に埋《うづ》もれ
晋代《しんだい》の衣冠《いかん》　古丘《こきゅう》と成《な》る
三山《さんざん》　半《なか》ば落《お》つ青天《せいてん》の外《ほか》
一水《いっすい》　中《なか》より分《わ》かる白鷺洲《はくろしゅう》

総為浮雲能蔽日　総《すべ》て浮雲《ふうん》の能《よ》く日《ひ》を蔽《おほ》ふが為《ため》に
長安不見使人愁　長安《ちょうあん》は見《み》えず人《ひと》をして愁《うれ》へしむ

この鳳皇台の上に、かつて、太平の兆《しるし》となる鳳皇（鳳凰）が飛来したことがあった。しかし今、鳳皇は去り、台は鳳皇の名ばかりを空しく残して、長江は無心に流れつづける。呉国の宮殿を飾った美しい草花は枯れ果てて、今や人の通わぬ小道に埋もれ、東晋の御代《みよ》の貴族たちは、古い墳墓と成り果てた。眺めれば、彼方《かなた》の三山は青天の向こうに倒れこむようにそそり立ち、長江の満々とみなぎる水は、白鷺の中洲によって真ん中より二つに裂かれる。だがしかし、この鳳皇台から見はるかす千里の眺望をもってしても、如何《いかん》せん、浮雲が太陽を蔽いさえぎるために、天子の居ます長安の都は見えず、自分を悲しみに突き落とすのだ。

「鳳皇台」は、南京市の西部に今も残る石頭城の城壁のすぐ南、今は清涼山と呼ばれる丘陵の一角にあったと考えられている。かつては眼下を長江の大波が洗っていた。「白鷺洲」は、そこから間近に見えた長江の中洲。しかし今は長江が西に移ったために、岸と地続きになっている。「三山」は、南京の西南の方角、長江の東の岸辺にある山。太陽の光を遮る「浮雲」とは、君側《くんそく》の姦臣《かんしん》を指す。李白は一時期、玄宗皇帝の宮廷に仕えていた。しかし間もなく、宦官の高力士《こうりきし》ら側近たちとの確執から宮廷を追放されて、不遇の思いを懐《いだ》きつつ浪々の日々を送ることとなった。そのことに対する憤りの思いが、尾聯の二句に表明されているのだろう。

高みからの眺望は、「今」と「此処《ここ》」が支配する日常の世界から、人の精神を解き放つ。李白のこの詩にもみなぎる高揚した感情は、登覧の行為と表裏の関係にあったのである。

詠史《えいし》・懐古《かいこ》

「詠史」と「懐古」は、ともに過去の歴史に対する思いを述べることに眼目をおく。しかしその具体的な表れには、大きな相違がある。懐古の詩とは、史跡という歴史の現場に立つ者が、足の裏から這い上る感慨を綴るものである。つまり、歴史を刻んだ史跡がそこには不可欠である。これに対して詠史は、具体的に存在する史跡とは無関係に、もっぱら史書の記録や伝承に基づいて、歴史に対する意見を述べるものである。それはいわば、歴史を借りて今を論じるものである。この両者の相違は、懐古詩の抒情、詠史詩の説理、という観点から理解できるだろう。

両者の中では、詠史が先んじて成立している。『文選』には「詠史」の部が立てられており、魏晋南北朝の時期には、「詠史」はすでに詩歌の重要な主題となっていた。その初期の代表的な作品は、西晋、左思《さし》（二五〇?～三〇五?）の「詠史八首」（『文選』巻二一所収）である。その中の第五首を読んでみよう。

詠史

皓天舒白日　霊景耀神州
列宅紫宮裏　飛宇若雲浮
峩峩高門内　藹藹皆王侯
自非攀龍客　何為欻来游
被葛出閶闔　高歩追許由
振衣千仞岡　濯足万里流

詠史《えいし》　左思《さし》

皓天《こうてん》　白日《はくじつ》を舒《の》べ、霊景《れいけい》　神州《しんしゅう》に耀《かがや》く
宅《たく》を列《つら》ぬ紫宮《しきゅう》の裏《うち》、宇《う》を飛《と》ばして雲《くも》の浮《う》かぶが若《ごと》し
峩峩《がが》たり高門《こうもん》の内《うち》、藹藹《あいあい》として皆《み》な王侯《おうこう》
自《いやしく》も龍《りょう》を攀《よ》づるの客《かく》に非《あら》ずんば、何為《なんす》れぞ欻《たちま》ち来《き》たりて游《あそ》ばん
葛《かつ》を被《き》て閶闔《しょうこう》を出《い》で、高《たか》く歩《あゆ》みて許由《きょゆう》を追《を》はん
衣《ころも》を千仞《せんじん》の岡《おか》に振《ふ》るひ、足《あし》を万里《ばんり》の流《なが》れに濯《あら》はん

晴れた空に白日が輝き、その霊光が、中《なか》つ国《くに》を明るく照らす。天子の宮殿の傍らに、屋敷を列ね、雲が浮かぶように、屋根を天高くそびやかす。峩峩として聳《そび》える門の、その中は今をときめく王侯ばかりだ。出世を願って権勢に諂《へつら》う者でもなければ、どうしてこんな御屋敷に、ご機嫌伺いにふらっと来たりするものか。せめて自分だけでも、葛《くず》の粗末な服をまとって閶闔の城門を出て、世俗を高く踏み越え、隠者の許由の跡を慕うのだ。その時こそは、衣の塵を、千仞にそそり立つ岡の上でふるい落とし、穢《けが》れた足を、万里の河の流れで洗い清めることにしよう。

詩の前半は、広壮な邸宅を連ねる王侯貴族と、彼らの門に出入りしてなんとか出世の糸口をを摑もうとする野心家の群れを描き出す。「攀龍――龍に攀《よ》じる」とは、龍（天子）の鱗に攀じ登

って、権勢を手に入れようとすることをいう。このことは官界に身を置く者の常なる姿といってよい。しかし彼ひとりは、権勢に媚びて「龍に攀じる」ことを潔しとせず、貧者の葛の衣をまとい、洛陽（西晋の都）の西の城門である閶闔門を去って、隠者許由の後を追うのである。その許由とは、太古の聖天子、堯《ぎょう》のときの隠者。彼は、堯から天子の位を譲りたいと持ちかけられたとき、断固としてこれを拒絶し、潁水《えいすい》（現在の河南省を流れる川）でこの世俗の言葉で汚れた耳を洗い清めたと伝えられている。

この詩の名文句は、壮大な幻想を描いた最後の一聯「衣を千仞の岡に振るひ、足を万里の流れに濯はん」である。世俗に対する嫌悪は、ほとんど憎悪の怒りにまで膨らんでいる。彼が憧れる隠者とは、慎ましい一人の生活に隠れるような枯れた存在ではない。世俗の雑音を嫌うあまりに耳を潁水の流れに洗った許由のように、反骨の気概に満ちた人間である。――この詩は、「詠史」の詩である。許由という史書に記された人物を取り上げ、彼に対する評価を通して自己の主張を表明している。歴史は、詩人が自己の意見を開陳するためのいわば契機であり材料である。歴史とは、自己の思想を投影するための画面である。この詩は、このような詠史詩の特徴を模範的に備えた作品といえるだろう。

一方の「懐古」の詩では、歴史があくまでも主人公である。働きかける主体は歴史であり、作者は、自ら進んで受け身の立場に身を置くことになる。史跡という歴史の事件が露呈している場所に立つとき、そこで揺り動かされた心の思いを、作者はただなされるままに綴《つづ》るのである。懐古の詩の最も古いものは、『詩経』王風の「黍離《しょり》」の詩であろう。これは、周が鎬京《こうけい》（陝西《せんせい》省西安市の西）の都を失って東の洛陽に遷都した後、ここを通りかかったかつての重臣が、鎬京の古都が荒廃して、今は黍畑《きびばたけ》になっているのを見て悲しんだ詩といわれている。柿本人麻呂が近江京の廃墟を見て悲しんだ長歌、「近江《おうみ》の荒都《こうと》を過ぎし時、柿本朝臣人麻呂の作りし歌」（『万葉集』巻一）と類似した作品といえなくもない。

彼黍離離　彼稷之苗
行邁靡靡　中心揺揺
知我者　謂我心憂
不知我者　謂我何求
悠悠蒼天　此何人哉

彼《か》の黍《しょ》　離離《りり》たり、彼《か》の稷《しょく》　之《こ》れ苗《なへ》あり
行《ゆ》き邁《ゆ》くこと靡靡《びび》たり、中心揺揺《ちゅうしんようよう》たり
我《われ》を知《し》る者《もの》は、我《われ》を心憂《こころうれ》ふと謂《い》ふ
我《われ》を知《し》らざる者《もの》は、我《われ》を何《なに》をか求《もと》むと謂《い》ふ
悠悠《ゆうゆう》たる蒼天《そうてん》、此《こ》れ　何人《なんびと》ぞや

向こうでは、黍《もちきび》がふさふさと穂を垂れて、こちらでは、稷《うるきび》が穂を伸ばしている。歩もうとしても足取りは重く、心の中は悲しみに揺れる。自分を理解してくれるものは、自分の心が憂いに沈んでいるとわかってくれる。しかし、自分を理解しないものは、何を求めてここに来たのかと訝《いぶか》るだろう。遥かなる蒼天よ、いったい誰が、鎬京の都をこのようにしてしまったのか。

最後の句は、国家を滅ぼした為政者（王）に対する婉曲《えんきょく》な呪詛《じゅそ》である。

この詩は、鎬京の廃墟というかつて歴史が演じられた舞台を踏まえた、懐古の作である。この詩は、鎬京の現場がなければ作られなかったという点で、明らかに詠史の詩とは異なった構えを持っている。しかしそれでいながら、唐代の成熟した懐古詩とは微妙な点で異なることに注目しておきたい。この詩は、今とは断絶しない直前の歴史を対象としている。またその分だけ、今と直接に関わる為政者の失政といった理非得失を主要な関心として、道徳的視点から批判的に懐古されることになる。いわば、歴史が歴史として十分に対象化されていないのである。これに対して唐代の典型的な懐古詩は、歴史を、今から遮断することを前提にしている。そのため歴史は、人間の努力とか、また同じことだが道徳律とかの支配を超えたものとして理解されているのである。この点でいえば、「懐古」の詩は、歴史と今（自己）とを、時間的に、また道徳的に遮断するところに成立するものなのである。

蘇台覧古
旧苑荒台楊柳新
菱歌清唱不勝春
只今惟有西江月
曽照呉王宮裏人

蘇台覧古《そだいらんこ》　李白《りはく》
旧苑《きゅうえん》　荒台《こうだい》　楊柳《ようりゅう》　新《あら》たなり
菱歌《りょうか》　清唱《せいしょう》して　春《はる》に勝《た》へず
只今《ただいま》　惟《た》だ有《あ》り　西江《せいこう》の月《つき》
曽《かつ》て照《て》らす　呉王宮裏《ごおうきゅうり》の人《ひと》

古い園林にも、荒れた楼台にも、一面に柳は緑に芽吹く。娘たちが菱歌をすずしげに唱うのを聞くとき、やるせない春の愁いにこの胸が詰まる。今となっては、昔を偲《しの》ぶよすがとなるのは、長江の上に差し出た月ばかり。その月は、かつて呉王の宮殿の人々を、明るく照らしたことがあったのだ。

「蘇台」とは、春秋時代の呉王闔閭《こうりょ》が造営し、その子の夫差《ふさ》が拡張した壮麗な離宮、姑蘇台《こそだい》を指す。それは、現在の蘇州市の西南の郊外にあった。しかし夫差が宿敵の越王勾践《こうせん》と戦って敗れたとき、姑蘇台は越軍によって徹底的に破壊され、地上から姿を消した。李白の当時、すでに往時の面影は無い。菱《ひし》の花を摘みながら高く清らかに唱う、そんな娘たちの歌声だけが聞こえるのどかな田園となっていた。李白はここにおいて、呉王夫差の理非得失を論じようとはしてはいない。歴史が、人間の力によって左右し得るものだとは思っていない。すべてが滅び去り、廃墟すらも面影を留めることのない光景を目の当たりにして、歴史というものの非情なまでの美しさに心を打たれているのである（→二〇七頁　李白「越中覧古《えっちゅうらんこ》」）。

懐古詩の成熟は、意外なほどに遅く、盛唐期前後のことである。また、その実質的な開拓者は、陳子昂《ちんすごう》（六六一？～七〇二？）あたりと考えられる。陳子昂には「薊丘覧古《けいきゅうらんこ》、盧居士蔵用《ろこじぞうよう》に贈る、七首」「白帝城懐古」「峴山懐古《けんざんかいこ》」などの、史跡をじかに踏まえて作られた懐古詩がある。李白が、多くの懐古詩を作り、また「蘇台覧古」「越中覧古」といった詩題の付け方をしたのも、恐らくはこの同郷の敬愛する詩人の影響と考えてよいのであろう。このとき唐が興ってすでに百数十年、三国から南北朝時代と続いた大分裂時代を収束して、それ以前の全てのものが「今」と切り離された歴史となったこの時期に、初めて懐古詩は可能となったのである。

杜甫の懐古詩には、成都の武侯（諸葛亮）祠を詠じた「蜀相《しょくしょう》」、夔州《きしゅう》の先主劉備《りゅうび》の廟《びょう》を詠じた「先主廟に謁《えっ》す」などの名作がある。また劉禹錫《りゅううしゃく》の「烏衣巷《ういこう》」「石頭城《せきとうじょう》」（ともに連作「金陵五題」中の作）も、広く人口《じんこう》に膾炙《かいしゃ》した作である。

辺塞　へんさい

辺境の風土を題材にした詩を、辺塞詩という。もっともその舞台となる辺境とは、北方の荒涼とした地に限られ、決して南部の高温多湿の地が選ばれることはなかった。

辺塞詩の主要な舞台となったのは、現在の甘粛《かんしゅく》省から新疆《しんきょう》ウイグル自治区にかけての地域、それは長安から北西に延びるシルクロードが通う砂漠である。唐代その地は、突厥《とっけつ》・回鶻《かいこつ》（ウイグル）などの遊牧民族、あるいは吐蕃《とはん》（チベット）といった最も手ごわい対立勢力との軍事的、政治的な係争地域であった。唐は、国境防衛のために多くの官吏と兵員を送り続けなければならなかったが、その中には、詩人の王維や岑参（七一五?～七七〇）や高適（七〇一?～七六五）らも含まれていた。

この地域は、シルクロードを経由して西方の異国情緒に彩られた奢侈品《しゃしひん》がもたらされ、目新しい文化が行き交う世界だった。しかも砂漠という初めて出会った異様な風土も、詩人たちを辺塞詩の創作へと駆り立てる一因となった。

辺塞詩は、高揚したリリシズムがいかにも漢詩らしい魅力をたたえているので、愛好者も多い。しかしこの辺塞詩が制作されたのは、盛唐を中心とするごく短い時期に限られていた。安史の乱以降、国力の衰退によって、唐の勢力はこの辺塞詩の舞台から後退する。そして辺塞詩の制作そのものも、この時期を境にほとんど後を絶つことになる。この点で、辺塞詩は大唐の盛時と命運を共にした文学だといえるだろう。

涼州詞

葡萄美酒夜光杯
欲飲琵琶馬上催
酔臥沙場君莫笑
古来征戦幾人回

涼州詞《りょうしゅうし》　王翰《おうかん》

葡萄《ぶどう》の美酒《びしゅ》　夜光《やこう》の杯《はい》
飲《の》まんと欲《ほっ》すれば　琵琶《びは》　馬上《ばじょう》に催《もよほ》す
酔《ゑ》いて沙場《さじょう》に臥《ふ》すとも　君《きみ》　笑《わら》ふこと莫《な》かれ
古来《こらい》　征戦《せいせん》　幾人《いくにん》か回《かへ》る

葡萄の赤い旨酒《うまざけ》と、夜光を放って輝く白玉の杯。その杯の酒を飲み乾《ほ》そうとするとき、馬上より琵琶がにわかに掻き鳴らされる。自分は酔って砂漠の砂に横になるが、君よ、この無様な姿を笑わないでくれたまえ。なぜなら古来戦に出かけた者で、一体、何人が無事に故郷に帰れたというのか。

「涼州」は、現在の甘粛省武威市。シルクロードの要衝に位置する、一面を砂漠に囲まれたオアシス都市である。「涼州詞」は、涼州の地で歌われていた民間歌謡であり、文学史的にいえば、既存のメロディーに乗せて楽器の伴奏によって歌われる「楽府《がふ》」というジャンルに分類される。王翰（六八七～七二六）のこの詩は、涼州詞のメロディーに合わせて替え歌を作る要領で作られている（→一〇頁「序章」）。

涼州詞（『唐詩選画本』）

「葡萄酒」「夜光杯」「琵琶」は、いずれも中央アジア以西の物産。唐代にあっては、濃厚な異国情緒を放つものであった。これらは、そこを行き交う豊かな富、いわばシルクロードの明るい部分である。これに対して「古来征戦　幾人か回《かへ》る」の句は、その交易から上がる莫大な利益をめぐって民族同士の争いが続く、いわば暗部を象徴している。辺塞の風土を明暗両面から深く刻み込んだこの詩は、辺塞詩の典型的な作例となっている。

ちなみにこの詩は「楽府」の作法の常として、作者自身の体験をじかに語るものではなく、第三人称的視点から再構成された作品と考えるべきものである。また伝記的にも、王翰が西域にまで足跡を延ばした事実は確認されていない。つまりこの詩に描かれた世界は、他の多くの辺塞詩の場合と同様に、虚構されたものである。この点でもこの詩は、辺塞詩の一つの典型である。王之渙の「涼州詞（黄河《こうが》　遠く上る白雲《はくうん》の間《かん》）」、王昌齢《おうしょうれい》の「出塞《しゅっさい》（秦時《しんじ》の明月《めいげつ》　漢時《かんじ》の関《かん》）」などの有名な作も、いずれも虚構された辺塞詩である。

しかし辺塞詩の制作熱が高まる中で、ついには作者自身の体験を直接に踏まえた辺塞詩も出現する。この方面の代表的な詩人に、王維、岑参、高適《こうせき》らがいる。王維の「使《つかひ》して塞上《さいじょう》に至る」、岑参の「磧中《せきちゅう》の作」「京《けい》に入《い》る使《つかひ》に逢《あ》ふ」「白雪歌《はくせつか》、武判官《ぶはんがん》の京《けい》に帰るを送る」などの作品、また高適の「燕歌行《えんかこう》」「薊門行《けいもんこう》五首」などは、どれも作者の辺塞体験から生まれた作品である。なお高適の辺塞詩は、薊門（現在の北京一帯）と称される中国の東北辺境を主要な舞台としており、この点で西北の辺境を詠ずる辺塞詩が多い中にあって独自の一角を占める。次に辺塞詩の最大の作者である岑参の作を一つ読んでみたい。

磧中作

走馬西来欲到天
辞家見月両回円
今夜不知何処宿

磧中《せきちゅう》の作《さく》　岑参《しんじん》

馬《うま》を走《はし》らせ西《にし》に来《き》たりて天《てん》に到《いた》らんと欲《ほっ》す
家《いえ》を辞《じ》して月《つき》の両回円《りょうかいまど》かなるを見《み》る
今夜《こんや》は知《し》らず何《いづ》れの処《ところ》にか宿《しゅく》する

平沙万里絶人煙　平沙万里《へいさばんり》　人煙《じんえん》絶《た》ゆ

馬を走らせ西にやって来て、地平線におおいかぶさる天にも届きそうだ。家を辞してから月が二回も満月になるのを見た。今夜はどこに宿るのか見当もつかない。万里に砂漠が広がって、人家の煙は見えたものではない。

岑参は、高仙芝《こうせんし》その後は封常清《ほうじょうせい》という将軍の幕僚となって、二度にわたり四年間の辺塞体験を持っている。この詩は一度目の、安西都護府《あんせいとごふ》（新疆ウイグル自治区庫車）に赴任する途中で作られたものである。西域支配の最前線に置かれた安西都護府ははるばると遠い。長安を発《た》って二度も月が満ちたという詩句に、とてつもない砂漠の広がりが言い表されている。

閨怨《けいえん》

中国古典詩には、西洋のいわゆる恋愛詩は存在しなかったし、またわが国における相聞の和歌のような愛を互いに打ち明けあう文学も存在しなかった。この点に限っていえば、俳句の伝統の中に恋愛という題材が少ないのと似ていなくもない（この事実は、俳句が漢詩の影響を受けながら形成された文学であることと密接に関わる）。中国古典詩は、士人＝教養官僚層が、公人としての自覚において、自己の見識を天下に向かって表明する場である。こうした文学風土の中では、男女の相互交流的な愛情の告白は文学に馴染まず、私的な領域に秘められるべきものであった。

しかし男女の情愛は畢竟するに人間の最大関心事でもあり、これを文学の場で表現しようとする欲求は、中国の士人にも抑えられるものではなかった。そこで作られることになったのが、この閨怨詩である。閨怨詩の特徴は、何よりも女性を完全な客体、つまり「物」として見ることにある。言い換えれば、自分（男性である作者・読者）と心を通わせることのない、完全に切り離された向こうにあるものとして女性を描くことである。

こうした前提において、詩人たちが探し当てた最も魅力的な女性の姿とは、おのれの容色が時間の流れの中で損なわれることに怯《おび》えながら、男性を待ち続けるその姿であった。そもそも閨怨とは、閨《ねや》（女性の居室）の中で、男性の来訪を待ち侘《わ》びることであり、「怨」の字は「怨望」、つまり心の空虚を愛によって満たされたいと願望することなのである。

初期の漢魏期の閨怨詩は、女性の外形を描くことにそれなり関心を寄せていた。後漢の無名氏（詠み人知らず）の手に成る「古詩十九首」の其《そ》の二を引いてみよう。

青青河畔草　鬱鬱園中柳
盈盈楼上女　皎皎当牕牖
娥娥紅粉粧　纖纖出素手

青青《せいせい》たり河畔《かはん》の草《くさ》、鬱鬱《うつうつ》たり園中《えんちゅう》の柳《やなぎ》
盈盈《えいえい》たり楼上《ろうじょう》の女《をんな》、皎皎《きょうきょう》として牕牖《そうゆう》に当たる
娥娥《がが》たり紅粉《こうふん》の粧《よそほひ》、纖纖《せんせん》として素手《そしゅ》を出《い》だす

昔為倡家女　今為蕩子婦
蕩子行不帰　空牀難独守

昔《むかし》は倡家《しょうか》の女《むすめ》為《た》り、今《いま》は蕩子《とうし》の婦《つま》為《た》り
蕩子《とうし》は行《ゆ》きて帰《かへ》らず、空牀《くうしょう》　独《ひと》り守《まも》ること難《かた》し

青々と芽吹いた川辺の草、こんもりと茂る庭先の柳。高殿のあでやかな女は、その色白の姿を窓辺に現す。うるわしい紅白粉《べにおしろい》を粧って、ほっそりとした白い腕《かいな》を差し出している。かの人は、かつて色町の倡女《うたいめ》であったが、今は留守がちな男の妻となった。男は出掛けたままなかなか戻らず、独り寝の床の侘びしさに堪えかねているのだ。

「蕩子」は、行商や従軍などで長く家を留守にしている男。後世のいわゆる放蕩者の意味ではない。この詩では、第三句～六句を女性の美しい姿態の形容に充てていることがわかるだろう。しかし閨怨詩の成熟とともに、こうした姿態の描写は少なくなり、女性をとりまく雰囲気の演出に大きな関心が払われるようになっていく。

玉階怨　　玉階怨《ぎょくかいえん》　李白《りはく》
玉階生白露　玉階《ぎょくかい》に白露《はくろ》生《しょう》じ
夜久侵羅襪　夜久《よるひさ》しくして羅襪《らべつ》を侵《をか》す
却下水精簾　水精《すいしょう》の簾《すだれ》を却下《きゃっか》して
玲瓏望秋月　玲瓏《れいろう》　秋月《しゅうげつ》を望《のぞ》む

御殿の玉の階《きざはし》にきらきらと光る露が結んで、夜も更けるとき絹の靴下を冷たく濡らします。水晶の簾をさっと下ろしてみれば、秋の月が、簾を透かしていっそう玲瓏と輝いて見えるのです。

「玉階」は、白玉（大理石）の階段。それは、宮中の御殿を暗示している。ここでは男性（君主）の来訪を待ち侘びる女性の姿は、何も描かれていない。すべてが哀しいほどに明るく輝く情景の描写に費やされて、その中心を埋める者の美しさを、言外に示すのである。なお李白のこの詩は、彼が敬愛した南朝、斉《せい》の謝朓《しゃちょう》のやはり「玉階怨」と題する楽府を意識して作られている（→二三六頁）。

閨怨の主人公となる女性は、この李白詩のように後宮の宮女であったり、また従軍や行商で家を留守にする男の妻であったりする。次に読む王昌齢（?～七五六）のその名も「閨怨」と題される詩は、夫を焚きつけて戦場に送った妻が、おのれの過ちを悔いるというものである。多くは受け身の立場に置かれる女性をあえて能動的に描くことで、閨怨詩に新たな趣向を凝らしている。

閨怨
閨中少婦不知愁
春日凝粧上翠楼

閨怨《けいえん》　王昌齢《おうしょうれい》
閨中《けいちゅう》の少婦《しょうふ》　愁《うれ》ひを知《し》らず
春日《しゅんじつ》　粧《よそおひ》を凝《こ》らして翠楼《すいろう》に上《のぼ》る

忽見陌頭楊柳色
悔教夫婿覓封侯

忽《たちま》ち見《み》る　陌頭《はくとう》　楊柳《ようりゅう》の色《いろ》
悔《く》ゆらくは夫婿《ふせい》をして封侯《ほうこう》を覓《もと》めしめしを

閨《ねや》の中の若妻は屈託というものを知らず、麗らかな春の日にしっかりと化粧を凝らして、あざやかな翠《みどり》の高楼に上っている。そこで思いがけずも眼に入るのは、道ばたの柳のやわらかな緑の芽。今にして悔いるのは、夫君にせがんで、戦《いくさ》で手柄を立てて大名にでも成ってみなさいとけしかけてしまったことだ。

ここで特に「楊柳」が取り上げられているのは、それが離別の縁語だからである（↓一四七頁「折楊柳」）。

遊仙《ゆうせん》・招隠《しょういん》・反招隠《はんしょういん》

「遊仙」「招隠」「反招隠」という三つの主題は、『文選』巻二二に、一連の作品が採録されている。しかもこうした一括編集の方法からも推測されるように、三者は、同じ時代の雰囲気の中から生まれた同根というべき主題群なのである。

これら三つの主題が成立したのは、西晋の時期である。この頃、老荘哲学を踏まえた「玄学」が隆盛を迎え、またその思想が詩という形に結晶したときに「玄言詩《げんげんし》」となった。「遊仙」「招隠」「反招隠」は、その玄言詩の中心的な主題である。
玄言詩を代表する詩人の郭璞《かくはく》（二七六〜三二四）は、遊仙詩の有力な作者となった。『文選』には「遊仙詩七首」が収録されている。その第一首を読んでみたい。

遊仙詩

京華遊俠窟　山林隠遯棲
朱門何足栄　未若託蓬萊
臨源挹清波　陵崗掇丹荑
霊谿可潜盤　安事登雲梯
漆園有傲吏　萊氏有逸妻
進則保龍見　退為触藩羝
高蹈風塵外　長揖謝夷斉

遊仙詩《ゆうせんし》　郭璞《かくはく》

京華《けいか》は遊俠《ゆうきょう》の窟《すみか》、山林《さんりん》は隠遯《いんとん》の棲《すまひ》
朱門《しゅもん》　何《なん》ぞ栄《さか》えとするに足《た》らん、未《いま》だ蓬萊《ほうらい》に託《たく》するに若《し》かず
源《みなもと》に臨《のぞ》んで清波《せいは》を挹《く》み、崗《をか》に陵《のぼ》つて丹荑《たんてい》を掇《と》らん
霊谿《れいけい》　潜《ひそ》かに盤《たのし》む可《べ》し、安《いづくん》ぞ雲梯《うんてい》に登《のぼ》るを事《こと》とせん
漆園《しつえん》には傲吏《ごうり》有《あ》り、萊氏《らいし》には逸妻《いっさい》有《あ》り
進《すす》めば則《すなは》ち龍見《りょうけん》を保《たも》てども、退《しりぞ》けば藩《まがき》に触《ふ》るるの羝《ひつじ》と為《な》らん
風塵《ふうじん》の外《ほか》に高蹈《こうとう》し、長揖《ちょうゆう》して夷斉《いせい》に謝《しゃ》せん

繁華な都は、伊達者たちが集まる巣窟。人里離れた山林は、隠遁者たちの棲み家である。朱塗りの門の御殿などは、誇るに足りない。仙人が住まう蓬萊に身を寄せるには及ばないのだ。流れの源に臨んで、清らかな川波を掬い、岡に登って、丹芝《たんし》の若芽を摘み取ることにしよう。霊谿の谷で、独り静かにおのが生を愉《たの》しむならば、仙界に登る雲梯を攀《よ》じ登るまでもない。漆園には、王からの任官の招きを拒絶したわがままな役人がい

たし、王の招きにうかうかと応じた老萊子《ろうらい》には、愛想をつかして離縁する身勝手な妻もいた。仙界に向かって進めば、正しい徳を保てるが、仙界に背を向けて世俗になずめば、角《つの》が柵《さく》に絡まって進退きわまる哀れな羊ともなりかねない。こうなれば、俗塵をよそに行い澄ますことにしよう。世俗の節操にこだわった伯夷《はくい》と叔斉《しゅくせい》の兄弟には丁重に別れを告げるのだ。

「丹荑」は、不老延命に効くとされる丹芝の若芽。「霊谿」は地名で、かつて仙人がここから天に通じる雲梯《うんてい》を攀《よ》じて天上に登ったと伝えられる。「漆園の傲吏」とは、道家の思想家、荘子のこと。彼が、蒙という土地の漆畑《うるしばたけ》を管理する小役人であったとき、楚の威王から任官の御召しがかかった。「亟《すみや》かに去れ、我を汚《けが》すなかれ」。荘子は、使者にこう言い放って追い返した。「萊氏の逸妻」とは、老萊子の言うことを聞かない妻を指す。老萊子に楚の王から御召しがかかったとき、彼はこれに応じた。ところが彼の妻は、乱れた世に仕官するのは自らを縛り苦しめるも同然だと言って、手に持っていた農具を放り出して彼のもとを去ったと伝えられる。この両者は、世俗の名利を嫌うという点で、隠遁者の心構えを代表している。一方、詩の終わりに現れる「夷斉」は、世間の節義にとらわれた人間の代表である。名利にとらわれる俗物も、「夷斉」の兄弟のような名節を大事にする忠臣も、世間から自由ではないという点では同じである。遊仙詩の主題が、世間のしがらみから離れることにある以上、忠臣の代名詞である「夷斉」も否定の対象となった。

中国の知識人は、官僚として生きるしかない。彼らは官界における栄達をあくせくと求めた。しかもその一方で、忠臣としての評判を勝ち得るために、偽善的な言動をとることも必要となった。この二つとも、真の良心には堪え難い苦痛である。郭璞の遊仙詩は、知識人のこうした悩みから発せられた苦悶の文学と理解してよかろう。遊仙詩というと、一般に、たわいもない仙界にたいする憧憬を薄っぺらな言葉で綴った詩と理解されがちである。しかし郭璞のような詩人の手に成れば、優れた文学となる。右の「霊谿《れいけい》 潜《ひそ》かに盤《たのし》む可《べ》し、安《いづく》んぞ雲梯に登るを事とせん」とある詩句にも明らかなように、彼が願うのは精神の安息であり、空想されるような仙界ではなかった。

次なる「招隠」は、もともとの意味は隠者を招き寄せること。前漢、淮南《わいなん》王の劉安《りゅうあん》（前一七九〜前一二二）が、在野の賢者を招き求めるために作らせたという「招隠士」（『楚辞』所収）が、招隠を主題にした作品の元祖である。そこでは、隠者たちの住まう山林は、おどろおどろしい不快な世界として描き出され、だからこそ早く山林を出て、自分のもとに身を寄せるようにと勧誘するのである。

しかし後世の「招隠」の詩では、その主題が転倒することになる。次に読む西晋の左思や、同時期の陸機《りくき》（二六一〜三〇三）の作品では、隠者の住まう山林は、世俗の汚れが及ぶこともない清浄境として描き出される。そして作者は、隠者を世俗に呼び戻そうとするのではなく、かえって隠者を慕って、その世界に身を寄せることを願う。こうした作品では、「招」の字義は「招《たず》ねる」と訓《よ》み改められることになる。

招隠士二首、其一

杖策招隠士　荒塗横古今
巌穴無結構　丘中有鳴琴
白雪停陰岡　丹葩曜陽林
石泉漱瓊瑶　繊鱗亦浮沈
非必糸与竹　山水有清音
何事待嘯歌　灌木自悲吟
秋菊兼糇糧　幽蘭間重襟
躊躇足力煩　聊欲投吾簪

招隠士《しょういんし》（隠士《いんし》を招《たず》ぬ）二首《にしゅ》、其《そ》の一《いち》　左思《さし》

策《つゑ》を杖《つ》きて隠士《いんし》を招《たず》ねんとすれば、荒塗《こうと》　古今《ここん》に横《ふさ》がる
巌穴《がんけつ》には結構《けっこう》無《な》きも、丘中《きゅうちゅう》には鳴琴《めいきん》有《あ》り
白雪《はくせつ》　陰岡《いんこう》に停《とど》まり、丹葩《たんぱ》　陽林《ようりん》を曜《て》らす
石泉《せきせん》　瓊瑶《けいよう》を漱《すす》ぎ、繊鱗《せんりん》も亦《ま》た浮沈《ふちん》す
必《かなら》ずしも糸《いと》と竹《たけ》とのみに非《あら》ず、山水《さんすい》に清音《せいいん》有《あ》り
何《なん》ぞ嘯歌《しょうか》を待《ま》つを事《こと》とせん、灌木《かんぼく》　自《おのづか》ら悲吟《ひぎん》す
秋菊《しゅうきく》　糇糧《こうりょう》を兼《か》ね、幽蘭《ゆうらん》　重襟《ちょうきん》に間《まじ》はる
躊躇《ちゅうちょ》して足力《そくりょく》煩《はづら》ふ、聊《いささ》か吾《わ》が簪《しん》を投《とう》ぜんと欲《ほっ》す

杖をついて隠者を尋ねようと出かけたが、今も昔も、荒れ果てた道が行く手をふさいでいる。やっと尋ね当ててみれば、隠者の岩穴の住まいは質素なものだが、丘の方からは、安らかな琴の音が聞こえてくる。白い雲は峰の北にかかり、赤い花が林の南に明るく咲いている。岩ばしる泉は、美玉のような滴を散らし、小さな魚が、自在に泳いでいる。管絃《かんげん》の楽の音が必要なわけではない。山水には、清らかな調べが満ちているのだ。

吟詠や歌唱がどうして必要なのか。灌木は、おのずと心に響く歌を吟じているのだ。秋の菊は、これを食して命長らえることもできるし、ものかげに生える蘭は、襟にかけて穢れを避けることもできる。世俗の中で行き悩んでいるうちに、自分の足も疲れてしまった。まずはわが役人の冠を止める簪《かんざし》をはずして、この山林の世界にくつろぐこととしよう。

左思のこの「招隠士」については、有名なエピソードが二つある。一つは、東晋の王徽之《おうきし》（三三八？～三八六）が、雪の夜にこの詩を吟じていて、ふと友人でもあった隠者の戴逵《たいき》のことを思い出し、船を命じて夜に尋ねていったという故事（→二六三頁「雪」）。もう一つは、『文選』の編者として知られる南朝、梁の昭明太子の蕭統《しょうとう》の逸話である。彼は、山水の中にあることを好んだ。ある時、朝廷の名士たちを招いて館の池で舟遊びをしていると、客の一人が、歌妓《かぎ》たちを呼んで音楽の余興を添えるのが良いと提案した。しかし太子はこの「必ずしも糸《いと》と竹《たけ》とのみに非《あら》ず、山水に清音《せいいん》有り」の句を吟じて、提案を退けたと伝えられる。「糸竹」は糸を張った弦楽器と、竹で作った管楽器のこと。

招隠詩に対しては、反招隠の詩も現れる。同じく『文選』巻二二には、左思と陸機の「招隠詩」に続けて、王康琚《おうこうきょ》（生没年未詳）の「反招隠詩」が収められている。その冒頭の二句、

小隠隠陵藪　小隠《しょういん》は陵藪《りょうそう》に隠《かく》れ
大隠隠朝市　大隠《たいいん》は朝市《ちょうし》に隠《かく》る

半端な隠者は、山や池のほとりに隠れ住み、本物の隠者は、朝廷や盛り場に隠れ住む

という文句は、よく知られる。

反招隠詩の主題は、隠遁の讃美である。隠者を召し出すことを主題に据えた『楚辞』の「招隠士」に対する、正面からの反駁《はんばく》といえよう。また、隠遁を願望する左思の「招隠詩」に対していえば、この「反招隠詩」は逆に隠遁者の立場から、人を隠遁に誘うという趣向で作られたものである。

山水　さんすい

山水自然の美を主題に詠じた詩。本格的な山水詩は、南朝、宋の謝霊運（三八五〜四三三）に始まる。

ややもすると私たちは、自然をそれ自体が美的なものであるかのように見てしまう。しかし考えてみれば、自然の側に美があるのではなく、自然を眺める人間がそれを美であると見なすのではないだろうか。それは人間の側に培われた能力の問題であり、人間が歴史的に作り上げた文化

の力によるものなのである。『詩経』の昔から、山河、草木、鳥獣虫魚といった自然の一部を描いた詩はあって、そこでは桃の花などが詠まれることも少なくなかった。しかし主な関心は、花そのものではなく、やがて実を結んで食用となる「果実」にあった。つまり花は、その先に予定される果実のゆえに、人々の関心に上った。花の価値は、社会に対する実用の物差しによって測られたのである。『詩経』以来、山河や草木は決して美的なものとして取り上げられたのではなかったし、まして「自然」一般を、人間や社会から独立した美として捉える視点は現れていなかった。こうしたことが可能になったのは、謝霊運より以後のことである。

山水自然に自立した価値を認めたのは、古くは道家の思想家たちである。彼らのいう「自然」とは、作為のないところで「自《おのづか》ら然《しか》る」ものを指している。生まれた人間が年を取って、やがて死ぬのも自然。雨ざらしの自転車のハンドルがさびるのも、駅の階段の角が靴に踏まれてすり減るのも、自然なのである。いわゆる山水自然は、そのような大きな「自然」の一部に過ぎない。しかしこうした制約を持ちながらも、道家が人為を排して自然を尊重し、山水自然の中にも価値を認める道を拓《ひら》いたことは、山水詩の形成に大きく寄与することになった。

山水詩の直接的な源流は、玄学（道家思想に基づく観念哲学）であり、またその玄学の文学的表現としての「玄言詩」である。玄言詩からの例として、郭璞の「遊仙詩」其の三（部分）を読んでみよう。

翡翠戯蘭苕　翡翠《ひすい》　蘭苕《らんちょう》に戯《たはむ》れ
容色交相鮮　容色《ようしょく》　交《こもご》も相《あ》ひ鮮《あざ》やかなり
緑蘿結高林　緑蘿《りょくら》　高林《こうりん》に結《むす》び
蒙籠蓋一山　蒙籠《もうろう》として　一山《いちざん》を蓋《おほ》ふ

美しいみどりの翡翠《カワセミ》が、香《かぐわ》しい蘭の花の間に戯れ、容《かたち》と色《いろ》とが美しく照り映えている。緑の蘿《つた》は、高い木立の林にまとわり、茂る木の葉がこんもりと山全体を蔽《おお》っている。

これは、山中の美しい叙景である。また次に読むのは陸機の「招隠詩」（部分）である。

軽条象雲構　密葉成翠幄　軽条《けいじょう》　雲構《うんこう》に象《かたど》り、密葉《みつよう》　翠幄《すいあく》を成《な》せり
結風佇蘭林　回芳薄秀木　結風《けっぷう》　蘭林《らんりん》に佇《とど》まり、回芳《かいほう》　秀木《しゅうぼく》に薄《つ》く
山溜何泠泠　飛泉漱鳴玉　山溜《さんりゅう》　何《なん》ぞ泠泠《れいれい》たる、飛泉《ひせん》　鳴玉《めいぎょく》を漱《ゆる》がす
哀音附霊波　頽響赴曽曲　哀音《あいいん》　霊波《れいは》に附《つ》き、頽響《たいきょう》　曽曲《そうきょく》に赴《おもむ》く

細い小枝は、雲にも届く高殿のように伸び、茂る木の葉は、緑の幔幕《まんまく》のように広がっている。吹きぬける風は、蘭の草叢《くさむら》にしばしたゆたい、立ち込める香りは、美しい木立にまとわるのだ。谷川はなんと清らかに響くことか。岩ばしる水は、玉を鳴らすように注ぎかかる。せせらぎの心に沁みる調べは、麗しい川波とともに流れ、余韻は、奥深い山

の曲《くま》に消えてゆく。

これもまた、隠者の住まう美しい山林の描写である。「遊仙」「招隠」は、玄言詩の最も代表的な主題である（→六〇頁「遊仙・招隠・反招隠」）。このような詩の中に、山水自然の美を描くいわゆる「山水詩」の萌芽がすでに用意されていた。

謝霊運の山水詩は、こうした「遊仙詩」や「招隠詩」の中の叙景成分を積極的に継承する。しかも、それらに色濃く漂う玄学の臭味をかなりの程度まで払拭して、「山水の美」そのものを主題的に詠じたものへと変貌を遂げてゆく。

登江中孤嶼

江南倦歴覧　江北曠周旋
懐新道転迥　尋異景不延
乱流趨正絶　孤嶼媚中川
雲日相輝映　空水共澄鮮
表霊物莫賞　蘊真誰為伝
想像崑山姿　緬邈区中縁
始信安期術　得尽養生年

江中《こうちゅう》の孤嶼《こしょ》に登る　謝霊運《しゃれいうん》

江南《こうなん》　歴覧《れきらん》に倦《う》み、江北《こうほく》　曠《はる》かに周旋《しゅうせん》す
新《しん》を懐《おも》ひて道転《みちうた》た迥《とほ》く、異《い》を尋《たず》ねて景《ひかり》延《なが》からず
流《なが》れを乱《わた》りて正絶《せいぜつ》に趨《おもむ》けば、孤嶼《こしょ》　中川《ちゅうせん》に媚《うるは》し
雲日《うんじつ》　相《あ》ひ輝映《きえい》し、空水《くうすい》　共《とも》に澄鮮《ちょうせん》たり
霊《れい》を表《しめ》すも物《ひと》の賞《め》づる莫《な》く、真《しん》を蘊《つつ》むも誰《たれ》か伝《つた》ふるを為《な》さん
想像《そうぞう》す崑山《こんざん》の姿《すがた》、緬邈《めんばく》たり区中《くちゅう》の縁《えん》
始《はじ》めて信《しん》ず安期《あんき》が術《じゅつ》の、養生《ようせい》の年《とし》を尽《つ》くすを得《え》るを

永嘉の江《かわ》の南をあたりを、飽きるほど見て歩き、江《かわ》の北をどこまでも巡り歩いた。目新しいものを探して、道はいよいよ遠くまで延び、珍しい所を尋ねてゆくと、日は暮れやすい。江を渡って流れを断ち切る所に向かおうとすれば、中洲は、江の中程に美しく浮かんで見える。雲と日は照り映え、空と水はいずれも清く澄んでいる。神々《こうごう》しいまでの美しさなのに、誰も賞でることはなく、神仙の道を秘めているが、それを言い伝える者はいない。仙界の女王西王母《せいおうぼ》が住まう崑崙山の姿もかくなるものかと想像し、世俗の束縛から遠く解き放たれた心地がする。かの安期生《あんきせい》が神仙の術によって、生きながらえて天寿を全うしたことを、今やっと信じることができたのだ。

謝霊運が永嘉（浙江《せっこう》省温州市）の別荘に隠棲していたとき、彼は周囲の山水をあまねく訪ね歩き、美しい山水を得ては詩に綴った。この詩は、たまたま出合った永嘉江の中洲の神秘的なたたずまいを、周囲の雲と太陽、空と水を描きながら賛美している。

ここで大事なことは、謝霊運が何かの用事のためではなく、美しい景色を求めるその目的ために、山水の奥深くに分け入っていることであろう。先に読んだ玄言詩（遊仙詩・招隠詩）が、仙人や隠遁者を訪ねるついでに、彼らの周囲にある自然を美しく描こうとしたのとは、主題の置き方が違っている。彼の開拓したこのような詩が、玄言詩から区別されて山水詩と称されるゆえんである。

とはいえ一方、謝霊運の山水詩が玄言詩を母胎とした痕跡も明かである。謝霊運は、中洲の美しさを賛美するとき、最後にはそれが神仙の住む世界と見紛うほどだと形容する。神仙と切り離されて、山水の美しさがそれ自身として描かれるまでには、まだ少しばかりの距離が残されている。山水詩はその後も発展を続け、約半世紀おくれた南斉の詩人、謝朓《しゃちょう》（四六四〜四九九）にいたって、謝霊運の詩にまだ残る玄言詩の臭味をぬぐい去って、すっきりとした叙景の域に達したと考えられる。

田園　でんえん

田園詩の創始者と目されているのは、東晋の陶淵明（三六五〜四二七）である。陶淵明は、山水詩の開拓者である謝霊運と同時代人だった。田園詩は、山水詩とともに、現在の中国では「山水田園詩」と併称されることが多い。両者はともに山水自然の描写を豊かに含み、しかもほぼ同時期に形成されていて、関係の近さが窺われる。ただしここでは日本における伝統的な理解にのっとり両者を別物として、田園詩の説明をしてみよう。

田園詩を山水詩から区別するもの、それは生活感である。山水詩が好んで描く自然は、人が踏み入ることがないような深山や幽谷である。これに対して田園詩が描く自然は、人の生活とすぐ隣り合った世界のものである。陶淵明の有名な「飲酒二十首（其の五）」の冒頭二句に、「廬《いほり》を結んで人境《じんきょう》に在り、而《しか》も車馬の喧《かまびす》しき無し」と、自己の立場を宣言している。このように、田園詩の作り手は人境をおのれの世界とし、その中の至極身近な自然を自覚的に描こうとするのである。

読山海経

孟夏草木長　繞屋樹扶疏
衆鳥欣有託　吾亦愛吾廬
既耕亦已種　時還読我書
窮巷隔深轍　頗迴故人車
歓言酌春酒　摘我園中蔬
微雨従東来　好風与之倶
泛覧周王伝　流観山海図
俯仰終宇宙　不楽復如何

山海経《せんがいきょう》を読《よ》む　陶淵明《とうえんめい》

孟夏《もうか》　草木長《そうもくちょう》じ、屋《おく》を繞《めぐ》りて樹扶疏《きふそ》たり
衆鳥《しゅうちょう》　託《たく》する有《あ》るを欣《よろこ》び、吾《われ》も亦《ま》た吾《わ》が廬《いほり》を愛《あい》す
既《すで》に耕《たがや》し亦《ま》た已《すで》に種《う》ゑ、時《とき》に還《ま》た我《わ》が書《しょ》を読《よ》む
窮巷《きゅうこう》　深轍《しんてつ》を隔《へだ》て、頗《すこぶ》る故人《こじん》の車《くるま》を迴《めぐら》す
歓言《かんげん》　春酒《しゅんしゅ》を酌《く》み、我《わ》が園中《えんちゅう》の蔬《そ》を摘《つ》む
微雨《びう》　東《ひがし》より来《き》たり、好風《こうふう》　之《これ》と倶《とも》にす
泛《あまね》く周王《しゅうおう》の伝《でん》を覧《み》て、流《あまね》く山海《せんがい》の図《ず》を観《み》る
俯仰《ふぎょう》して宇宙《うちゅう》を終《を》ふ、楽《たの》しまずして復《ま》た如何《いかん》せん

初夏に草木が伸び、屋根の周りには木々がこんもりと茂る。鳥たちは、止まる場所ができたことを喜び、自分も、我が粗末な廬のことをいつくしむのだ。耕し終わり種も撒《ま》いて、野良仕事が一段落すると、時には、我が愛蔵の書を読みかえす。小路の奥には、馬車の轍《わだち》の跡は及ばないものだが、時折、親友がわざわざ訪ねてくれる。そんな時は嬉し

くなって、春に仕込んだ酒を酌み交わし、わが菜園の蔬菜を摘み取って料理を拵《こしら》える。やがて微雨が東の方から降ってきて、いい風が一緒に吹き始めた。この時くつろいで『穆天子伝《ぼくてんしでん》』を隅《くま》なく読み、『山海経』の絵図を一枚づつ眺めてゆく。この読書の一瞬に、宇宙のすべてを見渡すことができるのだ。これを楽しまずして何としよう。

いわゆる晴耕雨読の喜びを、滋味を込めて詠じた作品である。「孟夏草木長じ、屋を繞《めぐ》りて樹扶疎《ふそ》たり。衆鳥託する有るを欣び、吾も亦た吾が廬を愛す」には、身近な自然と一体となっておのれの生を呼吸する喜びが、身構えることのない言葉によって穏やかに語られている。「微雨東より来たり、好風之《これ》と倶《とも》にす」も、これほどに自然の恵みの有り難さを実感させる詩句は、容易には求めがたい。

「周王伝」(『穆天子伝』)は、周の穆天子が、龍に引かせて天駆《あまが》ける車に乗って崑崙の山に登り、仙界の支配者西王母と面会するときの始末を物語る。また『山海経』は、中国を取り巻く辺境世界のありさまを記した地理書。両者ともに、想像力を駆使した一種の幻想文学ともいえるものである。陶淵明は、日常の世界にありながら、これに埋没していたのではなく、一方では宇宙に広がる世界に精神を遊ばせていたのである。

詠懐（述懐・感遇）

えいかい（じゅっかい・かんぐう）

その時その場の事件がもよおす感情を取り上げるのではなく、胸の中に蓄えた思いを、深くから汲み上げて述べることを、詠懐、述懐などという。いわば内省的で、思想性の高い抒情詩のことである。歴代を通じての代表的な作は、このジャンルの最初期に位置する魏の阮籍《げんせき》（二一〇～二六三）の「詠懐八十二首」である。其の十七を読んでみたい。

独坐空堂上　誰可与歓者
出門眺永路　不見行車馬
登高望九州　悠悠分曠野
孤鳥西北飛　離獣東南下
日暮思親友　晤言用自写

独《ひと》り坐《ざ》す空堂《くうどう》の上《うへ》、誰《たれ》か与《とも》に歓《たの》しむ可《べ》き者《もの》ぞ
門《もん》を出《い》でて永路《えいろ》を眺《のぞ》めば、行《ゆ》く車馬《しゃば》を見《み》ず
高《たか》きに登《のぼ》りて九州《きゅうしゅう》を望《のぞ》めば、悠悠《ゆうゆう》として曠野《こうや》分《わ》かる
孤鳥《こちょう》　西北《せいほく》に飛《と》び、離獣《りじゅう》　東南《とうなん》に下《くだ》る
日暮《ひく》れて親友《しんゆう》を思《おも》ひ、晤言《ごげん》して用《もつ》て自《みづか》ら写《のぞ》かん

ただひとり、誰もいない広間に坐っている。一体、誰と楽しく語らうことができようか。門を出て、遠くに延びる道を眺めてみても、行き交う車馬の影すら見えない。山の高みに登って世界を望めば、がらんとした荒野がどこまでも見えるばかりだ。ただ一羽の鳥が、西北に向かって羽ばたいている。群れをはぐれた獣が、狂おしく東南を指して駆けてゆく。日も暮れ果てるとき、親しい友を懐かしむ。その友と互いに語り合って、

この胸の哀しみを拭《ぬぐ》い去りたいものだ。

ここに描かれているのは、絶対の孤独である。往来に出たところで、見知らぬ他人すら眼にすることはできない。さればとて世界のはてまで見据えようとしても、荒野がどこまでも広がるばかり。わずかに呼吸してうごめくものといえば、群れをはぐれて世界の中を行き惑う、鳥と獣との悲惨な影である。

ここで注意すべきは、「永路」も「九州」も、「曠野」も「孤鳥」も「離獣」も、すべては体験された実景ではなく、彼の思考の中にひたすら姿を変えて立ち現れる「孤独」のイメージだということであろう。阮籍はこうしたイメージを繰り出しながら、それまでの詩人が表現したこともない凍《い》てつくような精神の孤独な世界を、文字の中に描き出した。中国古典詩は、魏の阮籍にいたって、こうした思弁の深みを持つ抒情を手に入れたのである。

阮籍以降、詠懐は詩歌の一つの重要なジャンルとなって継承されてゆく。北朝の西魏・北周に仕えた庾信《ゆしん》（五一三〜五八一）の「擬詠懐詩《ぎえいかいし》二十七首」は、文字通り阮籍の「詠懐詩」を模擬したものである。初唐の陳子昂の「感遇《かんぐう》三十八首」や、盛唐の張九齢《ちょうきゅうれい》（六七八〜七四〇）の「感遇十二首」、李白の「古風五十九首」なども、この系列の中の代表的な作品である。これらがどれも五言古体詩の連作の型式を取ることは、阮籍の影響であろう。

文学史上ほかに重要な存在として、杜甫の一連の詠懐作品がある。例えば「京《けい》より奉先《ほうせん》県に赴《おもむ》く、詠懐五百字」は、連作の形に依らずに、一篇の長大な五言古体詩によって「詠懐」を試みたもの。また「詠懐古跡《こせき》五首」は、連作を、それまでのような五言古体詩ではなく、近体の七言律詩によって構成するという新しい試みである。

これら杜甫の詠懐系作品に特徴となるのは、詩題の「京より奉先県に赴く、詠懐五百字」といった具体的な付け方にも明らかなように、普遍を志向する詠懐という抒情が、個別の情況を踏まえて行われていることである。杜甫の当時、すでに詠懐詩の様式はマンネリズムに陥り、新鮮な抒情性を失いつつあった。杜甫はこの間にあって、詠懐詩をさらなる高みに押し上げるべく工夫を凝らしたのである。

閑適《かんてき》

「閑適」は一つの語ではなく、「閑」にして「適」という二つの概念からなる複合語である。「閑」とは、「忙」に対するもので、世俗の事務によって縛られることのない、くつろいだ時間をいう。官僚であることを原則とする唐代の詩人にすれば、その官僚としての公務から解放された自由な余暇のこととなる。一方「適」とは、「不快」の対立概念であり、自分のおかれた環境を楽しみ、そこに満足を見出すことである。

もっともこの二字を連ねた「閑適」は、白居易以前にはほとんど見られない熟語であり、文学用語としては、白居易の造語といってもさしつかえない。

白居易が「閑適」という語を初めて自覚的に用いたのは、「元九《げんきゅう》に与ふる書」（元稹《げんしん》に与えた手紙）においてである。この時、彼は、皇太子の守役ともいうべき太子左賛善大夫《たいしさざんぜんたいふ》から、江州（現在の江西省九江市）の司馬《しば》という、実権を持たない属官に左遷されていた。この逆境の中で、白居易は、これまでの文学活動を総括するために自己の詩文集を編纂しており、詩集の分類の柱とされたものが「諷諭」「閑適」「感傷」「雑律詩」の四つである（諷諭→七～一〇頁「序章」）。このうち「雑律詩」だけは内容による分類ではなく、近体詩型によって作られた詩を指し、ほかの三者は、いずれも古体詩の内容による分類である。

白居易は「元九に与ふる書」において、「閑適」を「諷諭」と対比させて次のように説明している。「凡《およ》そ遇《あ》ふ所、感ずる所、美刺《びし》・比興《ひきょう》に関するもの、……之《これ》を諷諭詩《ふうゆし》と謂《い》ふ」。「足るを知り、和を保ち、性情を吟玩《ぎんがん》する者、……之を閑適詩《かんてきし》と謂ふ」。――「諷諭」は、公人（官僚）としての作者が、おのれの任務とすべき「兼済《けんさい》」（すべての人を兼《あま》ね《ね》く済《す》う）の社会的使命感から発した、いわば政治批判詩である。それは理念的には、彼の文学の最も重要な部分を占めている。これに対して「閑適」は、公務を離れたときの私人として過ごす生活の喜びを詠じたものであった。

伝統的な儒家の思想が描き出す知識人の理想の姿は「士人」である。士人には、二つのことが期待されていた。すなわち、公人（官僚）として働く機会が与えられたときには、「兼済」に努め、その機会が与えられないときには、いたずらに不遇を嘆くことなく「独善」(自己修養)に努める、つまり自らの人格を陶冶《とうや》して来るべき兼済の機会を待つ、というものであった。「閑適」の文学とは、理念的には、このような独善の生活の中から生み出されるものであった。この点で、「諷諭」と「閑適」とは、儒家思想に照らしても、補い合う関係にあった。白居易が、自分の「閑適」の詩を、「諷諭」に次ぐものとして、また次に述べる「感傷」の詩よりも高い価値を持つものと位置づけたのには、こうした根拠があった。

ところで「閑適」を支えるのは、表向きの儒家の「独善」の哲学ばかりではなかった。実際にはより多くを、快楽肯定的な老荘の「自足——自己充足」の哲学によって支えられている。白居易の閑適詩が、内省的で禁欲的な人格陶冶という儒家の「独善」の立場からはみ出し、自己の生活の様々な場面で愉悦と満足を見つけ出して詠じていることには、このような思想的背景があったと考えられる。

感傷 かんしょう

「感傷」は、中国の古典語において、もとより一般的な語である。しかし、これを詩歌の分類(部立《ぶだて》)として用いることは、白居易から始まる。白居易は、自己の詩集を編纂するにあたり、「諷諭」「閑適」「感傷」「雑律詩」の四種に分けた。「感傷」は、その一つである。

既に述べたように、諷諭は「兼済」の文学的実践であり、閑適は「独善」の文学的実践である。これらは儒教の理念に照らしたとき、肯定的に評価されるべきものだった。一方、感傷とは、士人の努めである「兼済」と「独善」の姿勢を失ったとき、つまり公人としての自覚が弱まったときに、私人の立場から私情を述べた文学のことである。「感傷」は、「児女《じじょ》の情」と言い換えることができる。「児女」（男の子と女の子）と呼ばれる者の感情は、士人とは異なり、理性による制御を外れて情緒的で感傷的である、と考えられていたためである。

しかし「諷諭」「閑適」の下に「感傷」をおくという価値の序列は、「士人の文学」を建て前とするときの理念上の序列である。だからこの建て前を離れるならば、この序列に本質的な意味を認める必要もなくなる。例えば「感傷」の中には、当時も、また後世の評価においても疑いもなく白居易を代表する力作である「長恨歌《ちょうごんか》」「琵琶行《びわこう》」が含まれている。

公讌《こうえん》（公宴《こうえん》）・遊宴《ゆうえん》

「公讌」とは、主君の催す讌（宴）会という意味である。『文選』巻二〇に「公讌」の部が立てられ、曹植《そうしょく》・王粲《おうさん》・劉楨《りゅうてい》・応瑒《おうとう》ら、建安時代の文人の作品が並んでいる。しかも「公讌」の二字を詩題するのが曹植・王粲・劉楨の作に限られていることから見ても、このジャンルの成熟は建安時代にあった。

公讌詩

公子敬愛客　終宴不知疲
清夜遊西園　飛蓋相追随
明月澄清景　列宿正参差
秋蘭被長坂　朱華冒緑池
潜魚躍清波　好鳥鳴高枝
神飆接丹轂　軽輦随風移
飄颻放志意　千秋長若斯

公讌詩《こうえんし》　曹植《そうしょく》

公子《こうし》　客《かく》を敬愛《けいあい》し、宴《うたげ》を終《を》ふるまで疲《つか》れを知《し》らず
清夜《せいや》　西園《せいえん》に遊《あそ》び、飛蓋《ひがい》　相《あ》ひ追随《ついずい》す
明月《めいげつ》　清景《せいけい》　澄《す》み、列宿《れっしゅう》　正《まさ》に参差《しんし》たり
秋蘭《しゅうらん》　長坂《ちょうはん》を被《おほ》ひ、朱華《しゅか》　緑池《りょくち》を冒《おほ》ふ
潜魚《せんぎょ》　清波《せいは》に躍《をど》り、好鳥《こうちょう》　高枝《こうし》に鳴《な》く
神飆《しんぴょう》　丹轂《たんこく》に接《せっ》し、軽輦《けいれん》　風《かぜ》に随《したが》ひて移《うつ》る
飄颻《ひょうよう》として志意《しい》を放《はな》たん、千秋《せんしゅう》も斯《か》くの若《ごと》くあれ

公子（曹丕《そうひ》）は賓客《ひんきゃく》を大事にして、宴会が終わるまで疲れも知らずにもてなしてくれる。清らかな夜に西の庭園に遊ぶとき、軽やかな車蓋《しゃがい》が、相連なって走るのだ。明月は清らかな光を澄み渡らせ、星座はきらきらと瞬《またた》いている。秋の蘭は長い斜面いっぱいに生え、朱《あか》い蓮の花は緑に澄んだ池を蔽っている。魚は清らかな波間に躍り出て、鳥は木末高くにさえずっている。天から吹き下ろす風が丹塗《にぬり》の車に吹きつけて、車はその風のままに走ってゆく。風に舞うように、我らはゆったりと心を愉しませることにしよう。宴の主よ、永遠にかくの如くに幸いであれ。

「飛蓋」「丹轂」「軽輦」は、どれも車を指す。その一部分をいって全体を指し示す修辞法、例

えば「翼《つばさ》」が「鳥」、「棹《かい》」が「舟」を表す手法を借代《しゃくたい》という。ここもその借代の手法。また「秋蘭」「朱華」「潜魚」「好鳥」は、宴の主人である「公子」（作者の兄の曹丕）の広壮な庭園を飾る美しい景物である。なお「蘭」は今いうところのランではなく、フジバカマ。香草であり、人品の高潔さを暗示するものとして『楚辞』を中心に古代詩文によく現れる。

「公讌」の詩は、三つの部分から構成されている。まず、主人の丁重な接待に対する感謝。次に、主人の設《しつら》えた宴席の空間、特にその庭園の美しさに対する賛美。最後には、主人の永遠の清栄に対する祈念。この中で、作品のでき映えを最も左右するのが、第二の部分である。なぜならば、第一の感謝と第三の祈念そのものは多くの場合儀礼的に用いられる言葉に過ぎず、これだけでは真情に乏しい作品となってしまうからである。主人に対する感謝も、主人の清栄に対する祈念も、詩人が宴席の空間の美しさを讃えることを通して実感を伴うものとなる。

建安時代に出現した公讌詩は、二つの新しい意味を持っていた。一つは、すぐれた自然描写を含んでいたこと。これに先立つ時代の詩は、山水自然を、それ自体が美しいものとして描くことはなかった。建安の公讌詩は、山水自然を美的観点から描き始めたという点で、先に述べた「玄言詩（遊仙詩・招隠詩）」と共に、その後の「山水詩」の重要な源泉と位置づけることができるだろう（→六六頁「山水」）。

もう一つは、宴会における詩文の制作が、これをきっかけに一般化すること。またこのことと平行して、宴会の性格も主君（公子）が従臣たちに宴会を賜わるといった、公讌の上下関係が希薄になり、やがて友人同士の水平的な集会へと変化してゆく。一例を挙げれば、王羲之《おうぎし》（三〇三～三六一）の蘭亭における集会がある。「蘭亭集序《らんていしゅうじょ》」でも知られるように、上巳《じょうし》の日、彼は蘭亭の別荘に名士貴賓を招いて曲水の宴を開いた。このとき集まった数十人の賓客たちは、集会を記念しておのおの詩を作ることになる。これは公讌詩の余韻であり、その発展と考えてよいだろう。このような場で作られた詩を「遊宴」の詩と称する。

さらに下って唐代になると、送別の宴席で見送る者が送別の詩を作り、見送られる者は留別の詩を作ることが慣例化するが、これは先の「送別」「留別」で述べた通りである。

挽歌《ばんか》・悼亡《とうぼう》

人の死を悼《いた》むことは、人との別れを傷むことと並んで、人の最も深くまた避けがたい哀しみである。このことは、文学においても例外ではなかった。

薤露歌

薤上露　何易晞
露晞明朝更復落
人死一去何時帰

薤露《かいろ》の歌《うた》　　無名氏《むめいし》

薤上《かいじょう》の露《つゆ》　何《なん》ぞ晞《かは》き易《やす》き
露《つゆ》晞《かは》くも　明朝《みょうちょう》　復《ま》た落《を》つ
人《ひと》死《し》して　一《ひと》たび去《さ》れば　何《いづ》れの時《とき》か帰《かへ》らん

薤《にら》の上の露は、何と乾きやすいことか。しかし露は乾いても、次の日の朝にはまた結ぶ。それなのに、人は死ぬと、去ったきりもう二度と帰ってこないのだ。

柩《ひつぎ》を挽《ひ》くときに歌った、いわゆる挽歌である。漢代に、王侯貴人の葬送において歌われた。

蒿里曲
蒿里誰家地
聚歛魂魄無賢愚
鬼伯一何相催促
人命不得少踟躕

蒿里《こうり》の曲《きょく》　無名氏《むめいし》
蒿里《こうり》　誰《た》が家《いへ》の地《ち》ぞ
魂魄《こんぱく》を聚歛《しゅうれん》して賢愚《けんぐ》無《な》し
鬼伯《きはく》　一《いつ》に何《なん》ぞ相《あ》ひ催促《さいそく》する
人命《じんめい》　少《しばら》くも踟躕《ちちゅう》するを得《え》ず

蒿里は、誰の場所か。そこは、賢きも愚かなるも区別無く、全ての人の魂魄を集めるところ。死神の催促は容赦もなく、人の命は少しの猶予も与えられないのだ。

これは漢代の庶民の葬送において歌われた挽歌といわれている。

以上の挽歌は、葬礼の一部に組み込まれて歌われたものであるが、そうした儀式の場を離れたところで死者を悼む詩が作られることもあった。次に読むのは、阿倍仲麻呂（六九八～七七〇）が日本に帰る途中で難破して死んだという消息に接して、李白が作ったものである。

哭晁卿衡
日本晁卿辞帝都
征帆一片遶蓬壺
明月不帰沈碧海
白雲愁色満蒼梧

晁卿衡《ちょうけいこう》を哭《こく》す　李白《りはく》
日本《にほん》の晁卿《ちょうけい》　帝都《ていと》を辞《じ》し
征帆一片《せいはんいっぺん》　蓬壺《ほうこ》を遶《めぐ》る
明月《めいげつ》　帰《かへ》らず　碧海《へきかい》に沈《しづ》み
白雲《はくうん》　愁色《しゅうしょく》　蒼梧《そうご》に満《み》つ

日本の阿倍仲麻呂は、帝都長安を辞して、一片の帆を掛けて伝え聞く東海に浮かぶ仙山、蓬壺をめぐるはずであった。しかし明月のように秀でた君は、青い海原に沈んだきり帰らぬ人となり、白雲は愁いの色を帯びて、南の蒼梧の山に垂れ込めるのだ。

「晁衡」は、阿倍仲麻呂の中国名。「卿」は、彼の中国での官名である衛尉卿。「哭す」とは、大声で泣いて死者を悼むことである。「蒼梧」は、現在の湖南省と広東省の境にある山。伝説上の聖天子である舜が天下を巡幸の途中、この蒼梧の地で崩じたとされるのを、李白はこの哀悼の詩に利用したのである。

阿倍仲麻呂は遣唐使の随員として中国に渡り、七一七年から没年までの五十余年間、長安に留まって玄宗皇帝に仕えた。彼の唐土で作ったといわれる望郷の歌「天の原ふりさけ見れば春日なる三笠の山に出でし月かも」は『小倉百人一首』にも収められて有名である。七五三年、彼は玄宗の許しを得ていったんは帰国の途についたが、途中、暴風雨にあって船は難破し、現在のベトナム北部に漂着した。李白は、彼の死を伝える誤報を信じてこの詩を作ったのである。李白は一時期玄宗の朝廷に仕えたことがあり、その時、彼と交遊を持ったのであろう。

　哀悼の文学の中に独自の一角を占めるのが「悼亡」である。もともと「悼亡」とは、亡き人を悼むという一般的な用語であったが、やがて妻の死を悼む詩のことをこう呼ぶようになった。恋愛詩の伝統を持たない中国古典詩においては、それが夫婦の関係に限られるとしても、男女の情愛とした悼亡詩の出現は画期的な事件となった。ところで悼亡の詩の先駆けは、西晋、潘岳（二四七～三〇〇）の「悼亡詩、三首」（『文選』巻二三）である。また南朝、宋の江淹（四四四～五〇五）にも「室人（妻）を悼む、十首《じっしゅ》」の作がある。唐代においては、次に読む元稹の作が代表的なものであろう。元稹は、白居易の親友でもあり、文学の良きライバルでもあった。

　遣悲懐三首、其三　悲懐《ひかい》を遣《や》る、三首《さんしゅ》、其《そ》の三《さん》　元稹《げんしん》

閑坐悲君亦自悲　閑坐《かんざ》して君《きみ》を悲《かな》しみ亦《ま》た自《みずか》ら悲《かな》しむ
百年都是幾多時　百年《ひゃくねん》　都《すべ》て是《こ》れ幾多《いくた》の時《とき》
鄧攸無子尋知命　鄧攸《とうゆう》　子《こ》無《な》くして尋《つい》で命《めい》を知《し》り
潘岳悼亡猶費詞　潘岳《はんがく》　亡《ぼう》を悼《いた》みて猶《な》ほ詞《ことば》を費《つひ》やす
同穴窅冥何所望　同穴《どうけつ》の窅冥《ようめい》　何《なん》の望《のぞ》む所《ところ》ぞ
他生縁会更難期　他生《たしょう》の縁会《えんかい》　更《さら》に期《き》し難《がた》し

惟将終夜長開眼　惟《た》だ終夜《しゅうや》の長《なが》く開《あ》ける眼《め》を将《もっ》て
報答平生未展眉　平生《へいぜい》の未《いま》だ展《ひら》かざる眉《まゆ》に報《むく》い答《こた》へん

今はただ坐って、お前の死を悲しみ、また残された自分のことを悲しむばかりだ。人生百年というが、果たしてどれほどの時間があるものだろうか。鄧攸は我が子を失って、これを天命と悟り、潘岳は妻の死を悼んで、かいもなく詩を綴った。もし自分が同じ墓に入ったとしても、そこはぼんやりと暗くて、お前の姿を望むことはできまい。もう一度、来世の縁でお前と結ばれることは、いっそう当てにできないだろう。ただ夜通し眠らずに眼を開けていることで、生前、愁いのために明るく開かれることもなかったお前の眉に、報いてあげることしかできないのだ。

西晋の鄧攸は、戦乱の中で逃れるとき、亡き弟の子の命を救うために、やむを得ず自分の子を犠牲にした。しかしその後、彼は二度と自分の子を授かることはなかった。やはり西晋の潘岳は、妻を亡くして哀しみの果てに「悼亡詩」を書いた。元稹は、妻との間に子を得ることもできないまま、今さらに妻を亡くしたので、この二つの故事を踏まえて詩を作ったのである。

第二章 漢詩の歳時

日本には、歳時記の伝統がある。俳句は、季語を用いる。歳時記は、もともとはこのような俳句を作るための参考書として作られたものだが、今や日本の古典文学一般を理解する上でなくてはならない手引きともなっている。それは古典文学というものが、四季の移り変わりと関わる世界で作られてきたからである。そしてこの点に関していえば、中国の古典詩も似たような情況にある。この章では、中国古典詩を理解するために欠くことのできない基本的な歳時を説明することにしよう。

二十四節気《にじゅうしせっき》

一年の暦を、十五日を一期として二十四期に分けたものが、二十四節気である。中国の国土は広大で、地域によって気候は大きく異なるが、二十四節気は、主に中国文明発祥の地である華北の黄河中流域の風土に基づいて作られている。「立秋」を例とすれば、陰暦（旧暦）七月初日、陽暦（新暦）では八月の八、九日に始まる二十四節気の一つである。この頃になると西安（長安）・洛陽を含むこの華北の地では、秋の気配を確かに感じ取ることができる、つまり「立秋」なのである。また二十四節気を発展させて「七十二候」という言い方がある。これは一つの節気をさらに三つに分けて、いっそう微妙な季節感を表そうとしたものである。次に二十四節気を一覧表にして掲げておく。

花信風《かしんふう》

花を咲かせる風、つまり花期になると吹く風を「花信風」「花風」という。また特に、江南の地方に早春より初夏にかけて吹く風をこう呼ぶこともある。南宋、陳元靚《ちんげんせい》『歳時広記』巻一に所

四季		二十四節気	陰暦		太陽暦相当日
春	孟春	立春	正月	節気	2月4日か5日
		雨水		中気	2月19日か20日
	仲春	驚(啓)蟄	二月	節気	3月5日か6日
		春分		中気	3月20日か21日
	季春	清明	三月	節気	4月5日か6日
		穀雨		中気	4月20日か21日
夏	孟夏	立夏	四月	節気	5月5日か6日
		小満		中気	5月21日か22日
	仲夏	芒種	五月	節気	6月6日か7日
		夏至		中気	6月21日か22日
	季夏	小暑	六月	節気	7月7日か8日
		大暑		中気	7月23日か24日
秋	孟秋	立秋	七月	節気	8月7日か8日
		処暑		中気	8月23日か24日
	仲秋	白露	八月	節気	9月7日か8日
		秋分		中気	9月23日か24日
	季秋	寒露	九月	節気	10月8日か9日
		霜降		中気	10月23日か24日
冬	孟冬	立冬	十月	節気	11月7日か8日
		小雪		中気	11月22日か23日
	仲冬	大雪	十一月	節気	12月7日か8日
		冬至		中気	12月22日か23日
	季冬	小寒	十二月	節気	1月5日か6日
		大寒		中気	1月20日か21日

二十四節気一覧表

引の『東皐雑録《とうこうざつろく》』（佚書《いっしょ》）に「江南は、初春より初夏に至るまで、五日に一番の風候（風の吹く天候）あり。之を〈花信風〉と謂ふ。〈梅花風〉は最も先んじ、〈楝花《れんか》（センダン）風〉は最も後《おく》る。凡《すべ》て二十四番ありて、以て寒絶《かんた》ゆと為《な》す」。全部で二十四回になるので「二十四番花信風」ともいう。なお「二十四番花信風」の時期については、上記のように「立春」から「小満」とするもののほか、「小寒」から「穀雨」までとする別の見方もある。ここではより一般的な後者に従って、節気ごとに花名を挙げておこう。

「小寒」の節気には、梅花・山茶（ツバキ）・水仙の花信風が吹く。以下「大寒」には、瑞香《ずいこう》・蘭花・山礬《さんばん》（ジンチョウゲの類）。「立春」には、迎春（オウバイ）・桜桃《おうとう》・望春。「雨水」には、菜花《さいか》（ナノハナ）・杏花《きょうか》・李花《りか》。「驚《けい》（啓）蟄《ちつ》」には、桃花・棣棠《ていとう》（ヤマブキ）・薔薇《そうび》。「春分」には、海棠《かいどう》・梨花・木蘭。「清明」には、桐花《とうか》・麦花《ばくか》・柳花。「穀雨」には、牡丹・酴醾《とび》・楝花《れんか》となる。

元日《がんじつ》 ― 元旦《がんたん》

正月一日を指す。また歳日・歳旦・歳首などともいう。唐代では、この日の未明に文武百官が朝廷に参内して皇帝に拝賀した。また前後それぞれ三日間、当日も含めて七日間の正月休暇が「歳仮《さいか》」として与えられた。元日の行事については、南朝、梁の宗懍《そうりん》の『荊楚歳時記《けいそさいじき》』にすでに詳しく記されているが、その中には屠蘇《とそ》の酒を飲むことも見えている。唐代には、青竹を焼いて破裂させる文字通りの爆竹が魔除けとして行われ、また日本の「門松」に通じる習慣もあったらしい。次の詩の作者は、王安石（一〇二一～一〇八六）。いわゆる王安石の改革を断行したこの北宋の傑出した宰相は、詩人としても当代一流だった。

元日
爆竹声中一歳除
春風送暖入屠蘇
千門万戸曈曈日
総把新桃換旧符

元日《がんじつ》　王安石《おうあんせき》
爆竹《ばくちく》の声中《せいちゅう》　一歳除《いっさいじょ》す
春風《しゅんぷう》　暖《だん》を送《おく》つて屠蘇《とそ》に入《い》る
千門万戸《せんもんばんこ》　曈曈《とうとう》たる日《ひ》
総《すべ》て新桃《しんとう》を把《と》つて旧符《きゅうふ》に換《か》ふ

爆竹の鳴り響く中で一年が終わり、春風が、暖気を屠蘇の酒に送り込む。都に立ち並ぶ家々に今うららかに初日が昇るとき、門口では、新しい「桃符《とうふ》」を去年のものと掛け替えるのだ。

「桃符」は、漢代には桃杖《とうじょう》（桃棒）、魏晋南北朝時代には桃梗《とうこう》と呼ばれたものの後身である。古来、桃の樹には、辟邪《へきじゃ》（魔除《まよ》け）の霊能があると信じられていた。桃杖は桃樹で作った棒であり、これで邪神を追い払い、門前に立てかけて再度の侵入を防ぐ呪《まじな》いであった。それがやがて木《で》偶《ぐ》（木彫り人形）の形に改まったのが、桃梗である。唐代以降になると、さらに改まって桃樹の板となり、桃符と称した。桃符には辟邪の神を描いたり、一年の幸福を願う言葉を書いたりした。やがて明清以降になると、前者の辟邪の神は「門神」となり、後者は、両側の門柱に貼る紙に書いた「春聯《しゅんれん》」となって今日に引き継がれることになる（中村喬『中国歳時史の研究』朋友書店、「春聯と門神」）。

人日　じんじつ

正月七日を「人日」という。正月の初めの七日間は、その一年の吉凶を占う時期であり、元日は鶏、二日は狗《いぬ》、三日は猪《ぶた》、四日は羊、五日は牛、六日は馬を占い、七日の人日は人を占う日であった。南朝、梁の宗懍の『荊楚歳時記』に「正月七日を人日と為す。七種の菜を以て羹《あつもの》（雑炊）を為《つく》り、綵《さい》（あやぎぬ）を剪《き》つて人のかたちを為り、……（友人とともに）高きに登つて詩を賦す」とある。日本でも正月七日に食べる七草粥の起源が記されていて、興味深い。次に読むのは、高適《こうせき》が蜀州（成都の西約五〇キロ）の刺史《しし》（長官）であった代宗皇帝の上元《じょうげん》二年（七六一）の正月七日、成都の草堂にいた旧友の杜甫を思って作った詩である。

人日寄杜二拾遺　　人日《じんじつ》、杜二拾遺《とじしゅうい》に寄《よ》す　　高適《こうせき》

人日題詩寄草堂○
遥憐故人思故郷○
柳条弄色不忍見
梅花満枝空断腸○』
身在南蕃無所預△
心懐百憂復千慮△
今年人日空相憶
明年人日知何処△』
一臥東山三十春○
豈知書剣老風塵○
龍鍾還忝二千石
愧爾東西南北人○』

人日《じんじつ》　詩《し》を題《だい》して草堂《そうどう》に寄す
遥《はる》かに憐《あは》れむ故人《こじん》の故郷《こきょう》を思《おも》ふを
柳条《りゅうじょう》は色《いろ》を弄《ろう》して見《み》るに忍《しの》びず
梅花《ばいか》は枝《えだ》に満《み》ちて空《むな》しく断腸《だんちょう》
身《み》は南蕃《なんばん》に在《あ》りて預《あづ》かる所《ところ》無《な》く
心《こころ》に懐《おも》ふ　百憂《ひゃくゆう》　復《ま》た千慮《せんりょ》
今年《こんねん》の人日《じんじつ》　空《むな》しく相《あ》ひ憶《おも》ふ
明年《みょうねん》の人日《じんじつ》　知《し》るや何《いづ》れの処《ところ》ぞ
一《ひと》たび東山《とうざん》に臥《ふ》して三十春《さんじっしゅん》
豈《あ》に知《し》らんや書剣《しょけん》の風塵《ふうじん》に老《お》いんとは
龍鍾《りょうしょう》として還《ま》た忝《かたじけな》くす二千石《じせんせき》
愧《は》づ　爾《なんぢ》　東西南北《とうざいなんぼく》の人《ひと》

人日の日に、詩を作って草堂の君に送る。君が成都の異郷にあって、さぞや故郷を懐かしんでいるだろうと思いやるのだ。見れば柳は、芽吹いたばかりのやわらかな緑を風にそよがせて、正視できないほどの美しさだ。梅の花は枝に咲きこぼれて、いたずらに胸をしめつける。』わが身は西南の辺地にあって朝廷の政事に参与することもできず、心中に無限の憂いを募らせている。今年の人日は会う気になれば会えもする距離にいながら、こうしてただ君のことを思っている。しかし来年の人日おたがいどこに身を置くことになるのか、覚つかないのだ。』自分は故郷の東山に隠遁して以来、すでに三十年。文武の修養を生かすことなく、むざむざ世俗の塵に老いてゆこうとは、思いも寄らぬことであった。今は老いぼれて、それでも未練がましく刺史の官を仰せつかっている。それだけに東西南北の放浪に明け暮れる君に対して、慚愧《ざんき》の念に堪えないのだ。

「断腸」は、ここでは悲哀ではなく、美的感動をしめす用法。「東山に臥す」とは、東晋の謝安《しゃあん》（三二〇～三八五）の故事。彼は南朝屈指の名門の出であるが、朝廷からのたびたびの召しにも応ぜず、郷里の会稽（浙江《せっこう》省紹興市）の東山に引きこもって風雅の生活を楽しんだ。その後、四十歳を過ぎて出仕すると、三七九年、南下する前秦の苻堅《ふけん》の、百万とも称する大軍を淝水《ひすい》の戦いに破って国家の危機を救い、その威望は朝野を圧した。この詩の作者高適は、謝安とは異なって下級士族の出身だが、五十歳で仕官するまではやはり郷里に埋もれる暮らしをしていた。そこでこの故事を用いたのである。「二千石」とは、漢代の太守（郡の長官）の俸禄。唐代では郡に相当する州の長官である刺史の雅称とした。「人日」という人の一年の運命を占う日に当たって、高適は一年後の自分と杜甫との運命の行く末を案じつつ、この友情に溢れる名篇を作った。

この詩は、整然と四句（「解」）ごとに韻を換える、いわゆる「逐解換韻格《ちくかい》」の古体詩である。

しばしば古体詩は韻律の規則が緩いといわれるが、この詩のように、整然とした規則性を持つものもあった。漢詩文が文人の表芸となっていた江戸時代には、漢詩の実作者を輩出したばかりではなく、漢詩の韻律研究にも優れた成果が現れた。中でも武元登々庵《たけもととうとうあん》（一七六七〜一八一八）の『古詩韻範《こしいんぱん》』は古体詩の韻律を論じた名著とされ、ここに「逐解換韻格」が詳しく取り上げられている。

上元《じょうげん》——元宵観灯《げんしょうかんとう》

正月十五日を上元と呼ぶ。そもそもこの日は、七月十五日を中元、十月十五日を下元と呼ぶのに対して用いられる道教の祭日であった。陰暦の十五日は、満月となる。上元の夜、いわゆる元宵は、一年で初めの満月が明るい夜である。この日の夜、宮殿・寺院・道観（道教寺院）から庶民の家の軒先に至るまで、街路には華やかに灯籠がともされ、人々は灯籠見物を楽しんだ。この観灯の行事は、唐代では、その日を挟んで前後三日間繰り広げられたという。郭利貞《かくりてい》（生没年未詳）のただ一首残された詩、「上元」を見ておきたい。これは神龍年間（七〇五〜七〇七）に同じく観灯を詠じた蘇味道《そみどう》・崔液《さいえき》の詩と共に絶唱との評判を取ったものである。

九陌連灯影　千門度月華　九陌《きゅうはく》灯影《とうえい》連《つら》なり、千門《せんもん》月華《げっか》度《わた》る
傾城出宝騎　匝路転香車　城《しろ》を傾《かたむ》けて宝騎《ほうき》を出《い》だし、路《みち》に匝《あまね》くして香車《こうしゃ》を転《てん》ず

爛熳惟愁暁　周遊不問家
更逢清管発　処処落梅花

爛熳《らんまん》惟《た》だ暁《あかつき》ならんことを愁《うれ》へ、周遊《しゅうゆう》して家《いへ》を問《と》はず
更《さら》に清管《せいかん》の発《はっ》するに逢《あ》へば、処処《しょしょ》梅花《ばいか》落《お》つ

都大路には、灯籠の明かりが連なり、宮殿の上の空には、満月が渡る。街には立派な駒が繰り出し、路には豪華な車が練り回る。灯籠の明かりを楽しんで夜の明けるのをおそれ、歩き回って家に帰ることも忘れてしまう。にわかに涼しげな笛の音が発せられるや、至るところに梅の花が散りまがうのだ。

「清管」は高く澄んだ笛の音。「梅花落」は笛曲の名。ここでは、早春に梅の花びらが舞い落ちることに笛曲「梅花落」を吹くことの意味を重ねた、広義の掛詞（双関語）になっている。唐代は日没後の外出は禁じられていたが、元宵のこの日は夜禁も解かれて、都人は街路に浮かれ出た。郭利貞は、李白や杜甫よりも一世代前の詩人であるが、すでにその頃から長安の元宵はこれほどに華やかな賑わいに満ちていたのである。

寒食《かんしょく》

冬至から数えて百五日目の日を、寒食という。白居易の「寒食の夜」と題された詩には、文字通り「一百《いっぴゃく》五《ご》夜《や》の月明らかなる天」という一句がある。陰暦二月の末から三月の初め、陽暦で

は四月の初めに当たっている。寒食のこの日、朝から晩まで火をたくことが禁じられた。「寒食」の名は、前日に調理した冷たい食物（熟食《じゅくしょく》）を食べることに由来している。

唐代では、玄宗皇帝の天宝十載（七五一）以降、さらに拡大して、この日を挟んで前後三日間の禁火が定められ、この期間、官吏には休暇が与えられた。ちなみに我が国で正月三箇日にあらかじめ作り置いたお節料理を食べるのは、一説に、この寒食の習慣が伝わって正月の行事に姿を変えたものともいわれている。また寒食には人々が墓参りをした。なお当時、死者が冥土で豊かに暮らせるようにと紙で作った銭（紙銭《しせん》・冥銭《めいせん》）を墓前で焼く習慣があったが、寒食の期間は、これを焼くことも禁止された。

寒食節が終わって清明節になると、宮中から臣下に新しい火が下賜され、どの家でも新火を起こし始める。次の有名な詩は、まだ寒食節の夜なのに、一足早く、一部の高官だけに新火が下賜される情景を描いたものである。

寒食
春城無処不飛花
寒食東風御柳斜
日暮漢宮伝蠟燭
軽烟散入五侯家

寒食《かんしょく》　韓翃《かんこう》
春城《しゅんじょう》　処《ところ》として飛花《ひか》せざる無《な》し
寒食《かんしょく》　東風《とうふう》に御柳《ぎょりゅう》斜《なな》めなり
日暮《にちぼ》　漢宮《かんきゅう》より蠟燭《ろうそく》を伝《つた》ふ
軽烟散《けいえんさん》じて入《い》る　五侯《ごこう》の家《いへ》

春の長安城は、どこでも花びらが舞っている。寒食の今日、おだやかな東の風に都大路の柳の並木も揺れている。日も暮れ方に、御所では種火が蠟燭に点《とも》して分け与えられ、その蠟燭の立ちのぼる煙は風に散じながら、五侯の館に入ってゆく。

「漢宮」は、漢の宮殿をいうが、ここでは唐の宮殿を指している。「五侯」は、例えば後漢の梁《りょう》冀《き》の一族五人が侯爵に封ぜられたことなどを意識しつつ、漠然と当時の大官貴族を指していうものであろう。寒食にあっては、ただ火の所有を許されることだけで権力の証《あかし》となったのである。

清明　せいめい

新火《しんか》・拝掃《はいそう》・掃墳《そうふん》

冬至から数えて百七日目、陽暦では四月五、六日に当たるのが、清明節である。本来は百五日目の日であったが、唐に先立つ南北朝時代にこの「百五日目」を挟んだ三日間の寒食が定着するにつれて、清明節は寒食節が終わった翌日、「百七日目」に先送りとなった。清明のこの日、ようやく火を使うことが許される。新たにおこした火を新火という。官吏の場合には、朝廷が新火を賜った。寒食と清明は、一続きの行事と理解されており、玄宗の開元二十四年（七三六）、寒食・清明を併せて四日間の休暇が与えられた。また徳宗の貞元六年（七九〇）には、正月や冬至と同格の七日間の休暇に拡大された。人々は、墓参り（拝掃・掃墳）をしたり、「踏青《とうせい》」という野辺の遊びを楽しんで、この春爛漫の時節を過ごした。この頃になると、柳は緑をまして、柳《りゅう》絮《じょ》（楊花《ようか》）と呼ばれる白い綿を風に舞わせ、梨花や杏花が眼に鮮やかに咲きこぼれるのである。

清明

清明時節雨紛紛
路上行人欲断魂
借問酒家何処有
牧童遥指杏花村

清明《せいめい》　　杜牧《とぼく》
清明《せいめい》の時節《じせつ》　雨紛紛《あめふんぷん》
路上《ろじょう》の行人《こうじん》　魂《たましい》を断《た》たんと欲《ほっ》す
借問《しゃもん》す　酒家《しゅか》は何《いづ》れの処《ところ》にか有《あ》る
牧童《ぼくどう》遥《はる》かに指《ゆび》さす　杏花村《きょうかそん》

清明の時節、雨が降り止まず、路上の旅人は気も滅入るばかりだ。ちょっと尋ねたい、酒屋はどの辺にあるものか。牧童は、何も言わずに、ただ遠く杏花の咲く村を指さした。

杜牧（八〇三～八五二）は、晩唐の詩人。硬骨の官僚だったが、文学においては、酒の酔いの中に青春の日々をほろ苦く回顧するような詩にも佳作がある。それもまた、晩唐という頽廃《たいはい》の時代を彩るものだった。なおこの詩については、杜牧の真作かどうか疑問もあるが、杜牧の詩が一面として持つ通俗性がこの詩にもあるように思われる。

和孔密州五絶、其三「東欄梨花」

孔密州《こうみっしゅう》の五絶《ごぜつ》に和《わ》す、其《そ》の三《さん》「東欄《とうらん》の梨花《りか》」　蘇軾《そしょく》

梨花淡白柳深青
柳絮飛時花満城
惆悵東欄二株雪
人生看得幾清明

梨花淡白《りかたんぱく》にして柳《やなぎ》は深青《しんせい》
柳絮《りゅうじょ》飛《と》ぶ時《とき》　花《はな》　城《しろ》に満《み》つ
惆悵《ちゅうちょう》たり　東欄《とうらん》の二株《にしゅ》の雪《ゆき》
人生《じんせい》　幾《いく》たびの清明《せいめい》をか看得《みえ》ん

梨の花はほんのりと白く、柳は深い緑だ。柳絮が舞うとき、花は街中に咲き乱れる。悲しいばかりに美しいのは、東の柵のなかの二株の雪の花。人として生きる中で、いったい何度こんな美しい清明の景色を見ることができるのだろうか。

蘇軾は、北宋時代の第一の詩人とされる。豁達《かったつ》な詩風を持ち、目の前にある一瞬にも人生の喜びを見いだそうとする明朗さは、この短い詩の中にも躍如《やくじょ》としている。

踏青《とうせい》

春遊《しゅんゆう》・鞦韆《しゅうせん》・蹴鞠《しゅうきく》・打毬《だきゅう》

清明節の頃に、文字通り、春の草を踏んで野辺に遊びにゆくこと。「春遊」ともいう。貴族ならば、郊外の広壮な庭園における盛大な宴となった。孟浩然《もうこうねん》の「大堤行《たいていこう》、万七《ばんしち》に寄す」の詩に「歳

歳　春草生じ、踏青す　二三月」、杜甫の「絶句」にも「江辺《こうへん》　踏青して罷《や》み、首を回《かうべ》らして旌《せい》旗《き》を見る」とあって、踏青は唐詩に広く詠まれる題材となっていた。踏青は、墓参りのついでに行われることもあった。また踏青の折には、女性は鞦韆《しゅうせん》（ブランコ）、男性は蹴鞠《しゅうきく》（けまり）・打毬《だきゅう》（ポロ）などの遊技も楽しんだ。玄宗ら唐の諸帝は、特にペルシャ伝来の勇壮なスポーツである打毬に、自らも好んで参加したと伝えられる。続く宋代になると踏青の行事は一層盛んになり、詩にもよく詠まれるようになる。

北宋の画家、張択端《ちょうたくたん》の「清明上河図《せいめいじょうがず》」は、都城開封《かいほう》に繰り広げられる清明節の光景を描いた風俗画として有名であるが、郊外を描いたその右手の画面には、楽しげな踏青の行事も描き取られている。

上巳《じょうし》

三月三日を上巳節という。漢代には、三月の初めの巳の日、つまり上巳の日に行われていたが、魏晋以降、次第に三日に固定するようになった。上巳はもともと祓禊《ふっけい》という、日頃の穢《けが》れを水辺で祓《はら》い浄《きよ》めて一年の豊穣を祈念する「みそぎ」の儀式だった。この日に清流に臨んで曲水の宴を催すことになるのも、この祓禊の儀式と関係している。曲水の宴といえば、東晋の王羲之《おうぎし》が蘭亭で催したものが有名である。王羲之は会稽（現在の浙江《せっこう》省紹興市）の地に、蘭亭という別荘を所有していた。永和九年（三五三）、王羲之はこの地で曲水の宴を開き、参集した数十人の貴族たちの作った詩を取りまとめ、自ら筆を振るってその詩集の序を書いた。これが後世神品と称される「蘭亭集序《らんていしゅうじょ》」（また「蘭亭詩序」「蘭亭記」とも）である。上巳節は、南北朝時代から初唐にかけて大事な宮廷行事としてしばしば詩文の題材となった。景龍四年（七一〇）、中宗が長安の北を流れる渭水《いすい》で祓禊を行ったとき、随行した韋嗣立《いしりつ》・徐彦伯《じょげんはく》・劉憲《りゅうけん》・沈佺期《しんせんき》・李乂《りがい》・張説《ちょうえつ》ら当時の名だたる宮廷詩人たちは、中宗の御製「三日渭浜《みっかいひん》に祓禊す」に唱和して、それぞれ七言絶句を作った。李乂（六五七～七一六）の詩を読んでみたい。

奉和三日祓禊渭浜　三日《みっか》渭浜《いひん》に祓禊《ふっけい》するに和《わ》し奉《たてまつ》る　李乂《りがい》

上林花鳥暮春時　上林《じょうりん》の花鳥《かちょう》　暮春《ぼしゅん》の時《とき》
上巳陪遊楽在茲　上巳《じょうし》　遊《あそ》びに陪《ばい》して楽《たの》しみ茲《ここ》に在《あ》り
此日欣逢臨渭賞　此《こ》の日《ひ》　渭《い》に臨《のぞ》みて賞《しょう》するに逢《あ》ふを欣《よろこ》ぶ
昔年空道濟汾詞　昔年《せきねん》　空《むな》しく道《い》ふ　汾《ふん》を済《わた》るの詞《し》

天子の御苑である上林苑の花も鳥も、今は晩春の風情だ。この上巳の節、天子にお供してここに行楽する。この日、渭水に臨んで景色を賞する機会に恵まれた。武帝が汾水を渡るときに作った「秋風の辞」を、これまではむなしく唱《とな》えてきたが、今はその思いを我がものにできたのだ。

祓禊の儀式は、盛大な舟遊びを兼ねたものだった。前漢の武帝は、汾水に屋形船を浮かべて「秋風の辞」を作った。その風雅の行事をかねがね慕ってきたが、いまは中宗の舟遊びがそれに取って代わったと述べるのである。

次に読む鮑溶《ほうよう》（生没年未詳）の詩は、上巳の日に、この詩を樊瓘《はんかん》・樊宗憲《はんそうけん》に送り、合わせて浙東観察使で御史中丞《ぎょしちゅうじょう》の孟簡《もうかん》に献げたもの。孟簡がこの職に在任したのは元和九年（八一四）九月からの三年で、詩が作られたものこの時期である。

上巳日寄樊瓘樊宗憲兼呈上浙東孟中丞簡

上巳《じょうし》の日《ひ》、樊瓘《はんかん》・樊宗憲《はんそうけん》に寄《よ》せ、兼《か》ねて浙東《せっとう》の孟中丞簡《もうちゅうじょうかん》に呈上《ていじょう》す　鮑溶《ほうよう》

世間禊事風流処
鏡裏雲山若画屏
今日会稽王内史
好将賓客酔蘭亭

世間《せけん》の禊事《けいじ》　風流《ふうりゅう》なる処《ところ》
鏡裏《きょうり》の雲山《うんざん》　画屏《がへい》の若《ごと》し
今日《きょう》　会稽《かいけい》の王内史《おうないし》
好《よろ》しく賓客《ひんかく》と将《とも》に蘭亭《らんてい》に酔《ゑ》ふべし

人の世で風雅な禊ぎの行事が行われるところでは、鏡湖《きょうこ》に映った雲や山は、絵が描かれた屏風のように美しい。本日、会稽内史の王羲之にも擬《なぞら》えるべき孟簡殿は、賓客と共に蘭亭で酒に酔っていることだろう。

孟簡が浙東観察使として在任する会稽には、先に述べたように、王羲之の蘭亭があった。そこで孟簡を王羲之に擬えた。「鏡裏」とは、鏡の中。会稽には鏡湖という美しい湖があり、それを活用している。

上巳節は、盛大な宮廷行事となることもあったが、唐代の中期以降、やや先立って行われる寒食・清明の節日が注目される中で、次第に宮廷行事としての重要性を失ってゆく。その後の文学では、この鮑溶の詩のように、王羲之の蘭亭の風雅な集まりが回顧されることが多くなった。

三月尽《さんがつじん》

春は、陰暦三月で終わる。その三月が尽きるとは、春がこれを最後に去ってゆくことである。中唐以降、詩人たちの季節の変化に寄せる思いが細やかになるにつれて、「三月尽」「三月三十日」は、いわば春の名残を惜しむ特別の瞬間となる。

三月三十日題慈恩寺
慈恩春色今朝尽
尽日徘徊倚寺門
惆悵春帰留不得

三月三十日《さんがつさんじゅうにち》、慈恩寺《じおんじ》に題《だい》す　白居易《はくきょい》
慈恩《じおん》の春色《しゅんしょく》　今朝《こんちょう》尽《つ》く
尽日徘徊《じんじつはいかい》して寺門《じもん》に倚《よ》る
惆悵《ちゅうちょう》たり春帰《はるかへ》りて留《とど》め得《え》ざるを

紫藤花下漸黄昏　紫藤《しとう》の花下《かか》　漸《やうや》く黄昏《こうこん》

慈恩寺の春の景色は、今日でおしまいだ。日がな一日そぞろ歩き、寺の門に倚って佇《たたず》んでいる。悲しいかな、春は去って留めるすべもなく、紫色の藤の花の下陰《したかげ》は、次第に春も最後の黄昏《たそがれ》に沈んでゆく。

慈恩寺は、長安の東南部、楽遊原に連なる高台に位置していた。西遊記でもおなじみの玄奘三蔵が、インドから持ち帰った仏典の翻訳にたずさわったのがこの寺である。寺の大雁塔《だいがんとう》は、眼下に長安を見渡す眺望を誇って当時から有名だった。

端午　たんご　──競渡《きょうと》・粽《ちまき》

五月五日が端午節である。「端午」はその昔、「端五」とも書いた。五月の初め（上旬）の五日を意味していたらしい。夏も盛りのこの月は、疫病がはやり、洪水や害虫にも悩まされる時期であり、古来「悪月」とされた。端午節は、疫病を祓《はら》い、洪水を治めるための宗教儀式と関係があった。

中国文学で端午といえば、憂国の詩人として知られる屈原の伝説を忘れるわけにはいかない。戦国時代、楚（長江中流域にあった国）の王族であった屈原は、奸臣《かんしん》の讒言《ざんげん》に遭って郢《えい》の都（現在の湖北省荊州市《けいしゅう》）を追放された。彼は各地をさまよった後に、絶望のあまり汨羅江《べきら》に身を投げた。これを見た付近の漁師たちが、助け上げようと一斉に船を漕ぎ寄せ、また飢えた魚が死体を傷つけないようにと粽《ちまき》を川に投げ込んだ。端午の日になると、人々が水辺に出て船を漕ぐのを競い（競渡）、また粽を食べるのは、この故事に由来するという。もっともこの屈原伝説にしても、洪水を畏れる原始的な宗教儀式と何らかの関係があると考えられよう。

端午

節分端午自誰言

万古伝聞為屈原

堪笑楚江空渺渺

不能洗得直臣冤

端午《たんご》　　僧文秀《そうぶんしゅう》

節分《せつぶん》の端午《たんご》　誰《たれ》によりてか言《い》ふ

万古伝聞《ばんこでんぶん》す　屈原《くつげん》が為《ため》なりと

笑《わら》ふに堪《た》へたり　楚江《そこう》の空《むな》しく渺 渺《びょうびょう》たるも

直臣《ちょくしん》の冤《うら》みを洗《あら》ひ得《え》ること能《あた》はざるを

端午の節分は、誰が言い始めたものか。大昔より、屈原の死を悼《いた》むためだと伝えられる。しかしお笑いぐさなのは、長江がかいもなくとうとうと流れているのに、この忠臣の無念の思いをその水の流れですすぐこともできないことだ。

「楚江」はかつて楚の国があった地域を流れる長江。そこは屈原の世界でもあった。

七夕《たなばた》

初秋の七月七日は「七夕」である。我が国でこれを「タナバタ」と呼ぶのは平安朝になってからで、それ以前は直訳して「ナヌカノヨ」といっていたらしい。「タナバタとは、我が国の古い河川祭りにおいて、神御服《かむみぞ》を織る棚機津女《たなばたつめ》が、織女と共通点を持っていたための呼称である」（植木久行『唐詩歳時記』「七夕」）。七夕伝説は、古くは漢代から、広く民間に行われていたようである。次に読む詩は、後漢の頃の無名氏（詠み人知らず）の「古詩十九首」中の其の十である。

迢迢牽牛星　皎皎河漢女
繊繊擢素手　札札弄機杼
終日不成章　泣涕零如雨
河漢清且浅　相去復幾許
盈盈一水間　脉脉不得語

迢《ちょう》迢《ちょう》たり牽牛星《けんぎゅうせい》、皎《きょう》皎《きょう》たり河漢《かかん》の女《むすめ》
繊繊《せんせん》として素手《そしゅ》を擢《あ》げ、札札《さつさつ》として機杼《きちょ》を弄《ろう》す
終日《しゅうじつ》章《あや》を成《な》さず、泣涕《きゅうてい》零《お》つること雨《あめ》の如《ごと》し
河漢《かかん》清《きよ》く且《か》つ浅《あさ》く、相《あ》ひ去《さ》ること復《ま》た幾許《いくばく》ぞ
盈盈《えいえい》として一水間《いっすいへだ》て、脉脉《ばくばく》として語《かた》るを得《え》ず

遠く遥かに見えるのは、牽牛星。きらきらと輝くのは、織女星。ほっそりとした白い手を差し上げて、パタパタと機《はた》の杼《ひ》を操っている。しかしひねもす織り続けても、紋様を仕上げられず、涙を、はらはらと雨のように落とすのだ。天の川は清くまた浅く、二人が離れるのはいくばくの距離でもないというのに。それなのに川の水は満ちて二人を隔

て、見つめ合ったまま言葉を交わすこともできないでいる。

詩は、織女の側に立って詠み出されている。中国のその後の七夕の詩が織女に焦点を定めて、孤閨《こけい》（独り寝のわびしさ）を怨む女性の姿を詠ずるいわゆる閨怨詩へと変わってゆく萌芽が、すでにこの詩の中にも見えている。「七夕」伝説は日本にも伝わり、漢詩ばかりではなく、和歌の世界にも影響を与えている。

しかし日本の七夕歌の主体は彦星であり、彦星が天の川を渡って織り姫に逢いにゆくことになる。その後の中国の詩や、その影響のもとに作られた日本漢詩では織女が河漢（銀河）を渡るのと反対なのである。この興味深い違いについては、小島憲之氏の『古今集以前――詩と歌の交流』に詳しい研究がある。そこでは、当時の日本の婚姻形態が中国とは異なり「妻問い」を基本にしていたことが重要な原因として考えられている。

ところで織女が河漢を渡ろうとする時には、烏鵲《うじゃく》（カササギ）が集まり連なって橋を架ける、といわれている。白居易の『白氏六帖事類集《はくしりくじょうじるいしゅう》』巻二九に引く『淮南子《えなんじ》』（前漢時代に成書）の逸文に、「烏鵲、河《かは》（銀河）を塡《うづ》めて橋を成し、織女を渡らしむ」とある。こうして「かささぎの橋」（「烏鵲橋《うじゃくきょう》」「鵲橋《じゃくきょう》」）は、恋人の逢瀬の橋となるのである。七夕の行事としては、若い娘たちが針仕事の上達を願って上弦の月に祈る「乞巧《きっこう》」も、唐代に盛んに行われていた。

中秋《ちゅうしゅう》

陰暦の秋は、七、八、九月。その真ん中の八月がつまり中秋（仲秋）である。また特に「中秋」「中秋節」と呼ぶときは、満月となる八月十五日のことを称する。ところで我が国も含めて盛んになる中秋観月の風流な遊びも、現存する詩文を見る限りでは、魏晋南北朝時代に取り立てて行われた形跡はない。唐代も半ばを過ぎようとする玄宗皇帝の時代からようやく盛んになった比較的新しい習慣のようである。中秋の名月の夜を詠じた詩では、次の白居易のものが名高い。

八月十五日夜禁中独直対月憶元九
八月十五日夜《はちがつじゅうごにちよる》、禁中《きんちゅう》に独《ひと》り直《ちょく》し、月《つき》に対《たい》して元九《げんきゅう》を憶《おも》ふ　白居易《はくきょい》

銀台金闕夕沈沈
独宿相思在翰林
三五夜中新月色
二千里外故人心
渚宮東面煙波冷
浴殿西頭鐘漏深
猶恐清光不同見

銀台金闕《ぎんだいきんけつ》　夕《ゆう》べに沈沈《ちんちん》
独《ひと》り宿《しゅく》し相《あ》ひ思《おも》ひて翰林《かんりん》に在《あ》り
三五夜中《さんごやちゅう》　新月《しんげつ》の色《いろ》
二千里外《にせんりがい》　故人《こじん》の心《こころ》
渚宮《しょきゅう》の東面《とうめん》　煙波《えんぱ》冷《ひやや》かに
浴殿《よくでん》の西頭《せいとう》　鐘漏《しょうろう》深《ふか》し
猶《な》ほ恐《おそ》る　清光《せいこう》同《おな》じくは見《み》ざらんことを

江陵卑湿足秋陰　江陵《こうりょう》は卑湿《ひしつ》にして秋陰《しゅういん》足《た》る

白銀と黄金に飾られた宮殿が折しも夕闇に静まり返るとき、自分はただ独り宿直して君のことを懐かしむ。今日十五夜の、いま差し出たばかりの満月の光。それを見ながら思いやるのは、都から二千里も遠くに逐《お》われた、我が親友の胸の内だ。君のいる渚宮の東には、長江の川靄《かわもや》が冷かに広がり、わが間近の浴殿の西には、時を告げる鐘と水時計の音が深々と響く。それでも不安で仕方がないのは、この名月の清らかな光を君と共に見ていないかも知れないことだ。江陵は、聞けば土地も湿気が多く、秋も曇りがちということだから。

「翰林」は、翰林院。皇帝付きの秘書官ともいうべき翰林学士が詰める、大明宮《たいめいきゅう》内にあった役所である。このとき白居易は、翰林学士として皇帝に近侍していた。「渚宮」は、江陵（現在の湖北省荊州市）にあった春秋時代の楚の成王の離宮。この時、詩友の元稹《げんしん》は左遷されて江陵にいた。「浴殿」は翰林院の東南にあった浴堂殿、そこは皇帝の寝所であった。

月の光は、あまねくどこをも照らす。月は遠くの人を思うようすがである。だからは白居易は、仲秋の名月を見るときに遥かなる江陵の親友元稹に思いを馳せたのである。

擣衣 とうい

擣練《とうれん》

秋も深まれば、冬支度も忙しくなる。女たちは、寒衣（綿入れの類）の用意に精を出す。中国で綿《めん》が普及するのは明代以降。それまでは庶民の衣料は麻や葛を主としていた。繊維は粗く固いので、肌に暖かく馴染ませるために満遍なく敲《たた》く必要があった。これが擣衣である。擣衣は「擣練」ともいった。この場合の「練」は美称であり、通常言うところの「練り絹」ではなく、「葛布《かっぷ》」を意味する。布をのせる台を「砧《ちん》」、布を敲くきねを「杵《しょ》」といった。多くは長い柄の付いた杵を二人で向かい合って持ち、砧の上に敷き延べた布を擣《つ》いた。

擣衣は、遠方にある夫の帰りを待ちわび、愁え悲しむ女性の思いとともに詩に読み込まれることが多い。とりわけ、唐代前半に府兵制（一種の国民皆兵制）が施行されていた時、衣料や武器・食料は原則として兵士の自前であり、家に残された妻は駅継ぎの使者に託して遠く国境の防備に当たる夫のもとに寒衣を送り届けなければならなかった。

子夜呉歌（『唐詩選画本』）

子夜呉歌
長安一片月　万戸擣衣声
秋風吹不尽　総是玉関情
何日平胡虜　良人罷遠征

子夜呉歌《しやごか》　李白《りはく》
長安《ちょうあん》　一片《いっぺん》の月《つき》、万戸《ばんこ》　衣《ころも》を擣《う》つの声《こゑ》
秋風《しゅうふう》　吹《ふ》いて尽《つ》きず、総《すべ》て是《こ》れ玉関《ぎょくかん》の情《じょう》
何《いづ》れの日《ひ》か胡虜《こりょ》を平《たひ》らげ、良人《りょうじん》　遠征《えんせい》を罷《や》めん

長安の夜空に、ぽつんと浮かんでいる月。その月の光に照らされた街の家々からは、冬着を仕立てる擣衣の音が響き渡る。秋風は、いつまでも吹いて吹き止まず。その一つ一つが玉門関《ぎょくもんかん》にいる夫を思い出させる。一体いつになったら胡《えびす》どもを平らげて、夫は遠征から帰ってくるのだろうか。

「総て是れ玉関の情」。遠方をも等しく照らす月、擣衣の響き、西北から吹き来たる秋風、これら総てが、玉門関の夫を思い出させるというのである。その玉門関とは、現在の甘粛省敦煌市の西にあった古い関所の名称。前漢以来、中国の西のはて、いわば国境守備の最前線としてのイメージを積み上げてきた地名である。「子夜呉歌」は、歌謡である楽府の題名。李白はこの楽府題の下に、既存のメロディーに替え歌を付ける要領でこの歌辞を作った（↓一〇頁「序章」）。

重陽《ちょうよう》

陰暦九月九日を、「重陽」「重陽節」という。奇数は、中国に伝統的な陰陽の思想によれば陽数であり、しかもその最大の「九」は、陽数の代表である。この日は、九が重なるので「重陽」と称される。またこの日の行事に名を借りて「菊花節」「茱萸《しゅゆ》節」「登高節」ということもあった。

重陽の日、人々は連れだって高みに登り、茱萸（カワハジカミ）を袋に詰めたり髪にかざして、菊花を浮かべた酒を飲んだ。南朝、梁の呉均《ごきん》の『続斉諧記《ぞくせいかいき》』（不分巻）にいう。――後漢の時代、汝南《じょなん》（河南省汝南県）の桓景《かんけい》は、道士の費長房《ひちょうぼう》に師事していた。ある時、費長房が桓景に告げた。「お前の家に禍《わざわい》が起こりそうだから、今すぐに逃げるがよい。家の者には赤い袋に茱萸を詰めて腕にかけさせ、山に登って菊花を浮かべた酒を飲めば、この禍は避けられるだろう」。桓景は、言われた通りにした。そして家に帰ってみると、飼っていた鶏犬牛羊がことごとく死んでいた。費長房は桓景からこの話を聞いて、お前たちの代わりに死んでくれたのだと語った。重陽の習慣は、ここに始まるのである――と。重陽を詠じた唐詩の名作は、すこぶる多い。次に王維と杜甫の作品を読んでおきたい。

九月九日憶山東兄弟　　九月九日《きゅうげつきゅうじつ》、山東《さんとう》の兄弟《けいてい》を憶《おも》ふ　　王維《おうい》

独在異郷為異客　　独《ひと》り異郷《いきょう》に在《あ》りて異客《いかく》と為《な》る
毎逢佳節倍思親　　佳節《かせつ》に逢《あ》ふ毎《ごと》に　倍《ますます》、親《しん》を思《おも》ふ
遥知兄弟登高処　　遥《はる》かに知《し》る　兄弟《けいてい》高《たか》きに登《のぼ》る処《ところ》

遍挿茱萸少一人　遍《あまね》く茱萸《しゅゆ》を挿《さ》して一人《いちにん》を少《か》くを

自分は一人長安の異郷にあって、旅人となり、この重陽の佳節に逢うたびにますます家族のことが思われる。遠く思い浮かべるのだ、兄弟たちが連れ立って高みに登るとき、皆こぞって茱萸を頭に挿しているのに、ただ自分一人がかけている光景を。

この「山東」は、泰山の東、つまり山東省の地域を指す今日の用法ではなく、華山の東の、中国大陸の東半分を指している。王維の故郷は、華山の東の蒲州《ほしゅう》（山西省永済《えいさい》市）とされている。作者の自注によれば、このとき王維は十七歳。故郷を離れて、長安で科挙受験の準備をしていた頃の作品である。

登高　登高《とうこう》　杜甫《とほ》

風急天高猿嘯哀　風《かぜ》急《きゅう》に天高《てんたか》くして猿《さる》嘯《うそぶ》くこと哀《かな》し
渚清沙白鳥飛廻　渚《なぎさ》清《きよ》く沙白《すなしろ》くして鳥《とり》飛《と》び廻《めぐ》る

九月九日山東の兄弟を憶ふ（『唐詩選画本』）

無辺落木蕭蕭下
不尽長江滾滾来
万里悲秋常作客
百年多病独登台
艱難苦恨繁霜鬢
潦倒新停濁酒杯

無辺《むへん》の落木《らくぼく》 蕭蕭《しょうしょう》として下《くだ》り
不尽《ふじん》の長江《ちょうこう》 滾滾《こんこん》として来《きた》る
万里《ばんり》悲秋《ひしゅう》 常《つね》に客《かく》と作《な》り
百年《ひゃくねん》多病《たびょう》 独《ひと》り台《だい》に登《のぼ》る
艱難《かんなん》 苦《はなは》だ恨《うら》む繁霜《はんそう》の鬢《びん》
潦倒《ろうとう》 新《あら》たに停《とど》む濁酒《だくしゅ》の杯《はい》

風は強く、天は晴れ上がって、猿は哀しげに啼き叫ぶ。長江の水際は澄み、沙は白く光って、鳥は輪を描いて舞う。見渡す限りの落ち葉は、ざわざわと騒いで散り、尽きることも知らぬ長江は、滾々と水を湧かせて流れ来る。万里に広がる悲しい秋景色の中で、自分は常に漂泊の身であり、生涯多病を抱えつつ、連れ立つ友もいないままにただ一人で高台に登る。国家の艱難に遭って、今はめっきりと霜を置いた鬢の毛を恨めしく思う。しかも老いぼれの身で、近頃は濁酒の杯も止めざるを得なくなった。

五十代も半ばを過ぎた杜甫は、長い放浪の末に、三峡の入口にある谷間の町、白帝城（重慶市奉節県）に留まって、重い消渇《しょうかち》（糖尿）の病を養っていた。「猿嘯」とは、猿が長く声を引いて啼くことをいう。古来、三峡は野猿が多いことで有名である。「百年」は、人の寿命の限界、転じて生涯のすべて。「艱難」は、社会が人間にもたらす苦難。ここでは、安史の乱によって杜甫の人生が翻弄されたことをいう。「潦倒」は老衰のさま。

七言律詩の要件である頷聯（第三・四句）と頸聯（第五・六句）の対句に加えて、この詩では首聯・尾聯も併せてすべての聯が対句で構成されている。しかも頷聯では「蕭蕭 xiāo xiāo」「滾滾 gǔn gǔn」といった重言《ちょうげん》の擬声語を、また尾聯の対句では「艱難 jiān nán」「潦倒 liǎo dǎo」といった同じ韻母（母音）を畳《かさ》ねる畳韻《じょういん》の擬態語を活用して、音声面でも対句の効果を高めている。三峡の異様な景観の助けを借り、厳格な修辞的鍛錬も加えて、張りつめた悲壮感がほとばしるかのようである。杜甫の七言律詩の中でも、名だたる傑作とされるものである。

冬至《とうじ》

陽暦の十二月二十二日前後が、二十四節気の一つの冬至である。また「冬節」「至日」などと呼ばれることもあった。「一陽来復」と日本でもいわれることがあるが、これは冬至になると陰の気が極まって、陽の気が「来たり復する」ことを意味する。冬至は、余興となる行事がないこともあって、文学の世界では注目されることが少ない。しかし唐代において官吏に七日の仮日（休暇）が与えられたのは、正月の「歳節」とこの「冬至節」だけだった。寒食～清明の仮日は、玄宗朝では合わせても四日で、徳宗朝になってようやく七日に加増された（→九八頁「清明」）。また寒食の日を、この冬至を起点として「一百五日」と称することも、節日としての冬至の重要さを裏書きしている。
冬至は、「亜歳《あさい》」（歳節に亜《つ》ぐもの）とも呼ばれて、その行事は多く正月の歳節と同様に厳粛に行われた。実はこれには古い謂われがある。周の時代の暦（周暦）は、冬至を歳首（一年の初め）とし、夏の時代の暦（夏暦）では、立春を歳首とした。前漢の武帝の時代以降、周暦を廃して夏暦を用いるようになっても（これが後世のいわゆる旧暦）、依然として冬至を歳首とする周暦の記憶が残ったのである。例えば元旦を翌日に控えた大晦日を「歳除」といい、その「除夜」は一家団欒して眠らずにあかす「守歳」の習慣があるが、冬至の前日である「冬除」の夜を「至《し》除夜《じょや》」といって、やはり同様の「守冬《しゅとう》」という習慣が行われた。そして冬至節の当日には、祖先へのお供えのほかに、元日と同様、家長に酒を進め、師老には拝賀が行われた（中村喬『中国歳時史の研究』「冬至節の風習と行事」）。

冬至

年年至日長為客
忽忽窮愁泥殺人
江上形容吾独老
天涯風俗自相親
杖藜雪後臨丹壑

冬至《とうじ》　　杜甫《とほ》

年年《ねんねん》の至日《しじつ》　長《つね》に客《かく》と為《な》り
忽忽《こつこつ》たる窮　愁《きゅうしゅう》　人《ひと》を泥殺《でいさつ》す
江上《こうじょう》の形容《けいよう》　吾独《われひと》り老《お》い
天涯《てんがい》の風俗《ふうぞく》　自《おのづか》ら相《あ》ひ親《した》しむ
藜《あかざ》を杖《つゑ》つきて雪後《せつご》に丹壑《たんがく》に臨《のぞ》むとき

鳴玉朝来散紫宸
心折此時無一寸
路迷何処見三秦

玉《ぎょく》を鳴《な》らして朝来《ちょうらい》 紫宸《ししん》に散《さん》ぜん
心折《しんを》れて 此《こ》の時《とき》 一寸《いっすん》も無《な》し
路《みち》に迷《まよ》ひて 何《いづ》れの処《ところ》にか三秦《さんしん》を見《み》る

いつの年も冬至の日は、相も変わらず旅人であり、茫然たる深い愁いは、まとわりついてわが身を苛《さいな》む。遠い南の長江の岸辺の景色の中に、自分一人が老いさらばえ、地もはての見馴れぬ風俗に、いつのまにか慣らされている。藜の杖をついて、雪降る後に白帝城の丹《あか》い谷間を見下ろすとき、ふと思いやるのは、立ち並ぶ高官たちが腰の佩《お》び玉を鳴らしながら、朝賀を終えて紫宸殿から退散する光景だ（憶《おも》えばかつての冬至節、自分もその中の一人ではなかったのか）。このことを思うとき、心臓は悲しみに砕けて一寸の大きさもない。路に踏み迷って、どこに行ったら長安の都に辿り着けるのか見当もつかないのだ。

冬至のこの日、紫宸殿において群臣たちの朝賀を受けた後、天子は雲物《うんぶつ》（太陽のまわりの雲気）を観察し、圜丘《えんきゅう》（天にかたどった円形の壇）に登って天を祭り、天下泰平と五穀豊穣を祈った。この冬至の儀式は、祥瑞を奏上しない点を除くと、元日に行われる歳節の式典にも劣らない盛大なものだった。

除夜《じょや》

除夕《じょせき》・守歳《しゅさい》

陰暦十二月三十日つまり大晦日の日を、中国では「歳除」と呼ぶ。またその夜を「除夜」「除夕」と呼ぶ。ちなみに「夕」は、日本語の用法とは異なり、夕方から夜までを含んでいる。唐代以降、除夜には官民を問わず、古い年の悪鬼や疫病を追い払うために大儺《たいだ》（鬼やらい）の儀式が行われるようになった。除夜とは、文字通りには悪鬼を逐除する夜なのである。またこの夜は、家族が団欒して眠らずに新年を待つ「守歳」という習慣があった。この習慣は、大儺によって一度退散した悪鬼が、睡眠中に再び体内に侵入しないように眠らず警戒することに由来する。

除夜有懐

五更鐘漏欲相催
四気推遷往復回
帳裏残灯纔去焔
爐中香気尽成灰
漸看春逼芙蓉枕
頓覚寒銷竹葉杯
守歳家家応未臥

除夜《じょや》に懐《おも》ひ有《あ》り　孟浩然《もうこうねん》

五更《ごこう》の鐘漏《しょうろう》　相《あ》ひ催《もよほ》さんと欲《ほっ》す
四気推遷《しきすいせん》し　往《ゆ》きて復《ま》た回《かへ》る
帳裏《ちょうり》の残灯《ざんとう》　纔《わづか》に焔《ほのほ》を去《さ》り
爐中《ろちゅう》の香気《こうき》　尽《ことごと》く灰《はひ》と成《な》る
漸《やうや》く看《み》る　春《はる》の芙蓉《ふよう》の枕《まくら》に逼《せま》るを
頓《とみ》に覚《おぼ》ゆ　寒《かん》の竹葉《ちくよう》の杯《はい》に銷《き》ゆるを
守歳《しゅさい》して　家家《かか》　応《まさ》に未《いま》だ臥《ふ》せざるべし

相思那得夢魂来　相《あ》ひ思《おも》ふも那《なん》ぞ夢魂《むこん》の来《き》たるを得《え》んや

暁の時を告げる水時計と鐘の音が、時間を先へと駆り立てる。こうして四つの気節は移り変わり、過ぎ去った春がまた帰って来るのだ。寒さを防ぐ帳《とばり》の中の燃え残った灯火は、先ほど明るい焔を失い、炉に燻《くすぶ》る香わしい煙は、すっかり燃え尽きて灰となった。春はだんだんと芙蓉の刺繍をほどこした枕辺に近寄り、寒さはにわかに竹葉酒が満たされた杯の中に消えてゆく。守歳をして、どこの家でもきっとまだ眠らずにいるだろう。ところで君がどんなに私のことを思ってくれたとしても、私はこうして眠らずにいるので、私の夢に君が現れることができようものか。

「五更」は、夜を五つに分けたその最後の時間。黎明《れいめい》の時。「爐中の香気」とは、おそらくは除夜に焚く魔除けの薬草の香りのことをいう。「竹葉」は酒名。ここでは屠蘇の酒である。「夢魂」とは、夢となって人のもとを尋ねる魂。古来中国では、相手が自分のことを思っているときに、その人が自分の夢に現れると理解した。この詩は、新しい年を待つ守歳の習わしを描きながら、そこに、眠らずに友を思う友情を結びつけた佳作である。

第三章
詩語のイメージ

漢詩は、中国の伝統的な文学である。その最も古いものは、今から三千年以前の詩篇を含むとされる『詩経』にも遡ることができる。

森羅万象を満たすものは、理屈としてはその全てが漢詩の詠ずる対象、つまり題材となりうる。しかし『詩経』以来、長い歴史をかけて多くの作品が蓄積される過程で、「漢詩に好んで取り上げられる題材」が次第に固定化する。しかも、その題材の一つ一つに特定のイメージが伴うことになる。例えば、「松」である。常緑樹である松は、周囲の変化に左右されることのない、堅固な信念や高潔な操《みさお》の象徴となる。このイメージは、遡れば『論語』子罕《しかん》篇に収める孔子の言葉、「歳《とし》寒くして然《しか》る後《のち》に松柏の凋《しぼ》むに後《おく》るるを知る也《なり》」（冬になって、松や柏《ヒノキ》が、他の木々が黄ばんで落葉した後にも緑を保つことがわかる）まで行き着くものであろう（↓一八二頁「松柏」）。松のこうしたイメージは、歴代の漢詩の中で自覚的に継承され、また再生されてきたものである。漢詩が伝統的であるとは要するに、歴史の中で選択され、しかも特定のイメージを与えられたこのような題材によって作品が構成されているということにほかならない。

伝統文学である漢詩をより深く読み解くためには、漢詩のイメージを構成する題材の理解がどうしても必要になる。この章では、漢詩の主だった題材を、「草木」「鳥獣虫魚」「天文・気象・地理」という三つの枠組みに従って取り上げることにしたい。

一　草木　春

春草《しゅんそう》　芳草《ほうそう》・細草《さいそう》

冬枯れた野に、やわらかな緑の草が萌え始める。死の世界からの復活。このことを強く実感させてくれるのは、春に咲き競うことごとしき名花ではなく、かえって野辺のなにげない若草であったりするものである。古くは南朝、宋の謝霊運《しゃれいうん》の「池上《ちじょう》の楼に登る」の詩に、「池塘《ちとう》に春草生じ、園柳《えんりゅう》に鳴禽《めいきん》変ず」とあるのが、名句中の名句とされている。池の土手に春草が萌え、園の柳に鳥がさえずり始める——という表現の中に、春の訪れが巧みに言い表されている。

めぐる年ごとに忘れずに緑に芽吹く春草には、親しい人との再会を願う思いが込められることがある。それは時として、やわらかな恋の思いを含むようにも読める。次に読む王維の詩は、その典型となるものであろう。

送別　　王維

山中相送罷
日暮掩柴扉
春草年年緑
王孫帰不帰

送別《そうべつ》　　王維《おうい》

山中《さんちゅう》　相《あ》ひ送《おく》りて罷《や》み
日暮《にちぼ》　柴扉《さいひ》を掩《おほ》ふ
春草《しゅんそう》　年年《ねんねん》緑《みどり》なり
王孫《おうそん》　帰《かへ》るや帰《かへ》らざるや

山の中で、あなたの見送りを終えて、日も暮れるとき、わが柴の戸を閉ざす。若草は、いつも忘れずに春に萌える。あなたはその頃、わたしのもとに帰って来てくれるのだろうか。

王維のこの作品は、『楚辞』の「招隠士」に、「王孫 遊びて帰らず、春草 生じて萋萋《せいせい》たり」と述べるのを踏まえている。「王孫」とは、王侯の貴公子。しかし後世の詩文では、この詩の場合を含めて親しい若者への呼びかけとなる。ここでは、男女の情愛を詮索することに大きな意味はない。漢詩の作法を考えるならば、別れた相手がおおかた同性であることに相違はないのだが、この作品が、異性に寄せるようなこまやかな友愛の情に包まれていることに注目しておきたい。

「芳草」という語もある。字義通りには芳香を放つ草だが、実際にはたんに春草の美称であることが多い。崔顥《さいこう》の「黄鶴楼」の詩に、長江の中洲の鸚鵡洲《おうむしゅう》をおおう春草を眺めて「芳草萋萋たり鸚鵡洲」と詠じているが、その春草の芳《かお》りが、長江の岸辺にまで遠く漂っていると考える必要はない。

また類義の語に、「細草」がある。南朝、梁の蕭子顕《しょうしけん》（四八七〜五三七）の「燕歌行《えんかこう》」を引いてみよう。

洛陽梨花落如雪　　洛陽《らくよう》の梨花《りか》　落《お》ちて雪《ゆき》の如《ごと》く

河辺細草青如茵　河辺《かへん》の細草《さいそう》　青《あお》きこと茵《しとね》の如《ごと》し

茵（しきもの）のように、やわらかく地表を覆う若草、それが細草なのである。ちなみに漢文の教科書にもよく採られる杜甫の有名な「旅夜書懐《りょやしょかい》」の詩は、従来は秋の作とされていた。しかし、第一句「細草　微風の岸」の「細草」を根拠に、若草がそよ風に揺れなびく春の季節に作られた詩と考えるのが適当なのである。

梅《うめ》

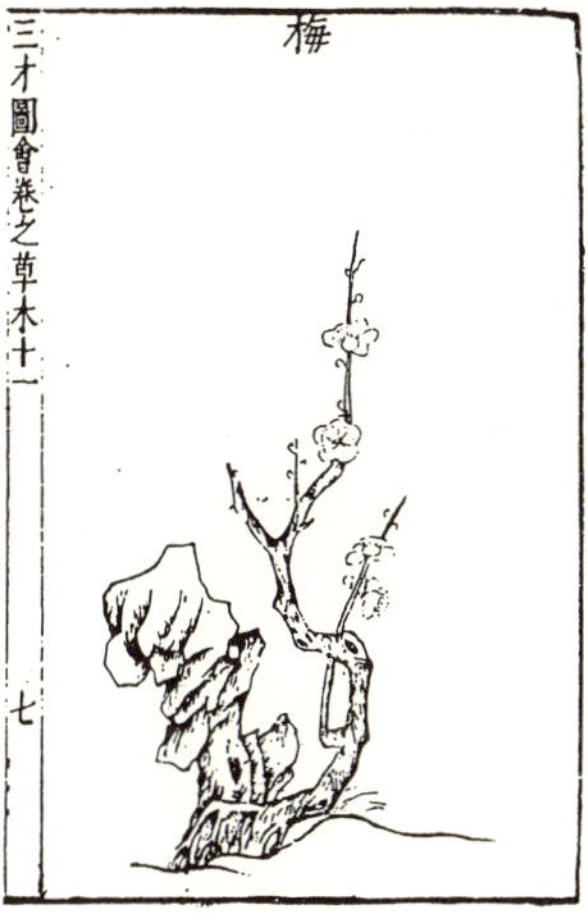

梅（『三才図絵』）

梅は、中国原産のバラ科の植物。古くは紀元前千年にも遡る中国最古の文献、『書経』や『詩経』にもすでにその名が見えている。しかしその梅は、梅の果実を指すものであって、後世の詩文にもっぱら梅の花が詠まれるのとは事情が異なっている。花としての梅に注目した初期の例として、前漢、劉向《りゅうきょう》の『説苑《ぜいえん》』奉使篇に、越国の使者である諸発《しょはつ》が「一枝《いっし》の梅を執《と》つて、梁王に遺《おく》る」とある。

また前漢、韓嬰《かんえい》の『韓詩外伝』巻八にも同様の記事がある。こうした流れを承けて、南北朝時代には次の有名な詩が作られることになる。

贈范曄　　　　　范曄《はんよう》に贈《おく》る　　　陸凱《りくがい》
折花逢駅使　　花《はな》を折《を》つて駅使《えきし》に逢《あ》ひ
寄与隴頭人　　隴頭《ろうとう》の人《ひと》に寄与《きよ》す
江南無所有　　江南《こうなん》　有《あ》る所《ところ》無《な》し
聊贈一枝春　　聊《いささ》か一枝《いっし》の春《はる》を贈《おく》る

たまたま駅継ぎの使者に逢ったので、梅の花を手折《たお》って渡した。まだ冬に閉ざされた隴頭の地にいる君のもとに、これを送り届けよう。自分のいる江南の地には、これといった物もない。ともあれこの一枝に咲きこぼれる春を贈りたいのだ。

この詩は、南朝、宋の陸凱（生没年未詳）がたまたま北伐の部隊に従って長安に遠征中の范曄に寄せたもの、と伝えられている。その范曄は、『後漢書』の著者として知られる人。「江南」は、ここでは南朝の都が置かれた建康（南京）を指す。「隴頭」は、隴山の頭《ほとり》の意味。隴山は長安の北西にある山の名で、これによって長安のことをいう。春は、真っ先に梅の花に訪れる。そこで梅の花を「花魁《かかい》――花の魁《さきがけ》」ということもある。それにしても「一枝の春」とは、早春の息吹を写して、何と印象深い言葉であろうか。
梅は、春なお浅き時節に咲く花である。そこで寒梅の称がある。

雑詩
君自故郷来
応知故郷事
来日綺窓前
寒梅着花未

雑詩《ざつし》　王維《おうい》
君《きみ》 故郷《こきょう》より来《き》たる
応《まさ》に故郷《こきょう》の事《こと》を知《し》るべし
来《き》たりし日《ひ》 綺窓《きそう》の前《まえ》
寒梅《かんばい》 花《はな》を着《つ》けしや未《いな》や

君は、故郷からやって来た。だからきっと、故郷のことを知っているはずだ。君が向こうを発《た》つとき、窓辺には、もう梅の花が咲いていただろうか。

窓辺の梅。それは王維が故郷の家にいた頃、春になるたびに眺めた花だったのかもしれない。衒《てら》いのない自然な言葉の中に、やわらかい郷愁を込めた作品である。
中国古典詩の世界で、梅を愛して最も名高いのは、北宋の林逋《りんぽ》（九六七〜一〇二八）であろう。彼は、梅を妻とし、鶴を子として隠遁の生活を楽しんだ。

山園小梅
衆芳揺落独暄妍
占尽風情向小園
疎影横斜水清浅
暗香浮動月黄昏
霜禽欲下先偸眼
粉蝶如知合断魂
幸有微吟可相狎
不須檀板共金尊

山園《さんえん》の小梅《しょうばい》　林逋《りんぽ》
衆芳《しゅうほう》　揺落《ようらく》して　独《ひと》り暄妍《けんけん》たり
風情《ふうじょう》を占《し》め尽《つ》くして小園《しょうえん》に向《む》かふ
疎影横斜《そえいおうしゃ》して　水《みづ》　清浅《せいせん》
暗香浮動《あんこうふどう》して　月《つき》　黄昏《こうこん》
霜禽《そうきん》　下《くだ》らんと欲《ほっ》して先《ま》づ眼《め》を偸《ぬす》む
粉蝶《ふんちょう》　如《も》し知《し》らば合《まさ》に魂《たましひ》を断《た》つべし
幸《さいは》ひに微吟《びぎん》の相《あ》ひ狎《な》る可《べ》き有《あ》り
須《もち》ひず　檀板《だんぱん》の金尊《きんそん》を共《とも》にするを

多くの花が散ってしまった寒さの中に、梅だけが鮮やかに咲いている。この小さな庭にあって、一身に風情を集めているのだ。清らかな水辺に、まばらに透けた影を斜めに落とし、月の光もおぼろな黄昏に、どこからとも知れぬ香りを漂わす。寒空を飛ぶ鳥は、舞い降りようとして、ふと花の姿に目を留める。白い蝶々がもしもこの花を見つけたならば、きっと心をときめかせるだろう。幸い自分は、詩を低く吟じながら、梅の花を愛《め》で親しむことができる。宴会で拍子木を鳴らし、贅沢な酒樽を囲む必要はないのだ。

林逋は、杭州の西湖《せいこ》に浮かぶ孤山という島に隠棲し、梅と鶴を友として悠悠自適の生活を送った。この詩の頷聯（三・四句）は、梅の花の楚々たる風情を描いて、とりわけ名高いものである。しかも梅花をその色ではなく、潜《ひそ》かに漂う香りによって描き出した第四句は、その後に少なからぬ後継者を得ることになる。ちなみにこの詩は梅花を主題としながらも、すべて暗示の手法を用いて、梅花を名指ししていないことに注目したい。宋代の文人の、露骨をいとう洗練された美意識を窺うことができる。

杏 あんず

バラ科の落葉高木。アンズは、杏子の唐音（近世音）の読みである。中国原産。高さは約五メートル。梅に遅れ、桃李にやや先んじて、白または淡紅色の五弁の花を咲かせる。果実は食用、また種子の杏仁《あんにん》は食用になるとともに（杏仁豆腐）、咳止めの漢方薬にも用いられる。

遊趙村杏花　白居易《はくきょい》
趙村紅杏毎年開
十五年来看幾迴
七十三人難再到
今春来是別花来

趙村《ちょうそん》の杏花《きょうか》に遊《あそ》ぶ
趙村《ちょうそん》の紅杏《こうきょう》　毎年開《まいねんひら》く
十五年来《じゅうごねんらい》　看《み》ること幾迴《いくかい》
七十三《しちじゅうさん》の人《ひと》　再《ふた》びは到《いた》り難《がた》し
今春《こんしゅん》来《き》たるは　是《こ》れ花《はな》に別《わか》れに来《き》たる

趙村の紅い杏子の花は、毎年開く。十五年このかた、いったい何度見たことであろうか。しかし七十三歳の自分は、もう見に来ることもできないだろう。今年の春ここに来たのは、花にお別れに来たのだ。

白居易は晩年、洛陽に引退して悠悠自適の生活を送っていた。趙村は、洛陽東郊にある杏花の名所である。彼は唐代の詩人の中では異例ともいえる長命を保ち、八四六年、七十五歳の生涯を終えている。結果から見れば、この時点で二年の余命を持っていたことになるのだが、しかしこの詩は、すでに辞世を覚悟した深い感慨に満たされている。

ところで唐詩の杏花を語るとき、忘れてならないのが杏園《きょうえん》である。杏園は、長安の東南の隅にあった景勝曲江池《きょくこう》の西に位置する庭園の名である。杏園が文学史の上で有名になったのは、例年ここで科挙合格者に対して天子が盛大な宴を賜ったことによる。教坊（宮廷音楽所）の楽人や妓女が貸し与えられ、宮廷の特別料理が提供された。五代、王定保《おうていほ》『唐摭言《とうせきげん》』巻三によれば、この宴には多くの出店も設けられ、大勢の人々が殺到するので、長安の街は半ば空になった。また貴族や富家はこの日、合格者の中から娘の婿を探そうと車馬を繰り出すので、道路はいっぱいになった、と記している。天子は傍らにある紫雲楼に上って、この盛宴を眺めて楽しんだ。そして宴が終わると、合格者たちは北の慈恩寺の大雁塔に上り、その壁に自らの名を題《かきつ》けて記念とした。こうして杏園の花は、科挙の及落こもごもの感慨を込めて詩に詠まれるようになった。

哭孟寂
曲江院裏題名処
十九人中最少年
今日風光君不見
杏花零落寺門前

孟寂《もうせき》を哭《こく》す　張籍《ちょうせき》
曲江院裏《きょくこういんり》　名《な》を題《だい》せし処《ところ》
十九人中《じゅうきゅうにんちゅう》　最《もっと》も少年《しょうねん》
今日《こんにち》の風光《ふうこう》　君《きみ》見《み》えず
杏花零落《きょうかれいらく》す　寺門《じもん》の前《まへ》

曲江も間近な慈恩寺の僧院で、科挙の合格者が名を書きつけたところ。その十九人の中では、君が最も年若かった。今日のこの光景を眺めるとき、しかしあの日、連れだった君の姿を、もう見ることはできない。杏子の花びらは、慈恩寺の門の前に、ただ美しく舞っている。

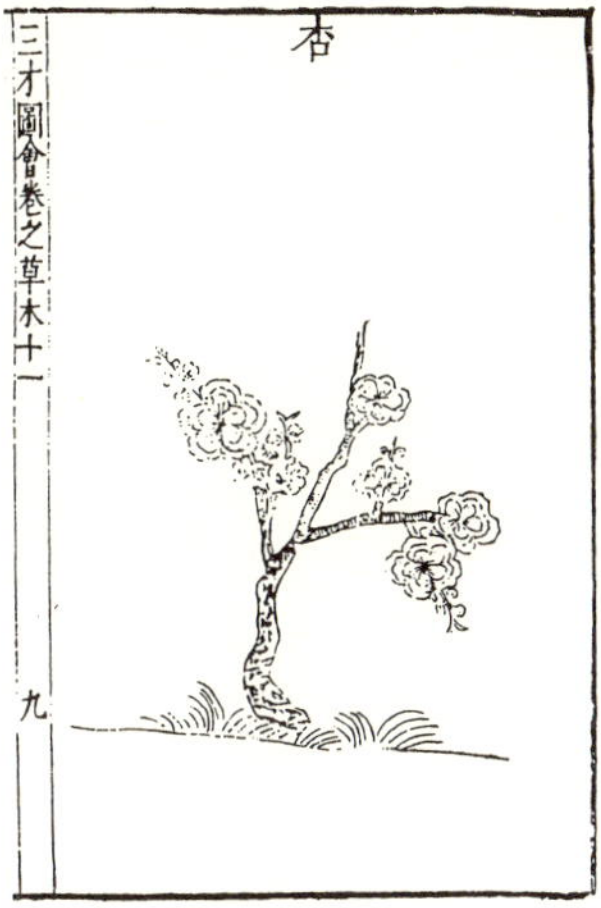

杏（『三才図絵』）

落花は、中国古典詩の世界では春のたけなわを表す好ましい光景であり、我が国のようにそこに春の頽廃を認めて哀しむのとは、大きな隔たりがある（→一五一頁「落花」）。この詩の杏花の零落も、それ自体が死の暗示となるのではない。むしろ、最も死と隔たるものを指し示し、このことによって友人の死を深く際立たせているのである。

桃《もも》

中国で、日本の桜にも当たる花の代表格を挙げるとなれば、桃以外にない。紀元前十世紀にも遡る中国最古の詞華集『詩経』でも、桃はすでに花樹の代表的存在であった。その中の「桃夭《とうよう》」という詩に、「桃の夭夭《ようよう》たる、灼灼《しゃくしゃく》たり其の華」（桃は若く美しい、その輝くような花よ）と詠じられている。赤く燃え立つように咲く桃は、それ自体が生命力の象徴であり、またそれゆえに辟邪《へきじゃ》（魔除け）の霊能を持つものとも考えられたのである。

東晋の陶淵明に、「桃花源の記」という文章がある。桃の花びらの流れる川を遡っていくと、その源に戦乱を知らない平和な別天地があったことを記したものである。この作品も、桃が春を代表する花であることを前提にしている。しかもこの「桃花源の記」のような古典的な作品の存在が、その後の文学における桃の地位をいっそう確かなものにした。例えば、次の李白の詩である。

　山中問答
問余何意棲碧山
笑而不答心自閑
桃花流水窅然去

　山中問答《さんちゅうもんどう》　李白《りはく》
余《われ》に問《と》ふ　何《なん》の意《い》か碧山《へきざん》に棲《す》むと
笑《わら》つて答《こた》へず　心《こころ》自《おのづか》ら閑《かん》なり
桃花流水《とうかりゅうすい》　窅然《ようぜん》として去《さ》る

別有天地非人間　別《べつ》に　天地《てんち》の　人間《じんかん》に非《あら》ざる有《あ》り

君は訊《たず》ねる、どういうつもりで、こんな人里離れた緑の山の中に棲んでいるのかと。自分は笑ったまま答えない、心の中はこのままで穏やかなのだ。桃の花びらを浮かべた川の流れは、遠くどこまでも流れ去る。ここには世間とは異なる、もう一つの世界があるのだ。

詩の後半に描かれた世界は、陶淵明の「桃花源の記」を引き写している。李白はここで自分自身を、俗世間とは無縁の桃源郷の人として描く。文学に現れる桃花は、このようにして仙境の象徴ともなるのである。

桃花は、その明るく華やかな美しさのゆえに、生命力に満たされた青春の象徴ともなった。李《り》賀《が》（七九〇?～八一六?）の楽府《がふ》に「将進酒《しょうしんしゅ》」がある。その末尾に、

況是青春日将暮　況《いはん》や是《こ》れ青春《せいしゅん》　日《ひ》　将《まさ》に暮《く》れんとす
桃花乱落如紅雨　桃花《とうか》　乱《みだ》れ落《お》ちて紅雨《こうう》の如《ごと》し

まして春の盛り、一日がまさに暮れようとする時、桃花は乱れ散って、紅い雨のようだ。

この詩中の「青春」は、四季を青春・朱夏・白秋・玄冬と呼ぶその用法であって、いわゆる人生の青春を意味するものではない。その春の盛りを飾るのが、紅い雨のように降り注ぐ、桃の花びらである。

桃花はまた、その赤くあでやかな美しさのゆえに、女性の美しい容色を思わせることになった。「人面桃花《じんめんとうか》」という成語は、次に引く崔護《さいご》の詩中の語であが、桃花をもって美しい女性の比喩と見る前提があればこそ、この詩もできたのである。

題都城南荘
去年今日此門中
人面桃花相映紅
人面不知何処在
桃花依旧笑春風

都城《とじょう》の南荘《なんそう》に題《だい》す　崔護《さいご》
去年《きょねん》の今日《こんにち》　此《こ》の門《もん》の中《うち》
人面《じんめん》　桃花《とうか》　相《あ》ひ映《て》らして紅《くれなゐ》なり
人面《じんめん》は知《し》らず　何《いづ》れの処《ところ》にか在《あ》る
桃花《とうか》は旧《きゅう》に依《よ》つて春風《しゅんぷう》に笑《わら》ふ

思えば、去年のこの日、この荘園の門の中。その人の美しい容《かんばせ》と桃の花とが、互いに紅く照り映えていた。しかし今、その人はどこへとも行方は知れず、ただ桃の花が、昔のままに春風に明るく咲いている。

長安南郊の荘園に書きつけたというこの詩は、唐、孟棨《もうけい》の『本事詩』情感篇に収める伝奇小説の中に出てくる。科挙の試験に落第した崔護は、清明節（→九八頁「清明」）の日、長安の南に気晴らしに出かけた。喉が渇いたので、水を求めて民家の扉をたたいた。娘がいて水を持ってきてくれた。翌年の清明節、崔護は娘のことが気になって再びその家を訪ねたが、あいにくの不在で、門扉にこの詩を書きつけて帰った。数日後、またその家を訪ねると泣き声がする。父親が言うには、去年の今頃から娘は物思いに沈むようになった。そして先日出先から家に帰ってみると、門扉にはお前の詩が書かれており、これを読んだ娘は何も喉を通らなくなってそのまま死んでしまった。お前が殺したようなものだ。崔護が娘の亡きがらを見ると、まだ生きているように美しかった。不憫に思って抱きかかえているうちに、娘は生き返り、こうして二人は結婚した。この物語は、今の中国でよく知られるものである。

ちなみに桃は、次に取り上げる李とともに「桃李」と熟した形で現れることが多い。

李 すもも

バラ科の落葉高木で、高さは五メートル以上になる。中国原産。三月末から四月にかけて、直径二センチ足らずの白い五弁の花を咲かせる。桃が紅く濃艶な趣を持つのに対して、李は淡白で地味な印象である。そのためか、李の花だけを取り上げて詠じた詩はそれほど多くはない。賀知《がち》章《しょう》（六五九〜七四四）の「人家《じんか》の桃李《とうり》の花を望む」の詩。

桃花紅兮梨花白　桃花《とうか》は紅《くれなゐ》に　李花《りか》は白《しろ》く
照灼城隅復南陌　照《て》らし灼《や》く　城隅《じょうぐう》　復《ま》た南陌《なんぱく》

ここでも李は、単独に取り上げられるのではなく、桃という同伴者を得て初めて詩の中に登場する。しかも「照らし灼く」という表現は、『詩経』周南「桃夭」の「桃の夭夭たる、灼灼たり其の華」の用例を思い出すまでもなく、紅い桃の花にこそふさわしい。重点は明らかに桃にあり、李にはない。李は、添え物に甘んじている。

唐詩にあって、李の花に個性的な表現を与えたのは韓愈《かんゆ》（七六八～八二四）であろう。「李花二首」其の一（部分）を引いてみる。

平旦入西園　平旦《へいたん》　西園《せいえん》に入《い》れば
梨花数株若矜夸　梨花数株《りかすうしゅ》　矜夸《きょうこ》するが若《ごと》し
旁有一株李　旁《かたはら》に一株《いっしゅ》の李《り》有《あ》り
顔色惨惨似含嗟　顔色惨惨《がんしょくさんさん》　嗟《なげき》を含《ふく》むに似《に》たり

夜明けに西園に行ったところ、梨花が数本、おのが美しさを誇るがごとくに咲いていた。見ればその傍らに李の樹が一本、深い悲しみをいだいた風情である。

同じく白い花でも、梨の花の華やかさはない。片隅にひっそりと愁いを含むように咲く、それが李の花の趣なのである。また、その第二首（部分）に、

誰将平地万堆雪
翦刻作此連天花
日光赤色照未好
明月暫入都交加

誰《たれ》か平地《へいち》の万堆《ばんたい》の雪《ゆき》を将《もつ》て
翦刻《せんこく》して此《こ》の天《てん》に連《つら》なる花《はな》を作《つく》れる
日光《にっこう》は赤色《せきしょく》　照《て》らすも未《いま》だ好《よ》からず
明月《めいげつ》　暫《しばら》く入《い》つて　都《すべ》て交《こも》ごも加《くは》ふ

一体誰が、地面に堆《うずたか》く積もった雪を用い、翦《き》って刻んで、この空にまで広がる李の花を拵《こしら》えたのか。太陽の光は赤いので、照らしても引き立たない。むしろ明るい月の光がしばし射し込むときこそ、互いに美しく映えるのだ。

李の花の美しさは、月光を浴びて闇の中に静かに浮かびあがる、そうした雪の白さなのである。

李と桃は、しばしば「桃李」と併称される。これは、古くは『詩経』召南《しょうなん》「何彼襛矣《かひじょうい》」に「何ぞ彼《か》の襛《あでやか》なる、華《はな》は桃李の如し」とあるのに遡る。そこでは、すでに桃李は美しい花の代表格であった。その後、桃李は若く美しい容姿の形容ともなった。南朝、陳の江総《こうそう》（五一九～五九四）の「閨怨篇」に、

願君関山及早度
念妾桃李片時妍

願《ねが》はくは君《きみ》 関山《かんざん》を早《つと》に及《およ》んで度《わた》り
妾《われ》の桃李《とうり》の片時《へんじ》の妍《けん》を念《おも》へ

あなたにお願いがあります。国境いの山をすぐにも越えて、妾《わたし》の桃李のような一瞬の美しさのことを、気に掛けて帰ってきて下さい。

別離のあいだに妙齢の容色が失われるのを怖れるあまり、女は男の帰りを心待ちにするのである。

ところで桃李がいかに美しい花を咲かせたとしても、古代の中国ではまず第一に、果実を成らせることが期待される樹、あくまでも果樹なのである。これがもっぱら花咲く樹として文学に詠じられるようになるのは、魏晋以降のことである。前漢、司馬遷《しばせん》『史記』の李広《りこう》将軍の伝に見える当時の諺「桃李 言《ものい》はざれども、下 自《おのづか》ら蹊《こみち》を成す」は、時代的制約からいっても、桃李の果実について述べた言葉と理解すべきであろう。

梨花《りか》

日本では特に注目されることのない梨の花である。『枕草子』（「木の花は」の段）によれば、世間では「すさまじくあやしきもの」（味気なく変なもの）として、すっかり見放された花なのである。しかし中国古典文学の世界では、雪にも擬せられるその純白の花は、清明節の前後のうららかな春の盛りを飾るのになくてはならない存在だった。「梨花淡白にして柳は深青《しんせい》」と詠じる北宋、蘇軾の「東欄の梨花」の詩は、最も代表的な作例である（→一〇〇頁）。

梨の花を詠じて我が国で人口に膾炙《かいしゃ》する詩句は、白居易の「長恨歌」に、玄宗と死別の後、仙宮に寂寞たる日々を送る楊貴妃の姿を描いて、

玉容寂寞涙闌干　玉容《ぎょくよう》は寂寞《せきばく》として　涙《なみだ》は闌干《らんかん》
梨花一枝春帯雨　梨花《りか》一枝《いっし》　春《はる》に雨《あめ》を帯《お》ぶ

とあるものであろう。「闌干 lán kān」は、ここでは楊貴妃の涙がはらはらとこぼれるさまを描く、同じ母音（韻母）を用いた畳韻の擬態語。梨花はこのように、汚れなき白さのゆえに、楚々とした美しい女性の比喩となるのである。やはり白居易の「江岸《こうがん》の梨花」という詩に、若葉を付けた枝の先に咲き出した梨花を描いて、「最も似たり孀閨《そうけい》なる少年の婦《ふ》の、白妝《はくしょう》　素袖《そしゅう》　碧紗《へきさ》の裙《くん》に」（まだうら若き寡婦の、白粉《おしろい》を粧い、白い袖に、碧の裳裾《もすそ》をまとった姿にさながらだ）と述べるのも、同様の趣向である。

次に読むのは、梨花の中に冷艶なる美を認めて描いた、唐代の佳篇である。

左掖梨花
冷艶全欺雪
余香乍入衣
春風且莫定
吹向玉階飛

左掖《さえき》の梨花《りか》　丘為《きゅうい》
冷艶《れいえん》　全《まった》く雪《ゆき》を欺《あざむ》き
余香《よこう》　乍《たちま》ち衣《ころも》に入《い》る
春風《しゅんぷう》　且《しばら》く定《さだ》まる莫《なか》れ
吹《ふ》いて玉階《ぎょくかい》に向《む》かつて飛《と》ばん

その冷ややかに艶ある様は、雪をも凌《しの》ぎ、溢れる香気は、ふと知らぬ間に衣に入る。春風よ、しばしは止むな。花びらは、玉の階段に向かって飛んでいるところだから。

「欺」は、あなどり下に見ること。「玉階」は、宮殿の玉で造った立派な階段。詩題に見える「左掖」は、宮中の東の小門。またその傍らにあった門下省の別名である。梨花の中に、人に媚びることのない美を見出したことは、丘為（七〇三～七九八?）の大きな功績といえよう。それは白居易が見た、うら若き女性のうれいを含んだ美とは異質な、もう一つの高尚な美の姿である。

牡丹 ぼたん ―― 木芍薬《もくしゃくやく》

キンポウゲ科の落葉低木。高さは一メートル余り。中国原産。晩春に、七～九枚の花弁を持つ直径十～二十センチの大輪の花を咲かせる。色は桃・紅・黄・紫・青・白など、多様である。この花が観賞花として長安に伝えられたのは、則天武后《そくてんぶこう》の時代、また愛好熱がひときわ高まるのは、盛唐、玄宗皇帝の時代以降である。中唐、李肇《りちょう》の『唐国史補』に「京城の貴遊《きゆう》（上流階級）、牡丹を尚《たっと》ぶこと三十余年なり。春暮《しゅんぼ》毎《ごと》に、車馬は狂うが若《ごと》く、耽玩《たんがん》せざるを以て恥と為《な》す」とある。こうした愛好が加熱するあまり、一株数万金という高価な牡丹も現れるに至ったという。

牡丹が文学に登場する、初期の最も代表的な作品は、李白の「清平調詞《せいへいちょうし》三首」であろう。どれも名作だが、いま第一首を読む。

清平調詞三首其一　　清平調詞三首《せいへいちょうしさんしゅ》　其《そ》の一《いち》　　李白《りはく》

雲想衣裳花想容　　雲《くも》には衣裳《いしょう》を想《おも》ひ　花《はな》には容《かんばせ》を想《おも》ふ
春風払檻露華濃　　春風《しゅんぷう》　檻《かん》を払《はら》つて　露華《ろか》濃《こまや》かなり
若非群玉山頭見　　若《も》し群玉山頭《ぐんぎょくさんとう》に見《み》るに非《あら》ずんば
会向瑤台月下逢　　会《かなら》ず瑤台《ようだい》の月下《げっか》に向《おい》て逢《あ》はん

たなびく雲は、楊貴妃の風に舞う衣裳に似て、牡丹の花は、その美しい容のよう。春風が欄干を吹き渡るとき、花びらに結んだ露は、玉のように輝いている。もし仙界の群玉山でも逢えないのならば、きっと月光に照らされた瑤台で逢うような、そんな美しい人なのだ。

牡丹こそは、楊貴妃の豊艶な美しさにもかなう、大輪の名花であった。「露華」は露の美称。「群玉山」は仙界の女王である西王母の住まう山。「瑤台」も、仙界の御殿の名である。「清平調詞」は、歌謡文学である楽府の題名の一つ。

当時（天宝一～三年）李白は、いわば皇帝の私設秘書官ともいうべき翰林供奉の官にあって、玄宗に近侍していた。この詩は、玄宗の求めに応じて李白がたちどころに作ったといわれている。

海棠《かいどう》

バラ科の落葉小高木。高さは約五メートル。晩春に薄桃色の五弁の小さな花を咲かせる。この花が詩文に積極的に取り上げられるようになるのは、宋代以降である。

海棠の原産地は、ふるくから蜀と考えられてきた。南宋、羅大経《らたいけい》の『鶴林玉露《かくりんぎょくろ》』巻一三によれば、蜀では、花といえば海棠のことを指した。また北宋の蘇軾は、黄州《こうしゅう》（湖北省黄州市）に左遷されていたとき、偶然に見つけた海棠に対して「陋邦《ろうほう》　何《いづ》れの処より此《こ》の花を得たる、乃《すなは》ち好事《こうず》の西蜀《せいしょく》より移せる無からんや」（この片田舎にどうして海棠の花があるのだろう、きっと好事家が蜀の地から移植したものに相違ない）と述べてもいる。

蘇軾が黄州の定恵院《じょうえいん》の東に寓居したとき、花々が山一面に咲いていた。一株の海棠の花も咲いていたのだが、しかし土地の人は、その価値をまるで理解していないのが残念だ、というのが次に読む詩である。

寓居定恵院之東、雑花満山、有海棠一株、土人不知貴也
定恵院《じょうえいん》の東《ひがし》に寓居《ぐうきょ》す、雑花《ざっか》山《やま》に満《み》つ、海棠一株《かいどういっしゅ》有《あ》るも、土人《どじん》貴《たっと》きを知《し》らざる也《なり》。　蘇軾《そしょく》

江城地瘴蕃草木　江城《こうじょう》　地《ち》　瘴《しょう》にして草木《そうもく》蕃《しげ》り
只有名花苦幽独　只《た》だ名花《めいか》の苦《はなは》だ幽独《ゆうどく》なる有《あ》り
嫣然一笑竹籬間　嫣然《えんぜん》として一笑《いっしょう》す竹籬《ちくり》の間《かん》
桃李漫山総麄俗　桃李《とうり》　山《やま》に漫《はびこ》るも総《すべ》て麄俗《そぞく》なり
也知造物有深意　也《ま》た知《し》る　造物《ぞうぶつ》に深意《しんい》有《あ》つて
故遣佳人在空谷　故《ことさら》に佳人《かじん》をして空谷《くうこく》に在《あ》らしむるを
自然富貴出天姿　自然《しぜん》の富貴《ふうき》　天姿《てんし》より出《い》づ
不待金盤薦華屋　金盤《きんばん》もて華屋《かおく》に薦《すす》むるを待《ま》たず
朱唇得酒暈生臉　朱唇《しゅしん》　酒《さけ》を得《え》て　暈《うん》　臉《かほ》に生《しょう》じ
翠袖巻紗紅映肉　翠袖《すいしゅう》　紗《さ》を巻《ま》いて　紅《くれなゐ》　肉《にく》に映《えい》ず
林深霧暗暁光遅　林《はやし》深《ふか》く霧《きり》暗《くら》くして　暁光《ぎょうこう》遅《おそ》く
日暖風軽春睡足　日《ひ》暖《あたた》かに風《かぜ》軽《かろ》くして春睡《しゅんすい》足《た》る

雨中有涙亦凄愴
月下無人更清淑
……

雨中《うちゅう》に涙《なみだ》有《あ》るも亦《ま》た凄愴《せいそう》
月下《げっか》に人無《ひとな》ければ更《さら》に清淑《せいしゅく》
……

長江のほとりの黄州は、土地の気候もよこしまで、草木ばかりが鬱蒼と生い茂る。その中に名花が、ひときわ奥ゆかしく咲いていた。竹の籬《まがき》の間に、にっこりと笑っている。これを見れば、山に所狭しと咲く桃李は、およそ凡俗なものである。そこで悟るのだ、造物主には深い配慮があって、あえて麗人を、このような人知れぬ谷間に住まわせたことを。自ずからなる富貴の趣は、天賦の姿から現れ出たものだ。ことさらに、黄金の大皿に飾り付けて、立派な御殿に薦め参らせるまでもない。朱い唇は酒を含んで、ほんのりとほてりが面に差し、翠の袖は透ける紗《うすぎぬ》を飄《ひるがえ》して、紅さが肌に浮き出している。深い林には霧が立ちこめて、朝日が射すのは遅く、やがて日が暖かに照らし、風がやさしく吹くときには、穏やかな春の眠りに落ちる。あるいは雨が降るとき、涙をたたえた表情は悲しみをこらえ、あるいは月の光を浴びて、人知れず清らかな気品を漂わしている。

先に引いた「陋邦云々」の二句も、この詩の後半に見えるものである。「朱唇」「暈」「紅」などは、いずれも淡く赤みの差した花の姿をいう。「紅」は、和語の語感とは異なって、薄い赤色である。「翠袖」「肉」は、葉と茎の比喩である。その「凄愴」「清淑」と形容される海棠の趣は、桃李のような賑やかな華やかさではなく、しっとりとした落ち着きを身上とするものなのである。

こうした海棠のイメージは、南宋、陳思《ちんし》『海棠譜』巻上に所引の『冷斎夜話《れいさいやわ》』に引く、北宋初期の楽史の「楊太真外伝《ようたいしんがいでん》」（佚文）の描写を発展させたものであろう。玄宗が興慶宮《こうけいきゅう》の沈香亭《じんこうてい》にあったとき、楊貴妃を召した。楊貴妃は昨夜来の酔いも醒めやらず、側近の高力士らにやっと支えられて現れた。化粧も落ち、鬢の毛も崩れて釵《かんざし》は傾き、挨拶もできない始末である。これを見た玄宗は、思わずほほえんで言った、「豈《あ》に是《こ》れ妃子《ひし》の酔へるならんや。是れ海棠の睡《ねむ》り未だ足らざる耳《のみ》」（楊貴妃が酔っているというよりも、海棠の花がまだ眠たくてまどろんでいるようだ）。麗人の、しどけなく羞《は》じらいを含んだ風情。これが、海棠の花の趣と目されることになるのである。

柳絮《りゅうじょ》

柳花《りゅうか》・楊花《ようか》

春先に柳が付ける、白い綿毛を帯びた種子。また「柳花」ともいう。中国のヤナギは、柳（シダレヤナギ）と楊（カワヤナギ）の二種に大別される。楊の場合は、とくに「楊花」と呼ぶ。時期は、柳絮が先に舞い、楊花がやや遅れる。しかし実際には、「柳絮」と「楊花」の区別は曖昧である。というのも、「柳 liǔ（仄声）」と「楊 yáng（平声）」は、詩歌の中では平仄上の制約によって互用されるからである。しかも両者は区別されることなく、熟語として「楊柳」と称されることも多かった。

柳絮は、風に従って雪のように空を舞う。やがて風が静まると地面に沈み、小振りのピンポン玉の大きさにまとまって転がる。そして晩春ともなれば、路地の隅に灰色にくすんだ数センチの堆積となり、けだるい陽気の頽廃を感じさせることになる。

柳絮が盛んに空に舞う時期は、広大な中国では地域による違いが大きい。しかしながら、古典詩文の伝統にあっては、まず清明節（陽暦四月五、六日）の代表的な風物と理解されていた（↓一〇〇頁の蘇軾詩）。次に読むのは、華やかな柳絮の乱舞を、離宮の廃墟と対照させた佳作である。

楊柳枝詞
煬帝行宮汴水浜
数株残柳不勝春
晩来風起花如雪
飛入宮墻不見人

楊柳枝詞《ようりゅうしし》　劉禹錫《りゅううしゃく》
煬帝《ようだい》の行宮《あんぐう》　汴水《べんすい》の浜《ほとり》
数株《すうしゅ》の残柳《ざんりゅう》　春《はる》に勝《た》へず
晩来《ばんらい》　風起《かぜお》こりて　花《はな》　雪《ゆき》の如《ごと》く
飛《と》んで宮墻《きゅうしょう》に入《い》りて人《ひと》を見《み》ず

煬帝の離宮は、汴水のほとりにあり、数本の柳の老木は、春の物憂さに堪えかねる風情だ。夕方に風が吹き起こるとき、柳絮は雲のように舞っている。しかし、飛んで離宮の土塀の中に入っても、そこにはもう往時の宮人《みやびと》たちの姿を見ることはできないのだ。

「行宮」は、皇帝が都の外にあって、臨時に政務を執るところ。「宮墻」とはその離宮に巡らした土塀のことである。「汴水」は、隋の煬帝が開鑿《かいさく》した大運河の一部である。大運河は、北は今の北京から、南は黄河と長江を横切って浙江省の杭州に至る、全長千五百キロの規模を誇る。しかもその要所ごとに、贅を凝らした離宮を建てた。離宮は、煬帝の滞在中は行宮となった。その中の最大のものが、今は揚州と呼ばれる江都にあった。近年、煬帝の陵墓が偶然発見されたのも、やはり煬帝が愛したこの揚州の地である。

折楊柳《せつようりゅう》

柳のしだれる枝を折って環《わ》に結び、旅立つ人に贈ること。柳を用いるのは、①「柳 liǔ」の音が「留 liú」に通じて、旅人を引き留める意を表すとも、②柳の長い枝で旅人をつなぎ止める意を表すとも、③春に他の草木に先駆けて緑に芽吹く柳から、旅先からの速やかな帰りを願う意を表すとも解釈される。また枝を環《わ》に結ぶことについては、「環《わ》 huán」の音が「還《かへる》 huán」に通じるためといわれている。以上が伝統的な解釈だが、今日の民俗学的理解によれば、柳の持つ生命力の強さから、そこに辟邪（魔除け）の霊能を認めた古代人の魂振《たまふり》（魂の再生）の儀式であり、これを環に結ぶのは、長旅の疲労で身体から遊離しがちな魂を鎮める魂結《たまむす》びのまじないであったと考えられている。

　旅のはなむけとしての「折楊柳」の習慣は、早くも漢代に始まるようである。漢代の長安の地理を記した『三輔黄図《さんぽこうず》』巻六に、「漢人《かんぴと》、客《かく》を送りて此《こ》の橋（霸橋《はきょう》）に至れば、柳を折りて別れに贈る」とある。霸橋は、その後は「灞橋《はきょう》」と称されることが多い。長安の東を北流して渭水《いすい》に注ぐ川が灞水であり、その川に架けられた橋がこの灞橋である。都が長安にあった前漢と唐代には、都人《みやこびと》は、西方に旅立つ者を送っては渭水に架かる渭橋に至り、東方に旅立つ者を送ってはこの橋まで至り、改めて惜別の宴を開いたという。こうして灞橋は、渭橋と共に離別の名所となった。

「折楊柳」と題される楽府がある。もともと、送別の席で歌われたものであろう。次に掲げるのは、南北朝時代、北朝の詠み人知らずの作である。

折楊柳歌辞　　折楊柳歌辞《せつようりゅうかじ》　　無名氏《むめいし》
上馬不捉鞭　　馬《うま》に上《のぼ》るも鞭《むち》を捉《と》らず
反拗楊柳枝　　反《かへ》つて楊柳《ようりゅう》の枝《えだ》を拗《ひね》る

蹀座吹長笛
愁殺行客児

蹀《あゆ》むも座《ざ》するも長笛《ちょうてき》を吹《ふ》く
愁殺《しゅうさつ》す　行客《こうかく》の児《じ》

いざ馬に乗っても鞭を執らず、振り向いて柳の枝を手折《たお》る。足踏む者も、座にある者も、別れを惜しんで笛を吹き鳴らし、こうして旅立つ若者を、深い愁いに沈ませるのだ。

「蹀」は、ぱたぱたと足音をたてて歩き回ること。ここではその意味を借りて、別れの宴で足を踏みならして舞うことを指すか。「長笛」は七孔の長い笛。もっとも笛の曲「折楊柳」を、長くいつまでも吹き鳴らすという意を込めるであろう。「愁殺」は深く悲しませることで、「殺」は強調の接尾辞である。素朴な歌辞であるが、それだけにかえって哀情が人の胸を打つ。

杜鵑花　とけんか

躑躅《てきちょく》・山石榴《さんせきりゅう》・映山花《えいざんか》

晩春の花の代表が、ツツジである。緑の山の中に咲くこの深紅の花が、山を映《てら》すようだということから、「映山花」と称される。また、杜鵑が啼いて滴らす血に染められたように見えることから「杜鵑花」、ヒツジがこれを食べると躑躅《てきちょく》（足がもつれて歩けないさま）となるといわれたため「躑躅」とも呼ばれた。これを「山石榴」ともいうのは、山に咲くツツジが石榴（ザクロ）

の実のように赤いからである。ツツジの紹介をかねて、次の白居易の詩を読んでみたい。このとき彼は、江州（江西省九江市）に左遷されていて、親友の元稹にこの詩を書き送った。ちなみに白居易は、数ある唐代の詩人の中でもとりわけツツジを好んだことで知られる。

山石榴、寄元九

山石榴
一名山躑躅
又名杜鵑花
杜鵑啼時花撲撲
九江三月杜鵑来
一声催得一枝開
……

山石榴《さんせきりゅう》、元九《げんきゅう》に寄《よ》す　白居易《はくきょい》

山石榴《さんせきりゅう》
一《いっ》の名《な》は山躑躅《さんてきちょく》
又《また》の名《な》は杜鵑花《とけんか》
杜鵑《とけんな》啼く時《とき》　花撲撲《はなぼくぼく》
九江《きゅうこう》　三月《さんがつ》　杜鵑《とけん》来《き》たり
一声《いっせい》　催《うなが》し得《え》て　一枝《いっし》　開《ひら》く
……

山石榴、別名を山躑躅、又の名を杜鵑花という。杜鵑が啼くとき、花はぎっしりと枝に咲く。ここ九江の地には、三月になって杜鵑が飛来し、一声啼くごとに、一枝の花を開かせるのだ。

陰暦の三月は、言うまでもなく暮春である（↓二一六頁「杜鵑」）。

落花
らっか

清明節の前後に一斉に咲き出た花々も、やがては春風の中に絢爛《けんらん》と花びらを舞わせることになる。中国古典文学の世界における「落花」とは、春の終末を予感することがあったとしても、それ自体はあくまでも春の絶頂を形づくる光景である。この点で、落花に春の頽廃を認める日本文学の伝統的意識と大きな隔たりがあるように思われる。

劉希夷《りゅうきい》の「白頭を悲しむ翁《おきな》に代はる」の詩に、「公子王孫《こうしおうそん》 芳樹の下《もと》、清歌妙舞《せいかみょうぶ》す 落花の前」（貴公子たちが芳しい木々のもとに宴を開くとき、歌姫は、散りまがう花びらの中に清らかに歌い、妙《たえ》に舞う）とあるのは、落花の光景こそが、人生の青春を謳歌する公子王孫を遊ばせるのに、最もふさわしい場として選ばれたことを意味している。

少年行

五陵年少金市東
銀鞍白馬度春風
落花踏尽遊何処
笑入胡姫酒肆中

少年行《しょうねんこう》　李白《りはく》

五陵《ごりょう》の年少《ねんしょう》　金市《きんし》の東《ひがし》
銀鞍《ぎんあん》　白馬《はくば》　春風《しゅんぷう》を度《わた》る
落花《らっか》　踏《ふ》み尽《つ》くして何《いづ》れの処《ところ》にか遊《あそ》ぶ
笑《わら》つて入《い》る　胡姫《こき》　酒肆《しゅし》の中《うち》

五陵のお屋敷町の若者が、長安の金市の盛り場の東に姿を現すや、銀の鞍に白い馬という派手な出で立ちで、春風の中を闊歩する。落花を蹴立てて一体どこに遊ぶのかと見れば、笑いながら、胡姫が手招く酒肆の中に入っていった。

「五陵」とは、富家の集まるお屋敷町というほどの意味。「年少」は若者。もっとも詩文ではほとんど決まって、遊び擦れした有閑貴公子である。「金市」は一説に、唐の長安に設けられた二つの盛り場（東市・西市）のうちの西市を指す。また一説に、盛り場のことを指す一般名詞と見る。「銀鞍白馬」は、富裕の象徴。貧士は馬を持つことができず、せいぜい痩せた驢馬《ろば》に乗るしかなかった。「胡姫」は、ソグド人と称される西アジア出身のコーカソイド系の酒場の女給。

この李白の詩にも明らかなように、「落花」には、春の終末を窺わせる翳《かげ》りのようなものはない。「銀鞍白馬」と絢爛に照り映えながら、あくまでも春の明るさを豪華に装っているのである。

夏

荷花《かか》

蓮華《れんげ》・採蓮《さいれん》

夏の花で人々に最も愛されたのは、ハスである。初夏になると、池や川辺の水面から咲きでて、直径十数センチの朱色の花を開く。折から暑さも加わる時期、池上を吹くそよ風に揺れるハスの花は、それだけで人の眼に一陣の涼味を送るのである。

鄂州南楼書事、四首（其一）　黄庭堅《こうていけん》

鄂州《がくしゅう》の南楼《なんろう》にて事《こと》を書《しょ》す、四首《ししゅ》（其《そ》の一《いち》）

四顧山光接水光　四顧《しこ》すれば　山光《さんこう》　水光《すいこう》に接《せっ》す
凭欄十里芰荷香　欄《らん》に凭《よ》れば　十里《じゅうり》に芰荷《きか》　香《かんば》し
清風明月無人管　清風《せいふう》　明月《めいげつ》　人《ひと》の管《かん》する無《な》く
併作南楼一味涼　併《あは》せて南楼《なんろう》の一味《いちみ》の涼《りょう》を作《な》す

見渡せば、山は月光を浴びて、水景と一つに連なる。欄干に凭《もた》れていると、十里の遠くにもハスの香りが溢れて風に漂う。この清風と名月とは、誰の支配するものでもなく、こもごも合して、この南楼の一味の涼を拵《こしら》えるのだ。

鄂州（湖北省武漢市の武昌地区）の南楼に登っての作。黄庭堅晩年の名作であり、優しげな抒情を削ぎ落としたところに、からりとはれた無限の滋味を見せている。ハスは、唐代以前には女性の面影を秘めて艶情を漂わせるものであったが、宋代になると、このように士人の高雅な胸襟の象徴ともなっていたのである（北宋、周敦頤《しゅうとんい》「愛蓮《あいれん》の説」）。「芰荷」は、ヒシとハス。あい似た両者を特に区別を設けずに総称したものである。

ハスには様々な呼び方がある。中国最古の辞書『爾雅《じが》』釈草には、「荷《か》は芙渠《ふきょ》（芙蕖）なり。其の茎は茄《か》、其の葉は葭《か》、其の本は蔤《みつ》、其の華は菡萏《かんたん》、其の実は蓮《れん》、其の根は藕《ぐう》」とするされ、部位ごとに細かな名称が与えられている。しかし相互に混乱することも多く、厳密にこの通りであったわけではない。「荷」「蓮華」「芙蓉」「芙蕖」等は、皆ハスの異名と考えてよいものである。ハスは、紀元前に遡る『詩経』や『楚辞』にもすでに詠まれている。下って魏晋南北朝になると、魏の曹植の「芙蓉の賦」を初めとして、西晋の潘岳《はんがく》、南朝、宋の鮑照《ほうしょう》、梁の簡文帝蕭《しょう》綱《こう》、元帝蕭繹《しょうえき》、江淹《こうえん》などの当時の代表的な文人が、こぞってハスを主題とした賦を作った。ハスは、この時点ですでに夏の花の代表格となっていた。また曹植の『文選』巻一九にも収められた代表作「洛神《らくしん》の賦」にも、洛水の女神の美をハスの花になぞらえて「灼として芙蕖の渌波《ろくは》（澄んだ川波）より出づるが若《ごと》し」と讃えている。ハスは、こうして神秘の霊性を備えた美の、また妖艶な美女の比喩となっていたのである。

一方、これと同時代の南方の民間歌謡の中には、別の流れがあった。ハスはそこでは、蓮根や蓮実《れんじつ》を採取するときに歌われる一種の労働歌の主題であった。また「蓮 lián」が「憐 lián（いとおしむ）」と同音であることから、恋愛の暗喩ともなった。この両者が結びつく過程で、晩春から初夏の水辺でハスの花を摘む美しい乙女を詠じた楽府「採蓮曲」へと発展することになる。時代はやや下るが、そうした採蓮曲の典型として李白の詩を挙げておきたい。

採蓮曲
若耶渓傍採蓮女
笑隔荷花共人語
日照新粧水底明
風飄香袖空中挙
岸上誰家遊冶郎
三三五五映垂楊
紫騮嘶入落花去
見此踟蹰空断腸

採蓮曲《さいれんきょく》　李白《りはく》
若耶渓《じゃくやけい》の傍《ほとり》　採蓮《さいれん》の女《むすめ》
笑《わら》つて荷花《かか》を隔《へだ》てて人《ひと》と共《とも》に語《かた》る
日《ひ》は新粧《しんしょう》を照《て》らして水底《すいてい》に明《あき》らかに
風《かぜ》は香袖《こうしゅう》を飄《ひるがへ》して空中《くうちゅう》に挙《あ》がる
岸上《がんじょう》　誰《た》が家《いへ》の遊冶郎《ゆうやろう》
三三五五《さんさんごご》　垂楊《すいよう》に映《かく》る
紫騮《しりゅう》　嘶《いなな》いて落花《らっか》に入《い》りて去《さ》る
此《これ》を見《み》て踟蹰《ちちゅう》して空《むな》しく断腸《だんちょう》す

若耶渓のほとりで、蓮の花を摘む娘たち。笑いながら花の向こうで、何やら語らっている。粧《よそお》ったばかりの顔は、陽の光を浴びて水にくっきりと映り、香しい袖は、風に吹かれて宙に舞う。岸辺では、どこの伊達者たちであろうか、三々五々と連れ立って、枝垂《しだ》れ柳に見え隠れする。やがて栗毛の馬は嘶いて、花吹雪の中に去っていった。これを見ていた娘たちは、どうしていいかもわからずに、いたずらに切ない思いをいだくのだ。

「荷花」「垂楊」「落花」の語の見えていることに注意したい。季節は晩春。蓮実や蓮根を採る秋の季節ではない。本来の労働歌、いわば原始的な採蓮曲から脱して、水辺の恋を描く艶情詩となっている。この過程で季節を秋から晩春へと変化させているのが、興味深いところである。
その後、労働歌と艶情詩とを調和しようとする苦肉の作品も、中唐期になると現れてくる。

　採蓮子
船動湖光灔灔秋
貪看年少信船流
無端隔水抛蓮子
遥被人知半日羞

　蓮子《れんし》を採《と》る　　皇甫松《こうほしょう》
船《ふね》は湖光《ここう》を動《うご》かす灔灔《えんえん》たる秋《あき》
貪《むさぼ》つて年少《ねんしょう》を看《み》て船《ふね》に信《まか》せて流《なが》る
端無《はしな》くも水《みづ》を隔《へだ》てて蓮子《れんし》を抛《はふ》り
遥《はる》かに人《ひと》に知《し》られて半日《はんにち》羞《は》づ

船が湖面の光を揺らす、水も豊かにみなぎる秋。ハスの実を採る娘は、若者に見とれて、船を漕ぐのも忘れて流される。ふとした拍子にハスの実を投げてはみたが、遠くから人に見られて、いつまでも恥ずかしがるのだ。

「無端」は、どうしたわけかも分からずに。「蓮子 lián zǐ」は「憐子 lián zǐ」に通じ、「あなたが好き」の意味となる。しかも『詩経』の昔から、果実を投げかけること（擲果《てきか》）は娘の求愛行動だった。「蓮子を抛る」という表現には、こうした二重の趣向が凝らされている。

菖蒲
しょうぶ

陰暦五月五日の端午節には、粽《ちまき》を食べ、きざんだ菖蒲を酒に浮かべた蒲酒《ほしゅ》を飲んだ。中国でいう菖蒲は、わが国のアヤメ科のハナショウブではなく、テンナンショウ科の石菖蒲《せきしょうぶ》のことである。猛暑の陰暦五月は、俗に悪月といわれるように、疫病が流行する時期である。菖蒲はその強い芳香によって、この悪月の邪気を祓うものと考えられた。また不老長生の功能があるとされた。

寄菖蒲
石上生菖蒲
一寸十二節
仙人勧我食
令我頭青面如雪
逢人寄君一絳嚢
書中不得伝此方
君能来作棲霞侶
与君同入丹玄郷

菖蒲《しょうぶ》を寄《よ》す　張籍《ちょうせき》
石上《せきじょう》に菖蒲《しょうぶ》を生《しょう》ず
一寸《いっすん》に十二節《じゅうにせつ》
仙人《せんにん》　我《われ》に勧《すす》めて食《くら》はしめ
我《わ》が頭《かしら》をして青《あお》く面《おもて》を雪《ゆき》の如《ごと》くならしむ
人《ひと》に逢《あ》はば君《きみ》に一《ひとつ》の絳嚢《こうのう》を寄《よ》せんも
書中《しょちゅう》　此《こ》の方《ほう》を伝《つた》ふるを得《え》ず
君《きみ》　能《よ》く来《き》たりて棲霞《せいか》の侶《とも》と作《な》らば
君《きみ》と同《とも》に入《い》らん　丹玄《たんげん》の郷《きょう》

岩の上に菖蒲が生えた。一寸の長さに節《ふし》が十二もある。仙人が、私にそれを食べさせて、髪は黒く、顔の色つやを真っ白にさせようとした。頼める人がいたら、君に赤い袋に菖蒲を入れて送り届けてもよいのだが、手紙にその摂り方をきちんと書くことができない。もし君が私のところに来て、仙人を求める仲間になるつもりがあれば、君と一緒に仙人の山に入ろうではないか。

ちなみに我が国では、「菖蒲」は同音の「尚武――武を尚《たっと》ぶ」に通じるために、特に武門において重んじられた。端午が男児の節句となり、兜《かぶと》を飾るようになったのは、ここに由来する。

葵花 きか――向日葵 ひまわり

「葵」には、①葉を食用とする蔬菜《そさい》（楚葵《そき》〔セリ〕・梟葵《ふき》〔ジュンサイ〕）、②蜀葵《しょくき》（アオイ科、タチアオイの類）、③向日葵《こうじつき》（ヒマワリ）の、三つの用法がある。このうち向日葵は、北米原産で、中国に移植されたのは明末以降である。したがって、明以前の詩文に詠まれることはない。なお向日葵は、当初は西番葵《せいばんき》と称せられた（『広群芳譜《こうぐんぽうふ》』巻四六）。一方、盛唐期以前の詩文に現れた葵は、大部分が蔬菜としての葵である。『春秋左氏伝』成公十七年の条に、「鮑荘子《ほうそうし》の知は、葵《き》にも如《し》かず。葵すら猶ほ能く其の足を衛《まも》る」とあり、これに対する杜預《どよ》の注に「葵は葉を太陽に向けて、根元をかばう。ここでは鮑荘子がいたずらに戦乱を招いて、言行を慎むことができなかったことを批判している」とある。ここでの葵は、言行に慎重な、信頼するに足る君子大人の比喩である。その後、太陽に向かって変わらずに葉を向ける葵は、皇帝に対する忠誠の比喩としての意味を強める。杜甫の名篇「京《けい》より奉先県に赴《おもむ》く、詠懐五百字」の一句に「葵藿《きかく》　太陽に傾く」とあるのは、詩人の玄宗に対する忠誠心の表明である。ちなみに、ここで「葵」と並んで「藿（マメ）」が挙げられているのは、共に代表的な蔬菜だったからである。

ところが中唐期になると、蔬菜の葵に代わって、観賞花としての蜀葵（タチアオイ）が詩に多く詠まれるようになる。蜀葵は、菺《けん》とも戎葵《じゅうき》とも呼ばれ、『爾雅《じが》』釈草の郭璞《かくはく》の注に「葉は葵に似ていて、花は木槿花（ムクゲ）に似る。戎・蜀の称を冠するのは、その原産地にちなむ」とある。二年草で、高さは二メートル前後になり、夏期に直径十センチ弱の五弁の花を複数、横向きに付ける。花の色は、赤、白、黄など様々ある。この蜀葵は六朝期にすでに賦の題材となっているが、当初は、花が太陽を向くという捉え方はなかった。ところが蔬菜「葵」との混同から、蜀葵は、花を太陽に向けるものとして、また転じて忠臣の象徴として、詩文に詠まれるようになる。

作品に即していえば、詩題からもわかるように白居易の「葵を烹《に》る」詩は蔬菜としての葵を、また岑参《しんじん》の「蜀葵花《しょくきか》の歌」や、次に読む戴叔倫《たいしゅくりん》（七三二〜七八九）の「葵花を嘆ず」などは、花としての葵（蜀葵）を題材としたものである。

嘆葵花

今日見花落
明日見花開
花開能向日
花落委青苔
自不同凡卉
看時幾日迴

葵花《きか》を嘆《たん》ず　戴叔倫《たいしゅくりん》

今日《こんにち》　花《はな》の落《お》つるを見《み》
明日《みょうにち》　花《はな》の開《ひら》くを見《み》る
花開《はなひら》けば　能《よ》く日《ひ》に向《む》かひ
花落《はなお》つれば　青苔《せいたい》に委《い》す
自《おのづか》ら凡卉《ぼんき》と同《おな》じからず
時《とき》を看《み》て　幾日《いくにち》か迴《めぐ》る

今日、葵花の落ちるのを見たが、明日は、葵花の開くのを見るだろう。花が開けば、すすんで太陽に向かい、花が落ちれば、穢れない青苔の上に横たわる。その本性は、並大抵の花とは異なって、時節を見つめながら、何日も太陽に向かって頭《こうべ》を回らすのだ。

この詩において葵花は、花を太陽に向けるものとして描かれ、また天子を慕う忠臣として形象化されている。そして詩中の「時」は、社会の時勢を、また特に作者が生きた安史の乱とその後の険悪な世情を意味しているだろう。なおヒマワリの花は落ちることはないので、この詩の葵花が蜀葵であり、向日葵ではないことは明らかである。

菊《さく》

百花がすでに散った晩秋の候に、菊はただ独り咲き残る。古来、中国で菊が尊ばれるのは、並の花とは一線を画したこうした菊の中に、己の節操を守る高潔の士の風貌を見出したからにほかならない。菊の花のこのイメージは、松の木と類似している。陶淵明の「帰去来《ききょらい》の辞《じ》」は、官職を辞めて故郷の田園に帰る喜びを深い感慨とともに歌いあげた彼の代表作であるが、その一節に、

三逕就荒　　三逕《さんけい》　荒《こう》に就《つ》けども
松菊猶存　　松菊《しょうきく》　猶《な》ほ存《そん》せり

隠者たる我が庭の小径《こみち》は、荒れかかっていたが、それでも松と菊だけは、主人の帰りをこうして待っていてくれた。

こう描かれる「松菊」は、高士として生きようとする陶淵明の決意を表すものである。ちなみに北宋の思想家、周敦頤の「愛蓮の説」には、「予謂《われおも》へらく、菊は花の隠逸なる者也、牡丹は花の富貴なる者也、蓮《れん》は花の君子なる者也」（『古文真宝《こぶんしんぽう》』後集）として、三者の性格を対比的に述べ分ける中で、陶淵明の愛した菊をはっきり隠逸者の花と規定しているのが、興味深い。

また菊は一方で、霜枯れに耐えて咲くことから、生命力を象徴するものでもあった。重陽節に菊花を浮かべた酒を飲むのも、またその菊酒のことを「延年（延寿）の酒」と称するのも、このためである（→一二頁「重陽」・一六三頁「茱萸」）。陶淵明の「九日閑居」の詩に、「酒は能く百慮を祛《はら》ひ、菊は解《よ》く頽齢《たいれい》を制《とど》む」（酒はよろずの憂いを祛いのけ、菊は衰えゆく齢をおし止める）とある。九月九日、重陽節の菊酒の効用を述べる一節に、菊の生命力が言挙げされている。

古来、菊を詠じて最も有名な作品は、次に読む陶淵明の詩であろう。

飲酒二十首（其五）

結廬在人境　而無車馬喧
問君何能爾　心遠地自偏
采菊東籬下　悠然見南山
山気日夕佳　飛鳥相与還
此中有真意　欲弁已忘言

飲酒二十首《いんしゅにじっしゅ》（其《そ》の五《ご》）　陶淵明《とうえんめい》

廬《いほり》を結《むす》んで　人境《じんきょう》に在《あ》り、而《しか》も車馬《しゃば》の喧《かまびす》しき無《な》し
君《きみ》に問《と》ふ　何《なん》ぞ能《よ》く爾《しか》ると、心遠《こころとほ》ければ　地《ち》　自《おのづか》ら偏《かたよ》る
菊《きく》を采《と》る　東籬《とうり》の下《もと》、悠然《ゆうぜん》として南山《なんざん》を見《み》る
山気《さんき》　日夕《にっせき》に佳《よ》く、飛鳥《ひちょう》　相《あ》ひ与《とも》に還《かへ》る
此《こ》の中《うち》に真意《しんい》有《あ》り、弁《べん》ぜんと欲《ほっ》して　已《すで》に言《げん》を忘《わす》る

粗末な廬を結んで、人里に暮らしている。それなのに、車馬の喧しい訪れがない。君に問う、どうしてそういう真似ができるのかと。答えて言う、心が世俗から遠のいているから、住むところも、自然、ひっそりと辺鄙な趣になるのだ。（重陽の今日、酒に浮かべるために）家の東の籬《まがき》の下で菊花を手折る。その時ふと、遠くに南山が見えるのだ。

山のたたずまいは、日暮れにひときわ美しく、鳥たちは、群れを成してねぐらに還ってゆく。この光景の中にこそ、真実の意味がある。しかしそれを説明しようとするとき、言葉を、もう忘れているのだ。

茱萸　しゅゆ

呉茱萸。和名、カワハジカミ。重陽節の風物として詩文に好んで取り上げられる茱萸であるが、以前から、一定した解釈がなかった。これに対しては、植木久行『唐詩歳時記』（講談社学術文庫）にわかりやすい説明があるので紹介する。

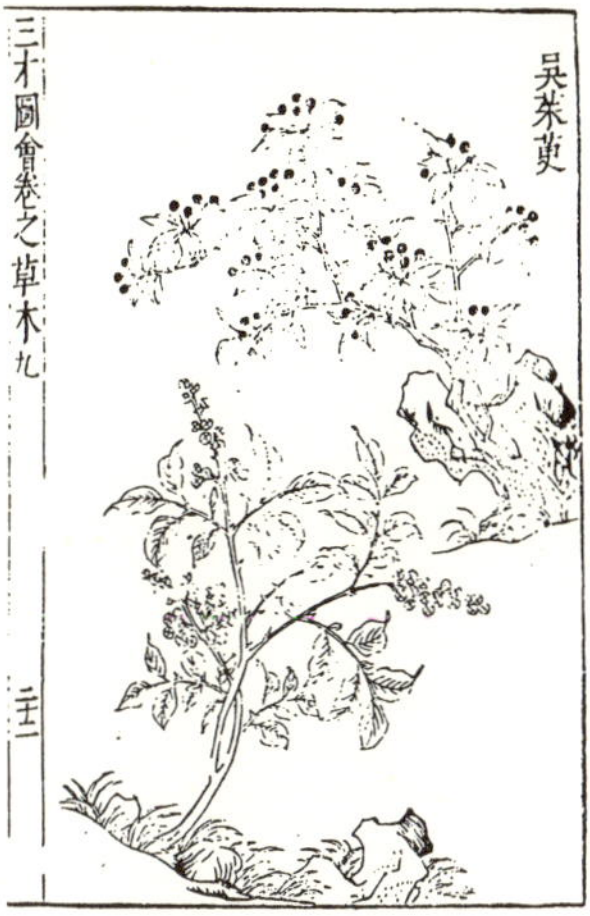

呉茱萸（『三才図絵』）

茱萸には、山茱萸・食茱萸・呉茱萸などの種類があり、重陽節に用いるのは、薬用植物の呉茱萸であった。『和名抄』に、「加波々之《カハハジ》加美《カミ》」とする。この和名は、一体どういう意味であろうか。ハジカミとは「椒」（山椒）を指し、呉茱萸の実は「椒」に似ているが、

「核《サネ》無し。椒と同じからず」（『本草綱目』巻三二）。それで「カハ（皮）」ばかりであるとして、カワハジカミと命名されたらしい。また「茱萸」をグミと訳する誤解が生じたのは、山茱萸をサワグミ・ヤマグミと呼ぶので、この「茱萸」も同じ類のものと考え違いした結果であるという。ミカン科に属する呉茱萸の実は、古く後漢の張仲景《ちょうちゅうけい》著『傷寒論《しょうかんろん》』などにすでに見える重要な薬物の一つであり、風・寒・湿を去り、気の上衝《じょうしょう》を治し、気の鬱滞を除く効能があるとされている。とくに「呉」の字を加えるのは、「呉」の地方（江蘇省南部）に産するものが、最もよく薬効を期待できたからである。

この茱萸は、強い芳香と深紅の色とによって、辟邪（魔除け）の効能を持つものと信じられていた。重陽節の日に茱萸を髪にかざし、また嚢《ふくろ》に詰めて腕に下げるのも、このためである（↓一二二頁「重陽」）。初唐の詩人、郭震《かくしん》の「子夜四時歌《しやしいじか》」（秋歌）に、「悪を辟《さ》く　茱萸の嚢《ふくろ》、年《とし》（寿命）を延ばす　菊花《きっか》の酒」とあるのが、その意味での好例であろう。

茱萸を詠んだ詩では、先に「重陽」で掲げた王維の「九月九日、山東の兄弟を憶ふ」が知られるが、ここでは杜甫の詩を読んでみたい。長安の南東の郊外、玉山の麓にある藍田《らんでん》県の崔季重《さいきちょう》の別荘で開かれた重陽の宴に招かれての作である。

九日藍田崔氏荘　　九日《きゅうじつ》　藍田《らんでん》が崔氏《さいし》の荘《そう》　　杜甫《とほ》

老去悲秋強自寛　　老《お》い去《さ》つて悲秋《ひしゅう》に強《し》いて自《みずか》ら寛《ゆる》くす

興来今日尽君歓
羞将短髪還吹帽
笑倩旁人為正冠
藍水遠従千澗落
玉山高並両峰寒
明年此会知誰健
酔把茱萸仔細看

興《きょう》来《き》たつて今日《こんにち》　君《きみ》が歓《かん》を尽《つ》くさん
羞《は》づらくは短髪《たんぱつ》を将《も》つて還《ま》た帽《ぼう》を吹《ふ》かるるを
笑《わら》ひて旁人《ぼうじん》に倩《こ》ひて為《ため》に冠《かん》を正《ただ》さしむ
藍水《らんすい》は遠《とほ》く千澗《せんかん》の落《お》つるところ従《よ》りし
玉山《ぎょくざん》は高《たか》く両峰《りょうほう》の寒《さむ》きを並《なら》ぶ
明年《みょうねん》の此《こ》の会《かい》　知《し》るや誰《たれ》か健《すこや》かなる
酔《ゑ》ひて茱萸《しゅゆ》を把《と》りて仔細《しさい》に看《み》る

年を取った私は、この悲しい秋景色を前に強いて寛《くつろ》ぎたく思う。興が湧いて来たので、今日ばかりは君の持て成しに甘えよう。羞ずかしいことに、髪も薄くなったので、被《かぶ》り物が風に吹き落とされた。そこで照れ笑いして、隣の人に冠を直してもらうのだ。見れば藍水は、たくさんの谷川が山肌を流れ落ちるのを集めて遠くから流れてくる。その玉山は、二つの寒々とした峰を並べて高く聳《そび》えている。来年のこの集まりでは、いったい誰が元気でいられるだろう。私は酒に酔いながら、茱萸の実を手にとってじっと見つめている。

七言律詩は、数ある近体詩の中では最も遅れて成熟した詩型だが、その完成者は杜甫である。戦後の杜甫研究に一時代を画したのは吉川幸次郎だが、彼によれば、杜甫はこの詩を作ることで七言律詩の神となった。

孟嘉《もうか》（二九六〜三四九）は、陶淵明（↓七一頁「田園」）の外祖父に当たる。重陽の宴会で一陣の強風が被り物を吹き落としたが、孟嘉はまるで気づかない。そこで宴の主人である桓温《かんおん》は、同席していた孫盛《そんせい》にこれをからかう文章を作らせたという。杜甫は、重陽にちなむこの有名な故事を活用した。かつて士人は、人前に出るときは冠を、家では頭巾を簪《しん》（ピン）で止めた。髪が少なくて簪が止まらなくなったので、老いの衰えを「羞じ」たのである。

ところでこの詩の眼目は、酔眼もて茱萸の実に見入る部分にあるだろう。孟嘉は、被り物を吹き飛ばされても気づかずに談笑し続けた。しかし杜甫はその宴の輪の中から外れて、ただ一人、手の中にある赤い実に瞳を凝らしている。杜甫の文学は、周囲と調子を合わせるための言語の遊戯ではなく、このような孤独への凝視の中に入っていくものであった。

落葉 らくよう

凋落《ちょうらく》・落木《らくぼく》・紅葉《こうよう》・黄葉《こうよう》

秋は、凋落の季節である。春から夏にかけては天地にみなぎる生気を吸収して生育したすべてのものが、このとき枯れ、死して土に帰る。落葉こそは秋の象徴である。『楚辞』「九歌《きゅうか》」の一篇「湘夫人《しょうふじん》」には、「嫋《じょう》嫋《じょう》たる秋風《しゅうふう》、洞庭《どうてい》波だちて木葉《ぼくよう》下る」とある。巨大な洞庭の湖面に木葉が舞い飛ぶ光景は、世界の凋落を予感させるような不思議な衝撃に満ちている。

ところで落葉が文学の題材になるのは、『詩経』の時代ではなく、それから四百年ばかり下った『楚辞』の時代である。上に挙げた「湘夫人」も、凋落そのものを主題にすえる次の宋玉《そうぎょく》の「九弁《きゅうべん》」も、『楚辞』の文学である。

悲哉秋之為気也　悲《かな》しいかな秋《あき》の気《き》為《た》るや
蕭瑟兮草木揺落而変衰　蕭瑟《しょうしつ》として草木揺落《そうもくようらく》して変衰《へんすい》す

真に悲しいものだ、秋の気候というものは。ざわざわと寂しげに風に鳴って、草木は葉を落とし、衰えてゆく。

この「九弁」は、その後の中国文学で伝統となる悲秋文学の発端に位置する重要な作品だが、そこでの悲秋のイメージの核心は草木の無惨な凋落の姿である。
唐詩で落葉を詠じた作品としては、先の「重陽」でも全篇を引いた杜甫の「登高」が有名である。その頷聯（三・四句）、

無辺落木蕭蕭下　無辺《むへん》の落木《らくぼく》　蕭蕭《しょうしょう》として下《くだ》り
不尽長江滾滾来　不尽《ふじん》の長江《ちょうこう》　滾滾《こんこん》として来《き》たる

見渡す限りの落葉は、ざわざわと鳴って舞い落ち、尽きもせぬ長江は、水を滾々と湧か

せて流れ来る。

「落木」は、落葉とほぼ同義であるが、ひからびた枯死のイメージがいっそう強いとされる。また白居易の「王十八《おうじゅうはち》の山に帰るを送り、仙遊寺《せんゆうじ》に寄題す」の詩の頸聯（五・六句）は、平安時代に和漢の名句を編集して成った藤原公任《ふじわらのきんとう》の『和漢朗詠集《わかんろうえいしゅう》』巻上「秋興《しゅうきょう》」に収められて、我が国でも有名なものである。

林間暖酒焼紅葉　林間《りんかん》に酒《さけ》を暖《あたた》めて　紅葉《こうよう》を焼《や》き
石上題詩掃緑苔　石上《せきじょう》に詩《し》を題《だい》して　緑苔《りょくたい》を掃《はら》ふ

林の中で紅葉を焚《た》いて酒を温め、岩の緑苔をぬぐって詩を書き留める。

そして次に読む賈島《かとう》の詩も、頷聯（三・四句）が古来、絶賛を博する名作である。

憶江上呉処士　江上《こうじょう》の呉処士《ごしょし》を憶《おも》ふ　賈島《かとう》
閩国揚帆去　蟾蜍虧復団　閩国《びんこく》　帆《ほ》を揚《あ》げて去《さ》り、蟾蜍《せんじょ》　虧《か》けて復《ま》た団《まどか》なり
秋風生渭水　落葉満長安　秋風《しゅうふう》　渭水《いすい》に生《しょう》じ、落葉《らくよう》　長安《ちょうあん》に満《み》つ
此地聚会夕　当時雷雨寒　此《こ》の地《ち》　聚会《しゅうかい》の夕《ゆふべ》、当時《とうじ》　雷雨《らいう》寒《さむ》かりき
蘭橈殊未返　消息海雲端　蘭橈《らんじょう》　殊《な》ほ未《いま》だ返《かへ》らず、消息《しょうそく》　海雲《かいうん》の端《たん》

君は帆を揚げて、はるばると閩国に去っていった。それから月は、欠けて再び円くなった。もう一月が経ったのだ。秋風は渭水の上に吹き始め、落葉は長安の街にいっぱいになった。ここで君と集《つど》った夜、あのとき雨は、雷を交えて冷え冷えと降っていた。君の舟は、まだ帰ってこない。君の消息を知りたくて、あてもなく遠くの雲を眺めるのだ。

「処士」は、官職を持たない者。「閩国」は、現在の台湾対岸の福建省一帯。当時は辺境の地と意識されていた。「蟾蜍」はヒキガエル。月には蟾蜍が棲むといわれるので、これをもって月の異称とする。「渭水」は、長安のすぐ北を流れる河。「蘭橈」は蘭の香木で造った橈《かい》、転じて舟の意味となる。「海雲」は、海のほとりの閩国の空に懸かる雲。

賈島は苦吟の詩人であり、「詩後に題す」という詩に「二句三年にして得《え》、一吟双涙流《いちぎんそうるい》る」（二句を三年かかって作り、一句吟ずるごとに両の目から涙が流れる）と自らの苦吟のさまを述べている。「秋風　渭水に生じ、落葉　長安に満つ」は、これ以上切り詰めることはできない語によって見事に長安の秋を描き取った名句である。

楓樹　ふうじゅ

紅於《こうお》・霜葉《そうよう》

楓樹は、狭義にはマンサク科の落葉高木「フウ」あるいは「烏臼《うきゅう》」（トウハゼ・ナンキンハゼ）を指すという。しかし実際の中国文学に現れる楓樹は、葉先の割れた落葉樹の総称であり、特定の品種を指すものではない。この点で楓樹は、和語の広義におけるモミジにほぼ相当するものと考えてよい。ちなみに「楓」の和訓カエデも、もともと手の平に切れ目がある蛙の手「カエルデ」の縮約語とされる。

楓樹は、黄河以南の温帯地区に広く分布しているが、特に長江中流域、かつて春秋戦国時代の楚国が領有した地域を特徴づける樹木と考えられていた。例えば『楚辞』所収の宋玉の「招魂《しょうこん》」の一句に「湛湛《たんたん》とみちる江水《こうすい》、上には楓《ふう》有り」と見え、また張九齢《ちょうきゅうれい》の「初めて湘中《しょうちゅう》に入りて喜ぶ有り」の詩には「両辺《りょうがん》　楓を岸と作《な》し、数処《すうしょ》　橘《たちばな》を洲《す》と為《な》す」とある。湘中は、湘江の流域、現在の湖南省を指す。次に読むのは、楓樹を詠じて最も人口に膾炙した作品である。

山行
遠上寒山石径斜
白雲生処有人家
停車坐愛楓林晩
霜葉紅於二月花

山行《さんこう》　杜牧《とぼく》
遠《とほ》く寒山《かんざん》に上《のぼ》れば　石径《せっけい》斜《なな》めなり
白雲《はくうん》生《しょう》ずる処《ところ》　人家《じんか》有《あ》り
車《くるま》を停《とど》めて　坐《そぞろ》に愛《あい》す　楓林《ふうりん》の晩《くれ》
霜葉《そうよう》は　二月《にがつ》の花《はな》よりも紅《くれなゐ》なり

ひと気のない山に遠く登っていくと、岩の小径が斜めに続く。遥かに白雲が湧き上がるところを見れば、ぽつんと人家があった。車を止めて、カエデの林が暮れていく光景に、何するともなく見とれていた。そうなのだ。霜にうたれた紅葉の色は、春も盛りの二月の花々よりも、もっともっと紅《あか》いのだ。

山歩きの詩。「白雲」は、中国文学の伝統の中では、脱世間の自由を象徴するものである。その白雲が湧くところにある人家とは、隠者の存在を暗示する。「愛」とは愛惜、大切なものを失いたくないと惜しむこと。残照を浴びて、今を最後と紅く燃えあがる楓樹の林は、それほどに蠱《こ》惑《わく》に満ちていたのである。現在、湖南省長沙市の西、岳麓山《がくろくざん》の山中に愛晩亭《あいばんてい》という亭が残っているが、この詩に因んで清の袁枚《えんばい》が名づけたものであり、必ずしも杜牧がこの詩を作ったところではない。ちなみに「紅於《こうお》」は、その後この詩を出典として、紅葉の異称となった。

梧桐《ごとう》

桐については、明、李時珍《りじちん》の『本草綱目』には、白桐《はくとう》（泡桐《ほうとう》）・荏桐《じんとう》（油桐《ゆとう》）・梧桐（青桐）・海桐《かいとう》（刺桐《しとう》）など、多くの種類を挙げている。このうち白桐が、我が国で普通にいうキリであり、また梧桐が、アオギリに当たるものである。キリは、ゴマノハグサ科の落葉高木。原産地は中国で、高さは十メートルに達する。葉は大型で、深い裂け目はない。晩春に、薄紫色の、長さ約五センチの五弁の筒状花を開く。一方アオギリは、アオギリ科の落葉高木。原産地は、やはり中国で、高さは十五メートルに達する。葉は大型で、先は三〜五に裂ける。初夏に開花するが、花弁はなく、淡い黄緑色の萼《がく》を持つ。アオギリの名は、幼木の樹皮が緑色であることに由来する。もっとも両者は、大きな葉を持つこと、また木質は軽く軟らかで家具や楽器の良材となったこともあって、特に区別されることもなく混用されていた。

中国文学の世界では、桐は、琴の材料として詠まれることが多い。後漢、桓譚《かんたん》の『新論《しんろん》』（『芸文類聚』巻四四所収の逸文）に次のようにある。「神農氏《しんのうし》（農業を始めたという伝説上の帝王）継ぎて天下に王たり。是《ここ》において始めて桐を削りて琴《こと》を為《つく》り、縄糸《じょうし》もて弦を為り、以て神明《しんめい》の徳を通じ、天人《てんじん》の和を合《がっ》す」。また竹林の七賢の一人、魏の嵆康《けいこう》の「琴賦《きんぷ》」（『文選』巻一七）には、「惟《こ》れ椅梧《いご》（共に桐の種類）の生ずる所、峻《けは》しき嶽《やま》の崇《たか》き岡に託す。……至人《しじん》（賢者）は思ひを攄《の》べ、雅琴《がきん》を制為《つく》る」とある。

桐の葉は大きい。そこで「桐葉《とうよう》もて弟を封ず」という故事も現れることになる。西周の成王がまだ幼少の時、弟の叔虞《しゅくぐ》に戯れて、桐の大きな葉に、唐国（山西省）の大名に封《ほう》ずると書き記して渡した。これを伝え聞いた摂政の周公《しゅうこう》は、成王を強く諫《いさ》めた。そして天子には戯《ざ》れ言《ごと》があってはならないとして、その言葉の通りに、叔虞を唐国に封じたという（『呂氏《りょし》春秋』重言）。柳宗元（七七三〜八一九）には、このことを論じた「桐葉弟を封ずるの弁」という有名な文章がある。

また桐（特に梧桐）は、想像上の瑞鳥《ずいちょう》である鳳凰《ほうおう》や鸞《らん》を止まらせる木と考えられていた。後漢末期の大儒《たいじゅ》鄭玄《じょうげん》の『詩経』の大雅「巻阿《けんあ》」に対する注（『毛詩鄭箋《もうしていせん》』）に、「鳳皇（鳳凰）の性《せい》、梧桐に非ずんば棲《す》まず」。前掲の「琴賦」に「翔鸞《しょうらん》、其の巓《いただき》に集《と》まる」、また杜甫の名作「秋興八首」の第八首に「碧梧《へきご》棲み老ゆ鳳凰の枝」（梧桐の木に鳳凰は年老いるまで止まっていた）とあるのが、その例である。

梧桐の葉は、早く落葉する。『楚辞』に収める宋玉の「九弁」に、「白露《はくろ》既に百草に下れば、奄《にはか》にして此の梧楸《ごしゅう》を離披《りひ》す」。これに対する南宋、朱熹《しゅき》の注（『楚辞集注《そじしっちゅう》』）に、「梧桐と楸梓《しゅうし》（ヒサギ）は、皆早く凋《しぼ》む」。そこで「梧桐一葉《いちよう》落ちて、天下の秋を知る」という成語が生まれることになる。しかも桐（梧桐）の葉は、大きい。そこでこれが詩に詠じられるとき、多くは、印象的な凋落の光景となって現れることになる。

次に読む王昌齢の詩は、段宥《だんゆう》なる人物の官舎の庭に植わった桐の木を詠んでいるが、ここには鳳凰・琴・枯葉といった桐に関わるイメージが集約されている。

段宥庁孤桐

鳳凰所宿処　月映孤桐寒
槁葉零落尽　空柯蒼翠残
虚心誰能見　直影非無端
響発調恒苦　清商労一弾

段宥《だんゆう》が庁《てい》の孤桐《ことう》　王昌齢《おうしょうれい》

鳳凰《ほうおう》 宿《やど》る所《ところ》の処《ところ》、月映《つきてら》して 孤桐寒《ことうさむ》し
槁葉《こうよう》 零落《れいらく》して尽《つ》き、空柯《くうか》 蒼翠《そうすい》残《そこな》はる
虚心《きょしん》 誰《たれ》か能《よ》く見《み》る、直影《ちょくえい》 端《はし》無《な》きに非《あら》ず
響発《きょうはつ》して 調《しらべ》 恒《つね》に苦《くる》しむ、清商《せいしょう》 一弾《いちだん》を労《ろう》せん

鳳凰が、住み着いたところ。月が照らして、その一本の桐は、冷ややかに佇む。枯葉は

すっかり落ちて、柯《えだ》は虚しく緑は損なわれた。その桐の無心の思いを、一体、誰が理解しよう。その真っすぐな影は、謂われのないものではない。（この孤桐でもしも琴を拵えたならば）楽の音が発すると、調べは決まって清冽を極めるであろう。その時は、我がために一たび琴を弾じて、清らかな音を聞かせてほしい。

桐の木は鳳凰を住まわせ、また神農氏は天下和合の調べを奏でようと願って、この木を用いて琴を製作した。その桐の木には、高貴な性が宿っていて、この木を愛する作者の友人段宥の高潔な人柄をも偲ばせるのである。

次の韓愈「秋懐詩《しゅうかいし》十一首」第九首の冒頭は、桐の葉の凋落を描いて最も尖鋭を極めるものである。

霜風侵梧桐　霜風《そうふう》　梧桐《ごとう》を侵《をか》し
衆葉著樹乾　衆葉《しゅうよう》　樹《き》に著《つ》いて乾《かは》く
空階一片下　空階《くうかい》　一片下《いっぺんくだ》り
琤若摧琅玕　琤《そう》として琅玕《ろうかん》を摧《くだ》くが若《ごと》し

霜を帯びた冷たい風が梧桐を侵すと、どの葉も、樹に着いたままひからびてゆく。誰もいない階《きざはし》に、一枚の葉が落下して、カシャンと玉の砕けちる音がした。

桐の大きな枯葉の存在感が、この詩の不思議なリアリティーを支えている。落葉にまつわる湿った詠嘆性をきっぱりと削ぎ落として、ここには新しい秋の発見がある。

これに対して次の白居易の詩は、落葉にまつわる伝統的イメージを無理なく踏襲したものである。

晩秋閑居
地僻門深少送迎
披衣閑坐養幽情
秋庭不掃携藤杖
閑蹋梧桐黄葉行

晩秋《ばんしゅう》の閑居《かんきょ》　白居易《はくきょい》
地《ち》僻《かたよ》り門《もん》深《ふか》くして　送迎《そうげい》少《すく》なし
衣《ころも》を披《き》て閑坐《かんざ》し　幽情《ゆうじょう》を養《やしな》ふ
秋庭《しゅうてい》掃《は》かず　藤杖《とうじょう》を携《たづさ》へ
閑《しづか》に梧桐《ごとう》の黄葉《こうよう》を蹋《ふ》みて行《ゆ》く

土地は辺鄙で、門は路地の奥まった所にあるので、来客も少ない。上着を披《はお》ってくつろいでいると、世俗を離れた静かな思いを養うことができる。秋の庭は掃くこともなく、藤の杖をついて、のんびりと梧桐の落ち葉を踏んで歩いている。

後半の「秋庭掃かず　藤杖を携へ、閑に梧桐の黄葉を蹋みて行く」は、藤原公任の『和漢朗詠集』巻下「落葉」にも収められて、我が国では平安時代より親しまれてきた。

韓愈は中国では「李杜韓白」として唐代の四大詩人の一角を占めるが、日本では彼はあくまでも古文家であり、詩人としての評価はとうてい白居易に及ばない。梧桐を詠んだ二人の詩を見てもなるほど両者の詩風の違いは明らかなのだが、それよりも興味深いのは、二人の中でためらわずに白居易を選んだ日本人の好みであろう。

苔　こけ

コケは、スギゴケに代表される蘚《せん》類と、ゼニゴケに代表される苔類との総称である。ここでは中国文学の常識に従い、一括して苔と称することにしたい。中国古典詩に苔が詠まれるとき、それはひと気の絶えた光景となる。明、王象晋《おうしょうしん》の『群芳譜《ぐんぽうふ》』に、「空庭幽室の、陰翳《いんえい》にして人の行《あゆ》むこと無ければ、則《すなは》ち苔蘚《たいせん》を生ず」とある。その苔は、好ましいものであるとき、独りの時間を楽しむ閑適の象徴となり、また好ましからざるものであれば、孤独を嘆く寂寞の光景となる。

苔が中国文学の題材として登場するのは、南朝、梁の江淹「青苔《せいたい》の賦」、沈約《しんやく》「青苔を詠ず」の詩などにおいてである。

苔を詠じた詩として最も知られるのは、次の王維の詩であろう。

鹿柴　　鹿柴《ろくさい》　　王維《おうい》

空山不見人　　空山《くうざん》　人《ひと》を見《み》ず

但聞人語響
返景入深林
復照青苔上

但《た》だ人語《じんご》の響《ひび》くを聞《き》く
返景《へんけい》　深林《しんりん》に入《い》り
復《ま》た照《て》らす　青苔《せいたい》の上《うへ》

ひっそりとした山に、人の姿を見ることもない。ただ話し声が、どこからともなく低く響く。夕日の光が、深い林の中にふと射し込んだとき、暗がりの底に、鮮やかな緑の苔を照らし出した。

「鹿柴」は、鹿が入らないように囲ってある柵。王維が長安の南、終南山《しゅうなんざん》の山懐に営んだ広大な輞川《もうせん》別荘の中の一つの地点である。深い林の、普段は日も射さない暗がりの苔を、斜めに射し込む一瞬の夕日の光が美しく照らし出す。これは、苔を描いて最も美しい表現であろう。こうして王維は、長安なる役人生活の煩悶をしばし忘れて、孤独の中に美の愉悦を探し求めたのである。

転蓬　てんぽう

断蓬《だんぽう》・飛蓬《ひほう》

中国北方の乾燥地帯に自生する植物。いわゆるヨモギではなく、アカザ科のハハキギの類を指すらしい。根元《ねもと》が細く、枝葉が大きく茂り、秋風が吹くと根元から断たれて飛び、毬《まり》のようになって転がる。そこで断蓬・飛蓬・転蓬などの呼び名が付いた。転蓬の詩的イメージに大きな影響を与えたのは、『晏子《あんし》春秋《しゅんじゅう》』内篇「雑上」に見える、春秋時代の魯《ろ》の昭公の故事である。――魯の昭公が、国を捨てて隣国の斉《せい》に亡命した。斉公がわけを訊ねた。昭公が答えて言うには、幼少であった頃、自分を大切にしてくれる者がいても親しまず、自分を諫めてくれる者がいても相手にしなかった。それ以来、自分の周りには、内にも外にも頼れる者がいなくなって、媚《こ》びへつらう者だけが集まってしまった。譬《たと》えを引けば、秋の蓬は根元が頼りなく、枝葉ばかりが立派で、秋風がひとたび吹けば、根元からたちまち抜けてしまうようなものなのです――こうして転蓬には、骨肉の人々から見放された孤独者、故郷を離れてさすらう漂泊者というイメージが作られた。

転蓬は、建安の文学において重要な詩の題材となった。とりわけこの語を愛用したのは、曹操の第三子、曹植（一九二～二三二）である。彼の「雑詩六首」其の二（『文選』巻二九）は、転蓬のイメージを軸に構成された作品である。

転蓬離本根　飄颻随長風　転蓬《てんぽう》　本根《ほんこん》を離《はな》れ、飄颻《ひょうよう》して長風《ちょうふう》に随《したが》ふ
何意廻飆挙　吹我入雲中　何《なん》ぞ意《おも》はん　廻飆《かいひょう》の挙《あ》がり、我《われ》を吹《ふ》いて雲中《うんちゅう》に入《い》れんとは
高高上無極　天路安可窮　高高《こうこう》として上《あ》がるに極《きは》まり無《な》く、天路《てんろ》　安《いづ》くんぞ窮《きは》む可《べ》けんや
類此遊客子　捐軀遠従戎　類《に》たり　此《こ》の遊客《ゆうかく》の子《こ》の、軀《み》を捐《す》てて　遠《とほ》く戎《いくさ》に従《したが》ふに

毛褐不掩形　薇藿常不充
去去莫復道　沈憂令人老

毛褐《もうかつ》　形《からだ》を掩《おほ》はず、薇藿《びかく》　常《つね》に充《あ》かず
去《さ》り去《さ》りて　復《ま》た道《い》ふ莫《な》けん、沈憂《ちんゆう》　人《ひと》をして老《お》いしむ

根元から断たれて、転がる蓬。ひらひらと、遠くから吹く風に漂う。思いがけずも、つむじ風が吹き起こって、この転蓬を雲の中まで巻き上げた。しかし高々と舞い上りはしても、上りつめることもかなわず、天上への道は、一体どうして窮めることができようか。しかし思えば転がる蓬の何と似ていることか、このさすらいの者の、身を擲《なげう》って遠く戦に従う境遇に。皮と葛の粗末な衣は、身体を被わず、薇《わらび》と藿《まめ》の粗食は、空腹を満たさない。さあ往《ゆ》こう、何も言うまい。底も無き憂いは、自分を老いへと駆り立てるばかりだ。

曹植は、兄の曹丕（魏の文帝）との皇位継承の争いに敗れて厳しい監視の下に置かれ、不遇な後半生を、度重なる土地替えの中で送ることとなった。「本根を離る」とは、一族の連帯から切り離された孤独の境遇をいう。ここでは都に安堵することも許されぬ自身の姿を、遠征に駆り立てられる兵士に見立て、さらには秋風に舞う転蓬になぞらえている。

次に王之渙《おうしかん》（六八八～七四二）の詩を読んでみたい。盛唐の詩らしく、高揚したリリシズムがみなぎっている。

九日送別

薊庭蕭瑟故人稀
何処登高且送帰
今日暫同芳菊酒
明朝応作断蓬飛

九日《きゅうじつ》に送別《そうべつ》す　王之渙《おうしかん》

薊庭《けいてい》　蕭瑟《しょうしつ》として　故人《こじん》稀《まれ》なり
何《いづれ》の処《ところ》か高《たか》きに登《のぼ》つて　且《しばら》く帰《かへ》るを送《おく》らん
今日《こんにち》　暫《しばら》く芳菊《ほうきく》の酒《さけ》を同《おな》じくするも
明朝《みょうちょう》　応《まさ》に断蓬《だんぽう》と作《な》つて飛《と》ぶべし

ここ薊の辺地に秋風が悲しく鳴るとき、親しい友の姿はめっきり少なくなった。どの辺りで高みに登って、君を送ればよいのか。今日だけは、しばし菊花を浮かべた酒を共に酌むとしよう。明日、夜も明ければ、君は断蓬となって、行方《ゆくえ》も知らず飛び去るのだ。

「薊」は現在の北京付近。「庭」は辺境の空間を漠然と指す語。「蕭瑟 xiǎo sè (k)」は、秋風の悲しい音を表す語頭子音を共有する双声の擬声語。陰暦の九月九日、晩秋の重陽節。正しく断蓬の季節に当たり、王之渙の友はさながらに断蓬の姿となって、秋風の中に旅立つのである。

白楊《はくよう》

ヤナギ科の落葉高木。ポプラの一種で、高さは十五メートルに達する。和名はドロヤナギ、ドロノキ。中国では華北に広く分布し、古代にあっては、王侯の墳墓に植えられる松柏《しょうはく》に対して、庶民の墓地に植えられる樹木であった（『白虎通徳論《びゃっこつうとくろん》』「崩薨《ほうこう》」）。死者の木、この白楊のイメージを決定的にしたのは、『文選』巻二九に収める詠み人知らずの「古詩十九首」の第十四首。

去者日以疎　生者日以親
出郭門直視　但見丘与墳
古墓犂為田　松柏摧為薪
白楊多悲風　蕭蕭愁殺人
思還古里閭　欲帰道無因

去《さ》る者《もの》は日《ひ》に以《もつ》て疎《うと》く、生《い》くる者《もの》は日《ひ》に以《もつ》て親《した》しむ
郭門《かくもん》を出《い》でて直視《ちょくし》すれば、但《た》だ丘《きゅう》と墳《ふん》とを見《み》るのみ
古墓《こぼ》は犂《す》かれて田《でん》と為《な》り、松柏《しょうはく》は摧《くだ》かれて薪《たきぎ》と為《な》る
白楊《はくよう》に悲風《ひふう》多《おほ》く、蕭蕭《しょうしょう》として人《ひと》を愁殺《しゅうさつ》す
古里《こり》の閭《りょ》に還《かへ》らんと思《おも》ふも、帰《かへ》らんと欲《ほつ》すれば道《みち》の因《よ》る無《な》し

この世を去る者は、日に日に記憶の中から疎遠となり、生まれ来る者は、日に日に親密になるものである。城郭の門を出てまっすぐに前方を見やれば、ただ目に入るのは、墓また墓ばかり。しかも昔の墓は、鋤《す》き返されて田畑となり、墓の辺りの松柏は、切り倒されて薪となり果てた。白楊には悲しげな風がしきりに吹いて、ざわざわと鳴って、人を深い憂いに誘うのだ。故郷の村里に戻ろうと思うのだが、しかしいざ帰ろうと思っても、辿《たど》りゆくべき道が見つからないのだ。

中国の集落は、城郭に囲まれた都市を基本型として、大は国都から、小は村落に至るまで、土壁で囲まれている。「郭門」は、その入口の門。また「古里の閭」とは、自分がむかし暮らした

村里の、入口の門のことである。「丘」「墳」は、いずれも土を盛った墳墓のこと。なぜ墳墓の傍らに松柏を植えるかといえば、常緑樹は永遠の生命の象徴だからである。しかしその松柏さえも、永遠を保証されることなく切り倒される。盛り土された墳墓も、平らな田畑となって耕されて、死者は安息を得ることもできない。無情の思いは、ここに極められる。最後の二句、墳墓に眠る死者を主語にして読むこともできよう。いったん幽明、境を分かってしまえば、もとの世界に生きて帰ることは無理なのである。

冬

松柏《しょうはく》

マツと、コノテガシワ。「柏」は、今日いうところのカシワ（落葉樹）ではなく、常緑樹のコノテガシワを指す。実は和語のカシワは、古くはサワラ・ヒノキ・コノテガシワなどの常緑樹を幅広く意味していた。常緑樹の代表である松柏には、周囲の変化に抗して己の節操を貫き守る高潔の士の風貌と、永遠の生命の象徴という、二つの意味が付帯することになる。前者については、『論語』子罕篇に「歳《とし》寒くして、然《しか》る後に松柏の凋《しぼ》むに後《おく》るるを知る也」（一年の冬が来て、松柏のみが、他の木々の凋落後も変わらずに緑を保つことが初めてわかるのだ）。その人が君子であるか小人であるかは、うまく行っている時にはわかりにくいが、逆境においてはただちに判明するというのである。こうした高潔の士の象徴として松樹を描いた王維の詩を読んでみたい。

新秦郡松樹歌
青青山上松
数里不見今更逢
不見君　心相憶
此心向君君応識
為君顔色高且閑
亭亭迴出浮雲間

新秦郡《しんしんぐん》の松樹《しょうじゅ》の歌《うた》　王維《おうい》
青青《せいせい》たり　山上《さんじょう》の松《まつ》
数里《すうり》見《み》えざるも　今《いま》更《さら》に逢《あ》ふ
君《きみ》を見《み》ざれば　心《こころ》に相《あ》ひ憶《おも》ふ
此《こ》の心《こころ》　君《きみ》に向《む》かふこと　君応《きみまさ》に識《し》るべし
君《きみ》が顔色《がんしょく》の高《たか》く且《か》つ閑《しづか》に
亭亭《ていてい》として迴《はる》かに浮雲《ふうん》の間《かん》より出《い》づるが為《ため》なり

青々とした、山上の松。私が数里の道を歩くあいだ見えなかったが、今また逢えた。君が見えないので、恋しく思っていた。私の心が君を慕うことを、君はきっと知ってくれるだろう。これも君の姿に気品と落ち着きがあり、亭々と聳《そび》えてはるかに雲の上に頭を出しているためなのだ。

新秦郡（陝西省神木《しんぼく》県の北）で松を見て作った歌。「浮雲」は、小人《しょうじん》や、また君側の姦をイメージする。これと対置されるのが、松の高潔で閑雅な君子の趣である。松は宋代になると、竹や梅とともに「歳寒《さいかん》の三友」となり、文人たちに愛されることになる。

後者、永遠の象徴としての松柏については、白居易の「陶潜の体《たい》に効《なら》ふの詩、十六首」の第一首に、「松柏と亀鶴《きかく》と、其《そ》の寿《よはひ》は皆《みな》千年」という詩句がある。また先ほどの「白楊」でも述べたように、松柏が王侯貴人の墳墓の木となったことも、永遠の生命を願うためである。杜甫が、成都にある諸葛孔明を祀る武侯祠《ぶこうし》を訪れて作った七言律詩「蜀相《しょくしょう》」の冒頭には柏樹《はくじゅ》が描かれる。

丞相祠堂何処尋
錦官城外柏森森

丞相《じょうしょう》の祠堂《しどう》　何《いづ》れの処《ところ》にか尋《たづ》ねん
錦官城外《きんかんじょうがい》　柏森森《はくしんしん》

蜀の丞相諸葛孔明の祠堂は、一体どこに尋ねればよいのか。それは成都の城郭の外、柏樹がこんもりと茂っているところだ。

「錦官城」とは、成都の別名。漢代、成都に錦の織物の管理をする錦官という役所が置かれたことに由来する。武侯祠は、先主劉備を祀るいわゆる先主廟の一角にある。その先主の墳墓の前の柏樹は、伝説によれば、諸葛孔明が手ずから植えたものという。柏樹は、確かに墳墓の木だったのである。

竹《たけ》

孟宗竹《もうそうたけ》・斑竹《はんちく》・此の君《このきみ》・此君《しくん》

竹は、高潔のシンボルである。『韓詩外伝』に「黄帝《こうてい》の時、鳳凰、帝の梧桐（アオギリ）に棲み、帝の竹の実を食らふ」とある。黄帝は、中国最古の聖天子。鳳凰は、天下の泰平を告げる瑞鳥。竹は、その実をもって鳳凰を養うのである。また竹は笛の材料となる。『永嘉記《えいかき》』（『芸文類聚』巻八九「竹」）に、「凡《すべ》て四竹《しちく》有り、葳蕤《いずい》として青翠《せいすい》。風来たりて音を動かせば、自《おのずか》ら宮商《きゅうしょう》を成す」とある。「宮商」とは調和した美しい音階のことであり、笛が奏でる気品に満ちた音楽はあらかじめ竹の本性の中に蓄えられている、と考えられていた。竹はこのようなものであるから、俗塵から遁《のが》れる隠者たちは、進んで竹林の中におのれの世界を見出すことになる。例えば、三国時代の魏に、竹林にこもって高尚な哲学談義に打ち興じた「竹林の七賢」のように。

竹は、これ以外にも多くの故事を持っている。『楚国先賢伝《そこくせんけんでん》』（『芸文類聚』巻八九「竹」）に、「孟宗《もうそう》の母、筍《たけのこ》を嗜《この》む。母の亡くなるに及び、冬節（冬至）将《まさ》に至らんとして、筍は尚ほ未だ生ぜず。（孟）宗、竹に入りて哀歎《あいたん》すれば、筍、之《こ》れが為に出《い》でて以て供祭するを得たり。至孝の感なり」。母の供養のために、冬の竹林に入って生前の好物であった筍を欲しいと哀願した。すると、彼の母への思いに感じて、筍が生えたというものである。「孟宗竹」の名称は、この故事に由来する。

また伝説によると、古代の聖天子である舜《しゅん》の二人の妃である娥皇《がこう》と女英《じょえい》は、先帝堯《ぎょう》の娘だった。舜が天下を巡幸の途中、蒼梧《そうご》の山（湖南省南境）で崩御した。この消息を聞いた娥皇と女英は、悲しみのあまりに湘水《しょうすい》に身を投げた。こうして湘水の女神となったのである。その死に先立って二人が流した涙が竹にかかり、竹の表面が斑《まだら》模様になった。これが後世「斑竹《はんちく》」と呼ばれるものである。

また竹を、「此君《しくん》」「此《こ》の君《きみ》」と呼ぶことがある。東晋の王徽之《おうきし》は、書聖王羲之の子である。空《あ》いていた友人の屋敷に、しばらく住むことになった。この時、彼はわざわざ人に命じて竹を植えさせた。これを訝《いぶか》った友人に対して、彼は竹を指さしながら嘯《うそぶ》いていった。「何ぞ一日も、此の君無かる可《べ》けんや――竹が無くては一日も暮らせない」（『世説新語《せせつしんご》』任誕《じんたん》）。竹を愛することは、その竹を愛する人の高尚な趣味を表明するにも等しかったのである。

唐代詩人では、白居易の竹の愛好が知られている（→二六五頁の「夜雪」の詩）。ここでは晩唐の羅隠《らいん》（八三三～九〇九）の詩を読んでみたい。

竹

籬外清陰接薬闌
暁風交戛碧琅玕
子猷死後知音少
粉節霜筠謾歳寒

竹《たけ》　羅隠《らいん》

籬外《りがい》の清陰《せいいん》　薬闌《やくらん》に接す
暁風《ぎょうふう》に交戛《こうかつ》して　琅玕《ろうかん》　碧《みどり》なり
子猷《しゆうし》死して後《のち》　知音《ちいん》少《すく》なし
粉節《ふんせつ》　霜筠《そういん》　歳寒《さいかん》に謾《おご》る

籬《まがき》の外の竹の清らかな陰は、薬草の柵と隣り合っている。暁の風のそよぎに、緑も鮮やかな宝玉は互いに触れ合って鳴り響く。王徽之が死んでから、竹の真価を知る者はめっきりと少なくなった。粉を吹いた節、霜を置いた竹皮、そのいずれもが歳暮《さいぼ》の冬の寒さのなかに毅然《きぜん》として佇《たたず》んでいる。

「子猷」は、竹を愛して「此の君」と呼んだ王徽之の字《あざな》。「薬闌」は薬草を育てるための薬欄《やくらん》。「琅玕」は緑色の宝玉のことで、詩文では竹の美称となる。

枯草《こそう》

春草（芳草・細草）が生命の発揚であるとすれば、その対極にあるのがこの「枯草」である。ここでは、白居易の若い頃の作を掲げておこう。

賦得古原草送別

離離原上草　一歳一枯栄
野火焼不尽　春風吹又生
遠芳侵古道　晴翠接荒城
又送王孫去　萋萋満別情

古原《こげん》の草《くさ》を賦《ふ》し得《え》て送別《そうべつ》す　白居易《はくきょい》

離離《りり》たり原上《げんじょう》の草《くさ》、一歳《いっさい》に一《ひと》たび枯栄《こえい》す
野火《やか》焼《や》けども尽《つ》きず、春風《しゅんぷう》吹《ふ》けば又《ま》た生《しょう》ず
遠芳《えんぽう》古道《こどう》を侵《をか》し、晴翠《せいすい》荒城《こうじょう》に接《せっ》す
又《ま》た王孫《おうそん》の去《さ》るを送《おく》り、萋萋《せいせい》として別情《べつじょう》満《み》つ風に靡《なび》く原野の草。一年に一度、枯れては茂る。冬には野火に焼かれるが、それでも絶えることなく、春風が吹けば、また萌えいでる。今は、春。遠くただよう花の香りが、古の道にも忍び入り、陽を浴びる山の緑が、うらぶれた城にまで溢れて連なる。君の旅立つのを見送るとき、惜別の情が、さながらに春の草が深く茂るがごとく我が胸の中に満ちみちるのだ。

冬枯れた草は、死の世界をかたどるものであり、また別れの悲しみにくすむ心の景色でもある。しかしその冬枯れの草は、春にいきいきと萌える草を準備するものでもある。こうして枯草は春草を呼び起こし、春草は、再会を待ち望む思いの比喩となった（↓一二三頁「春草」）。

二 鳥獣虫魚 鳥

鶯 うぐいす

黄鳥《こうちょう》・黄鸝《こうり》・黄鶯《こうおう》・黄鴦《こうおう》
倉庚《そうこう》

日本ではこれをウグイスと訓じているが、ウグイスは日本に特有であり、中国にはいない。「鶯」は、チョウセンウグイスと称されるもので、ウグイスよりもやや大型の鳥である。また日本のウグイスがくすんだ緑色をしているのに対して、黄色みがかった褐色をしている。「黄鳥」

と呼ばれるゆえんである。この鶯は渡り鳥で、東南アジアで越冬した後、四月上旬に広州、五月中旬には北京付近にまで北上するといわれている。

美しいさえずりで知られる鶯は、古くから文人の愛して飼育するところとなった。古くは、魏の文帝曹丕（在位二二〇～二二六）に「鶯の賦」がある。その序文に「堂前に籠《かご》の鶯有り、晨《あした》に夜に哀鳴し、悽《かな》しみて懐《おも》ふこと有るが若《ごと》し」とあり、すでに鶯を籠に飼う習慣があったことがわかる。詩に限ってみても、古来、鶯のさえずりを詠じたものは多い。最も古くは『詩経』豳風《ひんぷう》「七月」に「春日《しゅんじつ》載《はじめ》て陽《あたた》かに、鳴く倉庚《そうこう》有り」と歌われている。また杜甫の「絶句」には、「両《りょう》箇《こ》（二羽）の黄鸝《こうり》　翠柳《すいりゅう》に鳴く」の名句がある。とはいえ、鶯を詠んでわが国で最も人口に膾《かい》炙《しゃ》しているのは、次の杜牧の詩であろう。

江南春絶句
千里鶯啼緑映紅
水村山郭酒旗風
南朝四百八十寺
多少楼台煙雨中

江南春絶句《こうなんしゅんぜっく》　　杜牧《とぼく》
千里《せんり》　鶯《うぐひす》　啼《な》きて　緑《みどり》　紅《くれなゐ》に映《えい》ず
水村《すいそん》　山郭《さんかく》　酒旗《しゅき》の風《かぜ》
南朝《なんちょう》　四百八十寺《しひゃくはっしんじ》
多少《たしょう》の楼台《ろうだい》　煙雨《えんう》の中《うち》

千里の四方に鶯は啼いて、木々の緑は、紅い花と美しく照り映える。見れば、水辺の村にも山際の村にも、酒屋の幟《のぼり》が風にそよいでいる。思い出すのだ、南朝の御代《みよ》に伽藍《がらん》を

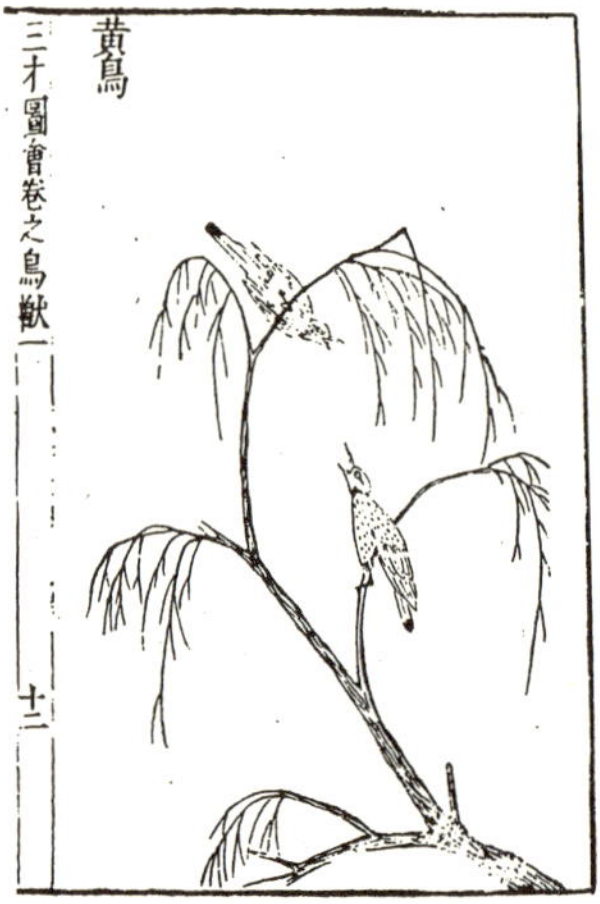

黄鳥（『三才図絵』）

競った四百八十の仏寺のことを。そのあまたの楼閣は、今、煙るように降る雨の向こうに隠されているのだ。

南朝の、とくに梁の時代には、武帝蕭衍《しょうえん》（在位五〇二〜五四九）の篤い信仰のもとに、都の建康（南京市）一帯には、五百を超える仏寺が建てられたといわれる。「四百八十寺」とは、その概数を、当時こう言い習わしたものであろう。

鸚鵡《おうむ》——鸚哥《いんこ》

人の言葉を巧みに操るこの鳥は、その色鮮やかな容姿の助けもあって珍鳥と見なされ、早くから貴族の愛玩物となっていた。鸚鵡を題材とした文学作品には、曹操に仕えたこともある後漢末期の禰衡《でいこう》（一七三〜一九九）の「鸚鵡の賦」がある。またその後の魏晋南北朝時代を通じて、曹植以下、「鸚鵡の賦」と題された作品が数多く作られている。

禰衡の「鸚鵡の賦」は、『文選』巻一三にも収められて後世に大きな影響力を持った。しかも、その制作の顚末《てんまつ》からして、はなはだ人の耳目を集めるものであった。彼は、自らの才能を恃《たの》むところが強く、その傲慢無礼な振る舞いが曹操に嫌われて、長江中流に勢力を張っていた軍閥劉《りゅう》表《ひょう》のもとに厄介払いされた。やがて禰衡は、その劉表にも疎まれ、江夏郡（中心は現在の武漢市武昌地区）太守の黄祖《こうそ》のもとに預けられる身となった。ある時、黄祖の長子が長江の中洲で酒宴を開いた。禰衡がこの時とばかり、酒興を添えるために献呈したのがこの「鸚鵡の賦」である。その内容は、美しい容姿と、人語《じんご》をよくする異才のために、鸚鵡は籠の中に囚《とら》われることを述べて、自らの不遇を訴え、平生の鬱憤を晴らそうとするものだった。それからしばらくして、禰衡は黄祖の怒りを買ってあえなく殺されている。彼が「鸚鵡の賦」を作ったこの中洲のことを鸚鵡洲と呼ぶようになるのは、後日のことである。崔顥《さいこう》（?～七五四）の「黄鶴楼」は有名な詩であるが、その頸聯にこの鸚鵡洲の名が見えている。

晴川歴歴漢陽樹　晴川《せいせん》　歴歴《れきれき》たり　漢陽《かんよう》の樹《き》
芳草萋萋鸚鵡洲　芳草《ほうそう》　萋萋《せいせい》たり　鸚鵡洲《おうむしゅう》

晴れ渡った長江に、対岸の漢陽（武漢市長江北岸の漢陽地区）の木々がくっきりと見える。そして芳《かぐわ》しい春の若草が、鸚鵡の中洲に、所狭しと茂っている。

この時の崔顥は、都長安を離れて不遇の日々を送っており、おのれの憤懣《ふんまん》をその昔の禰衡に重

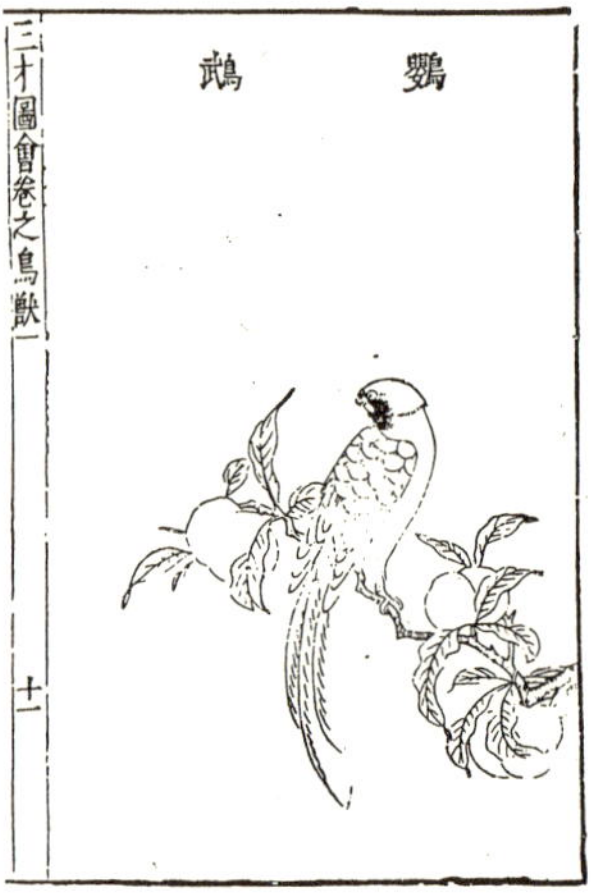

鸚鵡（『三才図絵』）

ね合わせてこのような詩句を作ったのであろう。

禰衡だけではなく李白の場合も、鸚鵡は不遇をかこつ天才の投影であった。次に読む詩は、李白が玄宗皇帝の朝廷を追放されたとき、宮廷の西門を出て友人の王侍御《おうじぎょ》を尋ねたが会えず、やむなく壁に鸚鵡を詠じた詩を書き付けて立ち去ったときの作である。

初出金門、尋王侍御不遇、詠壁上鸚鵡
初《はじ》めて金門《きんもん》を出《い》でて王侍御《おうじぎょ》を尋《たづ》ぬるも遇《あ》はず、壁上鸚鵡《へきじょうおうむ》を詠《えい》ず　李白《りはく》

落羽辞金殿　羽《はね》を落《お》として金殿《きんでん》を辞《じ》し
孤鳴託繡衣　孤鳴《こめい》して繡《しゅう》衣《い》に託《たく》す
能言終見棄　能《よ》く言《い》ふも終《つひ》に棄《す》てられ
還向隴山飛　還《か》へつて隴山《ろうざん》に向《むか》つて飛《と》ぶ

翼をうなだれて御殿を辞し、ひとり哀しげに鳴いて、王侍御のもとに身を寄せるつもりだった。自分は、なまじ言葉を巧みに操るために可愛がられたが、ついには棄てられ、

こうしてまた故郷の隴山に向かって飛ぶこととなった。

「繡衣」は、侍御使《じぎょし》（検察官）の制服であり、ここでは王侍御を指す。「隴山」（陝西省の西部）は、古来、鸚鵡の故郷とされた。禰衡と李白に共通しているのは、おのれの才能に対する不遜なまでの自負であり、またこれと表裏の関係にある、鬱屈した不遇感である。そして籠に囚われる鸚鵡とは、権力者の虚栄心を満たすためにいいように弄ばれる詩人の比喩となっていたのである。

鷗 かもめ ―― 白鷗《はくおう》

鷗は、世間のしがらみから解き放たれた、自由の象徴である。『列子』黄帝篇に次の有名な故事がある。海辺に鷗の好きな男がおり、毎朝浜辺に出ては鷗と遊んでいた。集まる鷗の数は、百羽に止《とど》まらなかった。男の父親が言った。聞くところでは、鷗はお前と仲良く遊んでいるそうだ。お前が捕まえて来てくれれば、俺も鷗と遊んでみたい。しかし翌日男が浜辺に行くと、鷗は空を舞うばかりで、降りて来ようとしなかった。――鷗は世俗の思惑を憎み、自由の境地に向かってひたすらに空高く舞うのである。杜甫の五言古体詩「韋左丞《いさじょう》丈《じょう》に奉贈す、二十二韻」に、仕官に失敗して故郷に帰るときの絶望と憤懣の思いを「白鷗《はくおう》　浩蕩《こうとう》に没すれば、万里　誰《たれ》か能く馴《なら》さん」（白鷗が大海原に姿を消せば、万里の彼方、誰が一体その鷗を手なずけることができようか）と述べている。この鷗は、世俗を憎む杜甫の野性が、その中に投影されたものであろう。

なお鷗は、日本では海鳥と見られているが、中国では大きな内陸河川にも生息している。やはり杜甫の五言律詩「旅夜書懐」（→三九頁「行旅」）は海から千キロ以上も隔たった長江中流で作られた詩だが、そこにも鷗は「飄飄《ひょうひょう》として何の似たる所ぞ、天地の一沙鷗《いちさおう》」（おのれのあてどなく漂泊を続ける姿はいったい何に似ていよう。それは、天と地の間を漂うあの一羽の鷗の影）として現れている。

鷗を自由という出来合いの観念からではなく、そのものとして描きながら、深い印象をとどめるのが次の杜牧の詩である。

漢江
溶溶漾漾白鷗飛
緑浄春深好染衣
南去北来人自老
夕陽長送釣船帰

漢江《かんこう》　杜牧《とぼく》
溶溶漾漾《ようようようよう》として白鷗《はくおう》飛《と》ぶ
緑《みどり》浄《きよ》く春《はる》深《ふか》くして衣《ころも》を染《そ》むるに好《よ》し
南去北来《なんきょほくらい》　人《ひと》　自《おのづか》らに老《お》ゆ
夕陽《せきよう》　長《とこし》へに送《おく》る釣船《ちょうせん》を帰《かへ》るを

漢江の流れはゆたかに、波は揺れて、その上を白い鷗が舞う。春もたけなわ、水は緑に浄《す》んで、衣を染めることもできそうだ。しかし自分は、俗務に縛られてこの川を南へ北へと旅するうちに、老いてゆく。あのやさしい光をなげる夕日は、いつまでも漁師の小舟が帰るのを見送っているというのに。

漢江は、長江最大の支流であり、長安の都と長江中流域とを結ぶ交通の動脈である。杜牧は地方官への赴任のためにこの川を何度も行き来した。「溶溶」は水が豊かに満ちるさま。「漾漾」は波が揺れ動くさま。その緑に浄んだ川の上を、白い鷗が飛ぶ。鷗の白さがこれほどに美しく際立った詩はない。「釣船」は漁師の舟だが、漁師は中国古典文学では隠者の暗喩であり、それは役人生活に疲れる杜牧が憧れるものである。緑に浄んだ漢江の上を舞う目の前の鷗は、ここでもう一度、隠された意味を響かせることになる。矚目《しょくもく》の景としての鷗は、観念としての自由の象徴となって舞い立つのである。

烏《からす》——鴉《からす》

烏は、紀元前の多くの古典に、すでにしばしば姿を現している鳥である。古代（先秦時代）の文献に見える烏は、宗教的・呪術的な色彩を帯びている。太陽の中には三本足の烏が住んでいるとされていた。前漢、王充《おうじゅう》の『論衡《ろんこう》』「説日《せつじつ》」に、「日中に、三足《さんそく》の烏有り」と記されている。また『淮南子《えなんじ》』の逸文（『楚辞』「天問《てんもん》」に対する王逸《おういつ》注に所引）には、

「古代の聖天子であった堯が、羿《げい》に命じて、天に昇った十の太陽を射落とさせた。すると九つの太陽に命中し、太陽の中に住む九羽の烏が射殺されて、その翼が天から落ちてきた」と、書かれている。ちなみに近年の話題として、中国四川省の成都郊外の三星堆《さんせいたい》遺跡から出土した大量の青銅器がある。その中に、高さ三メートル以上にも及ぶ巨大な扶桑《ふそう》の木があった。扶桑とは、世界の東の涯《はて》にあって、太陽を宿らせる大木のことである。その天辺《てっぺん》には、これから昇ろうとする太陽があり、残りの九つの太陽は、下方の枝に待機している、と考えられていた。三星堆出土の扶桑の木には、左右に張り出した枝に、この太陽の精ともいうべき烏が何羽も止まっていたことが確認されている。

烏についてはもう一つ、有名な「反哺《はんぽ》」の伝説がある。漢字の字源について初めて体系的な説明を加えた書物に、後漢、許慎《きょしん》の『説文解字《せつもんかいじ》』がある。そこには、「烏は、孝なる鳥なり」と記されている。つまり烏には、親鳥に哺育された恩を忘れずに、親鳥の老いたときには、反対に餌を運んで養う「反哺」の習性があると考えられていた。そこで烏を、「慈烏《じう》」（孝慈の烏）といったりするのである。「寒鴉《かんあ》」と呼ばれる種類も、この慈烏のこととされる。

これに対して、孝慈ならざる貪婪《どんらん》な性質のカラスもいた。『広雅《こうが》』には、「純黒にして反哺する者、之を烏《う》と謂ふ。小にして腹下の白く、反哺せざる者、之を鴉《あ》と謂ふ」とある。ここでいう「鴉」は、「烏鴉《うあ》」とも呼ばれる。今日の、いわゆるハシブトガラスである。白居易は、「大嘴《たいかい》の烏《う》に和す」（元稹《げんしん》の作った「大きな嘴《くちばし》の烏」という詩に唱和する）という詩の冒頭で、次のように二種類のカラスを対比している。

烏者種有二　名同性不同
嘴小者慈孝　嘴大者貪庸
嘴大命又長　生来十余冬
物老顔色変　頭毛白茸茸

烏《からす》なる者《もの》は種《しゅ》に二有《にあ》り、名《な》は同《おな》じなるも性《せい》は同《おな》じからず
嘴小《はししょう》なる者《もの》は慈孝《じこう》、嘴大《はしだい》なる者《もの》は貪庸《たんよう》
嘴《はし》の大《だい》なるは命《いのち》も又《ま》た長《なが》し、生《う》まれ来《き》たって十余《じゅうよ》冬《とう》
物老《ものお》いて顔色変《がんしょくへん》じ、頭毛《とうもう》白《しろ》くして茸　茸《じょうじょう》たり

カラスには二種類ある。しかし名前は同じでも、性質はまるで同じではない。嘴《くちばし》の小さいカラスは親孝行だが、嘴の大きいカラスは貪欲なのだ。嘴の大きいカラスは寿命も長く、生まれて十何年にもなると、年とって色も変わり頭の毛もふさふさと白くなる。

嘴の小さいカラスが慈烏で、嘴の大きいカラスが、「鴉」「烏鴉」と称されるハシブトガラスということになる。

この「鴉」「烏鴉」が鳴くと不吉なことがある、と言われてきた。しかもこの鴉が、よりによって宮殿の屋根に群がり巣くうことがあった。南北朝時代から、類似の事例が少なからず記録されてい

鴉（『三才図絵』）

る。その事態は、不吉の前兆だった。その不吉な光景が、最も劇的な表現を取って現れているのは、杜甫の七言古体詩「王孫を哀しむ」の冒頭であろう。

長安城頭頭白烏
夜飛延秋門上呼
又向人家啄大屋
屋底達官走避胡

長安《ちょうあん》の城頭《じょうとう》　頭白《とうはく》の烏《からす》
夜《よる》　延秋門《えんしゅうもん》の上《うへ》に飛《と》んで呼《さけ》ぶ
又《ま》た人家《じんか》に向《む》かって大屋《たいおく》に啄《つひば》み
屋底《おくてい》の達官《たっかん》　走《はし》りて胡《こ》を避《さ》く

長安城の上に群がっていた頭の白い鴉は、夜になると延秋門の上を飛んで、鳴き騒ぎ出した。やがて臣下の家の方角に飛んでいくと、その館の屋根を啄み始めた。館の中の高官たちは、胡《えびす》の軍隊から我が身を避けようと、ただあたふたと逃げまどった。

この詩は、安禄山《あんろくざん》の反乱軍が占領する帝都長安の光景を、反乱軍の追及の目を避けて逃げまどう皇族の悲惨な境遇に焦点を合わせて描いた作品である。この冒頭の四句は、反乱軍がいよいよ長安に迫ろうとする、その前夜の不気味な様子を描く。「延秋門」は、長安城の北に広がる禁苑（天子の狩場）の西の門。玄宗皇帝が、陥落直前の長安を、夜陰に紛れて脱出するときに通った門である。「胡」は、中国西方の異民族、とくにペルシア系のソグド人を指す。安禄山は、彼自身が「胡」（父はソグド人、母はウイグル人）であったように、配下の将士にも胡の出身者が多かった。そこでここでは、反乱軍のことを胡と称している。「頭白の烏」は、「腹下」もしくは「頸」が白いと称される悪鳥の「烏鴉」のことであろう。それを「頭白」と改めるのは、先の白居易詩の例にもあるように、不吉な形相を強調するため。また「鴉」といわずに「烏」とするのは押韻の関係である。

次に読む詩は、また違う角度から烏を取り上げている。

烏夜啼

黄雲城辺烏欲棲
帰飛啞啞枝上啼
機中織錦秦川女
碧紗如煙隔窓語
停梭悵然憶遠人
独宿孤房涙如雨

烏夜啼《うやてい》　李白《りはく》

黄雲《こううん》の城辺《じょうへん》　烏《からす》　棲《す》まんと欲《ほっ》し
帰《かへ》り飛《と》びて啞啞《ああ》として枝上《しじょう》に啼《な》く
機中《きちゅう》　錦《にしき》を織《お》る　秦川《しんせん》の女《むすめ》
碧紗《へきさ》は煙《けむり》の如《ごと》く　窓《まど》を隔《へだ》てて語《かた》る
梭《ひ》を停《とど》めて　悵然《ちょうぜん》として遠人《えんじん》を憶《おも》ふ
独《ひと》り孤房《こぼう》に宿《しゅく》して　涙《なみだ》　雨《あめ》の如《ごと》し

黄昏の雲が立ちこめる城壁の傍らでは烏はねぐらに就こうとして、帰るついでにカアカアと庭の枝に止まって啼いている。機《はた》の前に座って錦を織っている秦川の娘。碧の薄絹の帷《とばり》は靄《もや》のように懸かって、窓の中で何かを呟《つぶや》いている。機を織る手を休めて、溜め息を付きながら遠くの人のことを思い出す。たった一人の部屋にいて、涙は雨のように流れ落ちる。

「秦川」は、長安一帯の地域を指す。「秦川の女」とは、前秦の将軍竇滔《とうとう》の妻であった蘇蕙《そけい》。彼女は辺地に左遷された夫を慕い、おのれの恋しい思いを詠んだ回文の詩を、錦に織り込んで彼のもとに送り届けたといわれる。なお回文とは、頭から読んでも尻から読んでも意味が通じるように作られた詩のことである。

「烏夜啼」は、楽府題、つまり古い歌謡の題である。烏が夜も眠らずに啼く。これは、雌雄が哀しい別れをしたためである。ここでは、配偶を失った烏に託して、夫を遠くに送り出したまま帰りを待ち侘びる妻の思いを詠んでいる。

雁《がん》

鴻雁《こうがん》・雁信《がんしん》・雁書《がんしょ》・雁行《がんこう》・孤雁《こがん》
回雁峰《かいがんほう》

雁は、秋になると中国に飛来し、春に繁殖の地である漠北《ばくほく》（シベリア）に帰っていく。『逸周書《いっしゅうじょ》』巻六「時訓解《じくんかい》」に、「白露《はくろ》の日に鴻雁来たり、又た五日にして玄鳥《げんちょう》（ツバメ）帰る。……寒露の日に鴻雁来たる」とある。白露・寒露は、華北の気候をもとにして作られた二十四節気の一つであり（→八九頁「二十四節気」）、陽暦ではそれぞれ九月七日頃と十月八日頃に当たっている。

この時期に、雁は波状的に中国に飛来するのである。

『詩経』小雅「鴻雁」に「鴻雁于《ゆ》き飛び、粛粛《しゅくしゅく》たり其の羽」。これに対する注（前漢、毛亨《もうこう》の「毛伝」）に「大なるを鴻《こう》と曰《い》ひ、小なるを雁《がん》と曰ふ」。これによれば「鴻」の字義は、大型のガンである。しかし後世「鴻雁」という場合は、「鴻」と「雁」の二種類のガンを指すのではなく、ガンの総称、つまり「雁」という語を二音節化したものと考えてよかろう。

雁門山《がんもんざん》（山西省忻州《きんしゅう》市代《だい》県）は、『山海経《せんがいきょう》』「海内西経《かいだいせいけい》」によれば、雁が中国に飛来するときの北の入口とされている。一方、雁は南に渡っても、決して南岳衡山《こうざん》（湖南省南部）の一峰である回雁峰（雁を回《めぐ》らす峰）を越えることはないと言い伝えられている。こうして中国古典文学の世界では、雁の越冬地は、衡山と洞庭湖に挟まれたいわゆる瀟湘《しょうしょう》の地とされてきた。

帰雁

瀟湘何事等閑回
水碧沙明両岸苔
二十五絃弾夜月
不勝清怨却飛来

帰雁《きがん》　銭起《せんき》

瀟湘《しょうしょう》より何事《なにごと》ぞ等閑《とうかん》に回《かへ》る
水碧《みづみどり》に沙《すな》明《あか》るくして　両岸苔《りょうがんこけ》むす
二十五絃《にじゅうごげん》　夜月《やげつ》に弾《だん》ずれば
清怨《せいえん》に勝《た》へずして　却《かへ》つて飛来《ひらい》す

雁よ、お前はなぜ瀟湘の地に心も留めずに、北へ帰ってゆくのか。ここは、水も碧に澄み沙は白く光り、両の岸辺は苔もむして、かくも美しいというのに。そう、それは月夜に湘水の女神が奏でる二十五絃の瑟《しつ》の音の、あまりに切なく哀しいものだから、その哀しさに堪えかねて、北に飛び去ってゆくのだ。

瀟湘とは「瀟《きよ》らかな湘水」の流れるほとりであり、古来「清怨」とも称される、切ないほどの清らかさを歌われた土地である。そして雁は、その清怨なる風土を描くに欠かせない詩材の一つだった。

雁は、大空に「一」の字や「人」の字を描き、整列して渡ってゆく。これを雁行という。このことから、君臣の秩序・兄弟の上下関係をこの「雁行」で呼び習わしてきた。また事柄に順序を付けて処理することを、「雁行」といったりもするのである。

こうした整列飛翔《ひしょう》を習性とする雁であるから、群れからはぐれてただ一羽で飛ぶ「孤雁」は、それだけで孤独者の象徴となる。孤雁を主題とした詩は、はなはだ多い。

孤雁

孤雁不飲啄　飛鳴声念群
誰憐一片影　相失万重雲
望尽似猶見　哀多如更聞
野鴉無意緒　鳴噪自紛紛

孤雁《こがん》　杜甫《とほ》

孤雁《こがん》　飲啄《いんたく》せず、飛《と》び鳴《な》きて　声《こゑ》　群《むれ》を念《おも》ふ
誰《たれ》か憐《あわ》れむ一片《いっぺん》の影《かげ》の、万重《ばんちょう》の雲《くも》に相《あ》ひ失《うしな》ふを
望《のぞ》みは尽《つ》くるも猶《な》ほ見《み》るに似《に》たり、哀《かな》しみ多《おほ》くして更《さら》に聞《き》くが如《ごと》し
野鴉《やあ》には意緒《いしょ》無《な》く、鳴《な》き噪《さわ》ぎて自《おのづか》ら紛紛《ふんぷん》

群れをはぐれた雁は、水も飲まず餌も食べず、飛びながら鳴いて、その声は群れを求める。しかし幾重にもかさなる雲に隔てられ、群れを見失ったこの孤独な姿を、いったい誰が憐れんでくれるだろうか。群れが視界から消えた後も、まだ眼に見えているような気がしているのだ。哀しさのあまり、いつまでも群れの鳴き声が耳から離れないらしい。しかし何としよう、あの野面《のづら》の鵶は何も考えることはないらしく、ただ鳴き騒ぎ乱れ舞うしか能がないのだ。

詩に描かれる群れからはぐれた孤雁は、故郷を離れ、兄弟や親戚とはぐれて漂泊する杜甫自身の投影であろう。またいたずらに群れ鳴く鵶は、杜甫の敵《かたき》であり、名利に群がる節操のない俗物たちの比喩であるに相違ない。

ところで雁については、蘇武《そぶ》（前一四〇?～前六〇）の有名な故事がある。前漢の武帝のとき、中国の北方に強大な勢力を誇っていた遊牧民族匈奴《きょうど》に、外交使節として蘇武が遣わされた。しかし彼は抑留されて、北海（バイカル湖）のほとりに羊を飼う生活を、十九年の長きにわたって続けることになった。その後、武帝を継いだ昭帝のとき、匈奴に対して、蘇武の身柄の引き渡しを要求した。しかし匈奴は、蘇武がすでに死去したと称して、交渉に応じようとはしない。蘇武と一緒に匈奴に使いして、そのまま彼の地に留め置かれていた使節の一人に、常恵《じょうけい》がいた。彼はこの時、漢の使節に一つの妙案を授けた。それは昭帝が上林《じょうりん》（長安の西にあった天子の狩場）

で雁を射落としたところ、その足に蘇武の認《したた》めた帛書《はくしょ》（絹に書いた手紙）が結ばれていて、彼の存命が判明したというものである。ことを告げられたとき、匈奴はもはや言い逃れはできないと観念して、やむなく蘇武を漢に帰したと伝えられる。真偽はともかくとして、雁が南北に渡る習性を巧みに利用した説話であることは確かである。手紙のことを「雁書」「雁信」というのは、この故事に由来する。杜甫の七言律詩「夜」の頷聯を読んでみよう。

南菊再逢人臥病　　南菊《なんきく》　再《ふたた》び逢《あ》ひて　人《ひと》病《やまひ》に臥《ふ》し
北書不至雁無情　　北書《ほくしょ》　至《いた》らず　雁《がん》情《なさ》け無《な》し

南国に咲く菊を再び見るとき、自分は病の床に伏せる。それなのに待ち侘びる北の長安からの手紙は届かず、雁は何とつれないことか。

杜甫は晩年の二年間、長江の深い谷間にある白帝城（重慶市奉節県）に逗留して病の身を養っていた。詩は、その時期の作である。

鷓鴣　しゃこ

キジ科の鳥。ウズラに似てやや大きく、体長は約三十センチ。羽は褐色で、背中と胸に、白い斑点がある。中国の南部に、広く分布している。『禽経《きんけい》』に、「飛べば、必ず南に翥《と》ぶ」と記される、これに対する張華《ちょうか》の注に「鷓鴣は、其《そ》の鳴くや自《みずか》ら呼び、飛べば、必ず南に向かふ。東西に廻《めぐ》り翔《かけ》ると雖《いえど》も、翅《はね》を開くの始めは、必ず先《ま》づ南に翥《と》ぶ。其の志、南を懐《おも》へば、北に徂《ゆ》かざるなり」とある。鷓鴣は、「南禽《なんきん》」、南国の鳥である。だから南を思うあまり、どの方角に飛ぶときにも、いったんは必ず南に向かって飛び立つ、といわれるのである。

もちろん鷓鴣には、そういった習性があるわけではない。鷓鴣を「南禽」とみる人々の意識が、このような伝説を作った。

晩唐の詩人、鄭谷《ていこく》は「鷓鴣」という詩を作って評判となり、鄭鷓鴣と称されたという。この詩は室町時代より日本で広く読まれた『三体詩』にも収められている。ただここでは李群玉《りぐんぎょく》の詩を読んでみたい。

九子坂聞鷓鴣

落照蒼茫秋草明
鷓鴣鳴処遠人行
正穿屈曲崎嶇路
又聴鈎輈格磔声
曽泊桂江深岸雨

九子坂《きゅうしはん》にて鷓鴣《しゃこ》を聞《き》く　李群玉《りぐんぎょく》

落照《らくしょう》　蒼茫《そうぼう》として　秋草《しゅうそう》明《あき》らかなり
鷓鴣《しゃこ》鳴《な》く処《ところ》　遠人《えんじん》行《ゆ》く
正《まさ》に穿《うが》つ　屈曲《くっきょく》崎嶇《きく》の路《みち》
又《ま》た聴《き》く　鈎輈格磔《こうちゅうかくたく》の声《こえ》
曽《かつ》て泊《と》まる　桂江《けいこう》　深岸《しんがん》の雨《あめ》

亦于梅嶺阻帰程
此時為爾腸千断
乞放今宵白髪生

亦《ま》た梅嶺《ばいれい》に于《お》いて　帰程《きてい》を阻《はば》まる
此《こ》の時《とき》　爾《なんぢ》の為《ため》に　腸千断《ちょうせんだん》
乞《こ》ふらくは放《ゆる》せ今宵白髪《こんしょうはくはつ》の生《しょう》ずるを

落日の光はどこまでも果てしなく照らして、秋の草は明るく光る。鷓鴣が鳴く中を、遠く旅人は行く。曲がりくねった険しい道を通るとき、また「鉤輈格磔」と鳴く鷓鴣の声を聴く。以前、桂江の深い谷間に降りしきる雨の中に、やむなく船で泊まったことがある。そして今、梅嶺の峠を越えかねて、帰りの路に難渋している。この時、お前の鳴き声を耳にして、哀しみに、腸《はらわた》が千切れる。どうか今夜のところは、自分を哀しみのあまりに白髪にしたりはしないでおくれ。

「桂江」は、現在の広西《こうせい》チワン族自治区の桂林市《けいりんし》を流れる川。「梅嶺」は、広東省と、北隣の江西省の境界にある大庾嶺《だいゆれい》の一部。梅嶺の南、桂江の流れる地域とは、風土病が蔓延すると考えられた「嶺南瘴癘《れいなんしょうれい》」の地であり、唐代には南方の辺境と理解されていた。李群玉（?〜八六二?）は、晩唐の詩人。この詩を見る通り、彼は一時期、嶺南に左遷されていた。

この詩の中で、鷓鴣とは見慣れぬ辺境の鳥である。鷓鴣を詠むことは、そのまま、わが身を辺境に置くことを悲嘆するのと同じことなのである。またここで注目したいのは、鷓鴣の鳴き声が「鉤輈格磔」として、具体的に書き留められていることであろう。鷓鴣が北方では見慣れぬ鳥であるように、その鳴き声も辺境を意識させる異様なものとして、詩人の印象に焼きついた。ちなみに鷓鴣の鳴き声は、明代になると、「行《シン》不《プ》得《トォー》也《イエ》哥《コー》哥《コ》——行ってはだめだよ兄さん」として、安定した表記に落ち着くことになる。

越中覧古
越王勾践破呉帰
義士還家尽錦衣
宮女如花満春殿
只今唯有鷓鴣飛

越中覧古《えっちゅうらんこ》　李白《りはく》
越王勾践《えつおうこうせん》　呉《ご》を破《やぶ》つて帰《かへ》る
義士《ぎし》　家《いへ》に還《かへ》り　尽《ことごと》く錦衣《きんい》
宮女《きゅうじょ》は花《はな》の如《ごと》く　春殿《しゅんでん》に満《み》つ
只今《ただいま》　唯《た》だ鷓鴣《しゃこ》の飛《と》ぶ有《あ》るのみ

越王勾践は、呉を打ち倒して、凱旋した。忠義の勇士たちも家に帰り、ことごとく恩賞にあずかって、錦《にしき》の晴れ姿となった。そして女官たちは、花のように麗しく、宮殿に満ちあふれていた。それなのに、今この辺りには、ただ鷓鴣が群れ飛ぶばかりだ。

鷓鴣（『三才図絵』）

この詩の鷓鴣は、廃墟の中を飛ぶ鳥である。越王勾践の覇業も、今は潰《つい》えた。錦を着飾った義士も、姿はなく、宮殿に満ちみちていた美貌の女官たちも一握りの土くれとなった。こうしたうらぶれた光景の中を舞う鳥として、鷓鴣は描き出されている。

雀 すずめ ―― 黄雀 こうじゃく

雀は、最も身近な鳥である。だから雀の描写が、他の鳥よりも具体的かといえば、必ずしもそうではない。そこに描かれる姿は、写実的というよりも多分に類型的で観念的なのである。そのイメージは何よりも卑小さにある。①大志を持たない小人《しょうじん》、②権力者に虐げられる細民《さいみん》(庶民)の比喩である。またまれに、③農作物を食い荒す害鳥として、貪欲な官吏の比喩になることもある。『詩経』召南「行露《こうろ》」を見てみると、鼠《ねずみ》と並べて、雀を、民衆の敵(権力者)になぞらえている。

①の意味を代表するのは、「燕雀《えんじゃく》、安《いづ》くんぞ鴻鵠《こうこく》の志《こころざし》を知らんや」の成語であろう。陳勝《ちんしょう》(字は渉《しょう》)は、秦の時代の人である。若い時分、小作人となって日を過ごしていた。ある時、耕す手を休めて仲間に向かって嘆息して言った。「自分が富貴《ふうき》になっても、決してお前たちのことを、忘れたりはしないぞ」。これを聞いた仲間は、彼のことを大法螺《おおぼら》吹きだと嘲《あざわら》笑った。この時に発した彼の言葉が先の成語で、「お前たちのような小者に、自分の大志が分ってたまるか」という意

味である。その後、始皇帝が亡くなったとき、彼は同志の呉広《ごこう》と語らって秦に対して反乱を起こしたが、志半ばにして配下の部将に謀殺された（『史記』「陳渉世家《ちんしょうせいか》」）。――ちなみに上記の成語に見える「鴻鵠」とは、大型のガンとクグイ（オオハクチョウの古名）のこと。これらは大志を抱く大人物の比喩である。また「燕雀」は、この併称では共に卑小な鳥の代表である。ただ注意すべきは、「燕」が単独で取り上げられるとき、それは愛すべき可憐な鳥であり、こうしたマイナスの意味合いはほとんど見られないことである。

②の典型的な作品は、曹植の「野田黄雀行《やでんこうじゃくこう》」であろう。籬《まがき》の間を飛んでいた雀が、鷂《たか》を見て恐れるあまり自ら霞網《かすみあみ》に飛び込んでしまう。これを見た若者が網を切り裂いて雀を逃す、という内容のものである。その中頃を引用する。

不見籬間雀　見《み》ずや　籬間《りかん》の雀《すずめ》
見鷂自投羅　鷂《たか》を見《み》て自《みずか》ら羅《あみ》に投《とう》ずるを
羅家得雀喜　羅家《らか》　雀《すずめ》を得《え》て喜《よろこ》び
少年見雀悲　少年《しょうねん》　雀《すずめ》を見《み》て悲《かな》しむ

ここでは「鷂」と「羅家＝霞網を仕掛ける猟師」は、それぞれ「雀＝無力な民」を虐げる土豪・権力者のことであり、「少年」は、強きを挫《くじ》いて弱きを助ける義俠《ぎきょう》の士であろう。

曹植は、帝位の継承を兄の曹丕と争って敗れた。この時から、曹植の側近たちは、曹丕の容赦のない迫害の対象となってゆく。「雀」は、その側近を指すと解釈されている。

燕 つばめ ――燕燕《えんえん》・玄鳥《げんちょう》

我が国では、古くはツバクラメとかツバクロといった。これは、翼が黒いことをいうものであり、漢語の玄鳥と同趣の命名である。①体が小さいので、いとけなく可憐な印象を与える。②また人家の軒先に巣を掛けてせっせと子育てに励むので、否応なく父母の恩愛を思い起こさせる。また、③決まった時に決まった場所に忘れずに帰ってくるので、懐旧と追憶の象徴であり、さらには、④雌雄が仲良くつがいで舞うので、同志（また時に男女）の親愛なる関係の象徴であり、それゆえに、親愛なるもの同士のやむを得ぬ離別の暗喩ともなる。

②の代表的な作例として、白居易の五言古体詩「燕《つばめ》の詩、劉叟《りゅうそう》に示す」がある。この詩の序に、「叟《おきな》に愛子《あいし》有るも、叟に背《そむ》きて逃げ去る。叟、甚だ悲しみて、之を念《おも》ふ。叟少年たりし時、亦《ま》た嘗《かつ》て是《か》くの如し。故に燕の詩を作りて以て之を諭《さと》す」。詩は、二羽の親鳥が苦労の末に育てた四羽の雛《ひな》が、いったん成長すると飛び去ったまま戻ることもなく、親鳥を悲しませることを述べるものである。

③の作例としては、劉禹錫の次の詩がある。

烏衣巷
朱雀橋辺野草花
烏衣巷口夕陽斜
旧時王謝堂前燕
飛入尋常百姓家

烏衣巷《うい こう》　劉禹錫《りゅう う しゃく》
朱雀橋辺《しゅじゃくきょうへん》　野草花《やそうはな》さき
烏衣巷口《ういこうこう》　夕陽斜《せきようなな》めなり
旧時《きゅうじ》　王謝《おうしゃ》の堂前《どうぜん》の燕《つばめ》
飛《と》んでは入《い》る　尋常《じんじょう》百姓《ひゃくせい》の家《いへ》

朱雀橋のかたわらに野辺の花は咲いて、烏衣巷の入口には、夕日が斜めに差している。それにしてもかつて王氏や謝氏の館《やかた》の前を飛んでいた燕は、今は、あたりまえの民家の軒先を飛び交《か》っているのだ。

王謝は、南朝きっての名門貴族で、都建康の南部、秦淮河《しんわいが》に浮かんだ朱雀橋という浮橋を南に渡る手前の、左手の烏衣巷と呼ばれる街区に、立派な邸宅を構えていた。かつてはその邸宅の広間の前を飛んでいた燕は、今や、庶民の家の軒先に飛び交っている。いつの世にも変わることのない燕の飛来を示すことで、滅び去った過去を懐かしく追憶するのである。

④の燕については、『詩経』邶風《はいふう》の「燕燕《えんえん》」に古典的な作例がある。

燕燕于飛　差池其羽
之子于帰　遠送于野

燕燕《えんえん》　于《ゆ》き飛《と》び、其《そ》の羽《はね》を差池《しち》にす
之《こ》の子《こ》　于《ゆ》き帰《かへ》る、遠《とほ》く野《や》に送《おく》る

瞻望弗及　泣涕如雨　瞻望《せんぼう》するも及《およ》ばず、泣涕《きゅうてい》 雨《あめ》の如《ごと》し

つばくらは並んで飛び、その羽をひらひらと舞わせている。それなのに、この君が故郷に帰るので、遠く郊外に見送るのです。やがて瞳を凝らしても見えなくなって、涙が雨のように落ちるのです。

『詩経』の昔から、燕をしばしば「燕燕」と称している。一羽を指すとする解釈もあるが、やはり二羽の燕と見るのが自然であろう。南朝、宋の鮑照《ほうしょう》の「双燕《そうえん》を詠ず」の詩にも、「双燕　雲崖《うんがい》（絶壁）に戯れ、羽翰《うかん》（翼）始めて差池《しち》たり」とあるのは、明らかに右の詩を意識している。またこの詩のほかにも「双燕」の用例は多い。「燕燕」は、「双燕＝二羽の燕」の意味に通じていると考えてよかろう。

鶴　つる

仙鶴《せんかく》・黄鶴《こうかく》・黄鵠《こうこく》

鶴は、中国文学の世界では世俗を離れた清らかな存在であり、高士・仙人の良き伴侶である。例えば、北宋初期の詩人林逋は、西湖（浙江省杭州市の西）の孤山に隠遁し、梅を妻、鶴を子として悠悠自適の生活を送ったことで知られている（↓二二五頁「梅」）。

鶴

清音迎暁月　愁思立寒蒲
丹頂西施頬　霜毛四皓須
碧雲行止躁　白鷺性霊粗
終日無群伴　渓辺弔影孤

鶴《つる》　杜牧《とぼく》

清音《せいおん》　暁月《ぎょうげつ》を迎《むか》へ、愁思《しゅうし》　寒蒲《かんぽ》に立《た》つ
丹頂《たんちょう》　西施《せいし》が頬《ほほ》、霜毛《そうもう》　四皓《しこう》の須《ひげ》
碧雲《へきうん》も　行止《こうし》躁《さわ》がしく、白鷺《はくろ》も　性霊《せいれい》粗《あら》し
終日《しゅうじつ》　群伴《ぐんぱん》無《な》く、渓辺《けいへん》に影《かげ》の孤《こ》なるを弔《とぶら》ふ

清らかに鳴いて、有明けの月を迎え、孤独の思いを胸に懐いて、冷たい水に洗われる蒲《がま》のかたわらに立つ。こうべが紅いのは、西施の美しい頬に似て、霜のように白い羽毛は、四皓の髭を思わせる。この鶴のもの静かな姿を見れば、のどかに青天に浮かぶ雲さえもせわしなく思われ、すっくと涼しげに佇んだ白鷺でさえも、どこかがさつに見えるのだ。ひねもす仲間と群れることもなく、渓流のほとりでおのれの孤高な姿を守っている。

俗塵を洗い落とした、孤高の姿。杜牧は鶴の中に、このようなイメージを投影しているのである。「西施」は、越王勾践が呉王夫差《ふさ》に献上した絶世の美女。「四皓」は、いわゆる商山《しょうざん》四皓、前漢、初代皇帝の高祖劉邦の時に、商山（長安の東南にある山）に隠遁していた四人の老人のことである。「行止」は立居振る舞い、「性霊」は心ばせ。

鶴は俗世の時間を超越した存在で、長寿を保つ鳥と考えられてきた。晋、崔豹《さいひょう》の『古今注《こきんちゅう》』巻三に、「鶴は、千歳なれば則ち蒼《はいいろ》に変ず。又た二千歳にして黒に変ず。所謂《いはゆる》玄鶴《げんかく》なり」とある。

鶴（『三才図絵』）

わが国で「鶴は千年」というのは、この辺りに由来があるだろう。鶴は、「仙鶴」という語もあるように、仙人がこれに乗って天を舞うものと考えられていた。前漢、劉向《りゅうきょう》の『列仙伝《れっせんでん》』に、仙人の王《おう》子喬《しきょう》が、白鶴に乗って緱子《こうし》山（洛陽東南郊）の頂から天に上ったと記されている。

仙人乗鶴の伝説を取り上げた詩の中で最も有名なのは、崔顥《さいこう》の「黄鶴楼」の詩である。

昔人已乗黄鶴去
此地空余黄鶴楼

昔人《せきじん》　已《すで》に黄鶴《こうかく》に乗《の》って去《さ》り
此《こ》の地《ち》　空《むな》しく余《あま》す　黄鶴楼《こうかくろう》

武漢の長江南岸には、黄鶴楼という高楼が建っている。かつて仙人が、この楼から黄色い鶴に乗って飛び去っていったと伝えられるところである。ついでながら、「黄鶴」の語はしばしば詩文に現れる。しかし黄色い鶴は、現実にはいない。黄鶴とは、仙人の着る黄色い服との関係から空想された鶴と考えてよいであろう。

ちなみに中国の古典には、「黄鵠」の名もしばしば現れる。これは、黄色（褐色）のクグイ

(オオハクチョウの古称)を指す(もっとも古代では、鵠《こく》は、しばしば鶴《かく》と音が近いので混同された)。黄鵠が詩歌の重要な題材となるのは、前漢の蘇武の作と伝えられる次の詩(『文選』巻二九所収)の影響が大きい。

黄鵠一遠別　千里顧徘徊
胡馬失其群　思心常依依
……
俛仰内傷心　涙下不可揮
願為双黄鵠　送子倶遠飛

黄鵠《こうこく》　一《ひと》たび遠《とほ》く別《わか》れ、千里《せんり》に顧《かへり》みて徘徊《はいかい》す
胡馬《こば》　其《そ》の群《むれ》を失《うしな》ひ、思心《ししん》　常《つね》に依依《いい》たり
……
俛仰《ふぎょう》して　内《うち》に心《こころ》を傷《いた》ましめ、涙下《なみだくだ》りて　揮《ぬぐ》ふ可《べ》からず
願《ねが》はくは双《ふたつ》の黄鵠《こうこく》と為《な》り、子《し》を送《おく》りて倶《とも》に遠《とほ》く飛《と》ばん

黄鵠は、一たび古巣を後にするとき、千里の彼方に遠ざかっても振り返って名残を惜しむ。北の胡《えびす》の土地に生まれた馬は、群れからはぐれると、いつまでもはぐれた仲間を懐かしむ。……伏して地を見つめ、仰いで天を眺めながら、心は哀しみに血を流し、涙は流れて拭うこともままならない。願わくは、ならんで翔《かけ》る二羽の黄鵠となり、お前を見送って一緒にどこまでも飛んでゆきたいものだ。

この詩において、黄鵠は、別れゆくものの象徴である。以後の離別詩に黄鵠がしばしば現れることになるのは、この詩の影響といってもよい。例えば王維の「双黄鵠歌《そうこうこくか》、送別」という詩は、

その典型となる作品である。

鵠《くぐい》は、ごく大型の渡り鳥である。そこで、非凡な能力に恵まれた偉人・大才の比喩として用いられることがある。またその意味で、大型の雁を指す「鴻」と組んで、「鴻鵠」と熟することもある。先の「雀」のところで引いたように、「燕雀、安んぞ鴻鵠の志を知らんや」という成語に現れる「鴻鵠」とは、偉大な人物を指し示すものである。

杜鵑《とけん》 ——子規《しき》・不如帰《ふじょき》

ホトトギス。長江の中流から上流にかけて多く生息する鳥である。中国の文学にこの杜鵑（子規）が頻繁に詠まれるようになるのは、盛唐期以後である。唐の初期に編纂された類書『芸文類聚』は、これに先立つ魏晋南北朝時代の詩文で何が重要な題材であったか、またそれが実際の詩文でどのように詠まれてきたかを調べるときに参考にされる書物である。しかし杜鵑は、この『芸文類聚』に採録されていない。つまり杜鵑は、比較的後れて詩文の題材となった鳥、ということになる。

杜鵑には古い伝説がある。西晋、左思の「三都の賦」の一つ「蜀都《しょくと》の賦」に付けられた旧注に、『蜀記《しょくき》』を引いていう。「かつて杜宇《とう》なる人がいた。彼は、蜀を治めて望帝《ぼうてい》と号した。杜宇が死んだとき、子規に姿を変えた。子規とは鳥の名である。蜀の人々は子規の鳴くのを聞くと、皆口々に、望帝が来たと囁《ささや》いた」。この化鳥《かちょう》説話によれば、杜鵑（子規）は、望帝の落ちぶれたなれの果てということになる。

杜鵑

……

我昔遊錦城　結廬錦水辺
有竹一頃余　喬木上参天
杜鵑暮春至　哀哀叫其間
我見常再拝　重是古帝魂
生子百鳥巣　百鳥不敢嗔
仍為餧其子　礼若奉至尊

……

杜鵑《とけん》　杜甫《とほ》

……

我《われ》　昔《むかし》錦城《きんじょう》に遊《あそ》び、廬《いほり》を結《むす》ぶ錦水《きんすい》の辺《ほとり》
竹有《たけあ》り一頃余《いっけいよ》、喬木《きょうぼく》　上《かみ》　天《てん》に参《まじ》はる
杜鵑《とけん》　暮春《ぼしゅん》に至《いた》り、哀哀《あいあい》　其《そ》の間《かん》に叫《さけ》ぶ
我《われ》見《み》て常《つね》に再拝《さいはい》す、是《こ》の古帝《こてい》の魂《たましひ》なるを重《おも》んずればなり
子《こ》を百鳥《ひゃくちょう》の巣《す》に生《う》むも、百鳥《ひゃくちょう》　敢《あへ》て嗔《いか》らず
仍《な》ほ為《ため》に其《そ》の子《こ》を餧《やしな》ひ、礼《れい》　至尊《しそん》に奉《ほう》ずるが若《ごと》し

……

自分はかつて、錦官城（成都）に旅して、錦江の畔《ほとり》に廬を結んだことがある。廬の傍らには、一頃（約五百六十アール）余りの広い竹林があり、また喬木が、天にも届かんばかりに聳《そび》えていた。晩春の季節になると、杜鵑がやって来て、その間で哀しそうに鳴いていた。自分は、杜鵑の姿を見るといつも再拝の礼を取った。それが、古《いにしえ》の望帝の魂魄《こんぱく》であることに敬意を表するためである。杜鵑は、ほかの鳥の巣に卵を産む。しかし鳥た

ちは、怒ることもない。それどころか、その雛を大切に養うこと礼儀正しく、あたかも天子に仕えるように丁重であった。

この詩の杜鵑には、三点、注目すべきことがある。第一に、蜀（成都）の鳥とされていること。第二に、杜宇（望帝）の化身であること。第三に、杜鵑の、ほかの鳥の巣に卵を産みつける託卵の習性を取り上げて、これを望帝に対する臣下の忠誠として描いていることである。この三点は、後世の杜鵑を詠ずる詩に継承されるものである。

この詩は表面は、杜鵑を描くことを主題とした詠物詩の体裁を取っている。しかし作品の末尾を見ると、隠された主題が明らかになってくる。「今　忽《たちま》ち暮春の間《かん》、我が病みて年を経るに値《あ》ふ。身は病みて拝する能はず。涙は下《くだ》つて迸《ほとばし》る泉の如し」。このとき杜甫は、三峡にも近い谷間の町の雲安に、病身を養いながら逗留していた。この地で久しぶりに出会った杜鵑に向かって、作者は、もはやかつてのように恭《うやうや》しく再拝の礼を取る体力もなくなっていた。これは、杜甫が長安の朝廷を離れて久しく流浪の日々を送る中に、官職に復する望みも、再び皇帝に拝謁する可能性も失われてしまったことを、自覚し悲嘆するものなのである。

杜鵑が鳴く晩春には、躑躅《ツツジ》が咲く。その花の紅《あか》さは、杜鵑の啼いて滴らす血によって染められたものといわれている（→一四九頁「杜鵑花」）。次に読む詩は、この伝説を巧みに利用したものである。

宣城見杜鵑花
蜀国曽聞子規鳥
宣城還見杜鵑花
一叫一廻腸一断
三春三月憶三巴

宣城《せんじょう》にて杜鵑《とけん》の花《はな》を見《み》る　李白《りはく》
蜀国《しょくこく》にて曽《かつ》て聞《き》く子規《しき》の鳥《とり》
宣城《せんじょう》にて還《ま》た見《み》る杜鵑《とけん》の花《はな》
一叫《いっきょう》　一廻《いっかい》　腸一断《ちょういちだん》
三春《さんしゅん》　三月《さんがつ》　三巴《さんぱ》を憶《おも》ふ

かつて蜀にいた時分、杜鵑の声を聞いたものである。そして今、この宣城（安徽《あんき》省宣《せん》州《しゅう》市）で、杜鵑の花（ツツジ）が咲くのを見た。杜鵑が、ひと叫び、ひと廻《めぐ》りするとき、我が腸《はらわた》も、哀しみにひとたび断たれる。そして春の三月、故郷の三巴が、懐かしく思い出される。

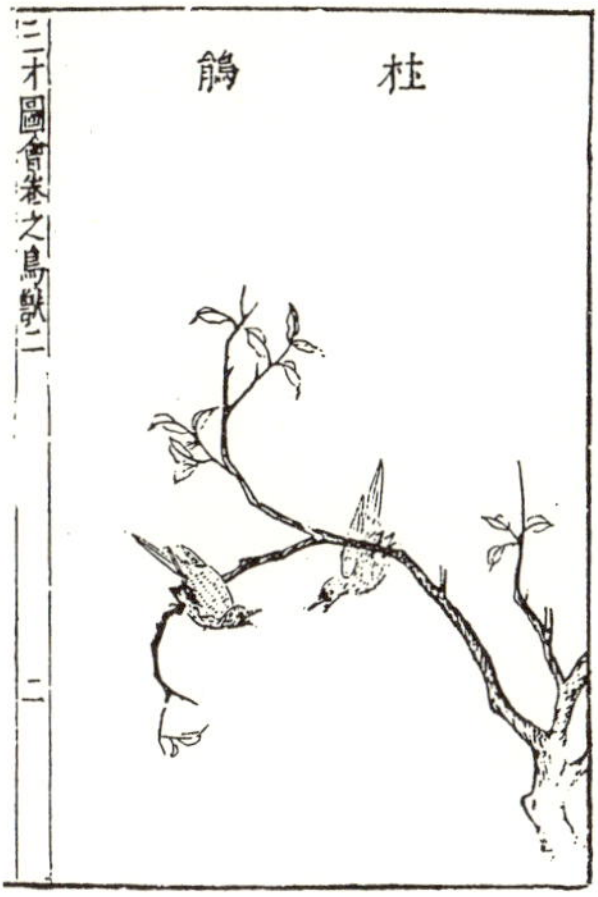

杜鵑（『三才図絵』）

「宣城」は、李白が敬愛する南朝、斉《せい》の詩人、謝《しゃ》眺《ちょう》にゆかりの地である。「三春」は、三ケ月の春、という意味。「三巴」は、巴郡《はぐん》・巴西《はせい》・巴東《はとう》の総称であり、本来は、四川省東半部を指す。しかしここでは、たんに「蜀国」の言い換えと考えてよいであろう。そこは、李白が少年時代を過ごしたところである。「腸断」「断腸」は、極度の悲哀をいう慣用表現である。
杜鵑のことを、後世、「不如帰《ふじょき》——bù rú guī」（帰るに如《し》かず）とも表記する。この語はそもそも、杜鵑の鳴き声を写し取ったものである。ちなみに、この「不如帰」という表記は、確認されるところでは宋代以前に遡るものではない。したがって、唐の李白の詠ずるこの杜鵑の鳴き声の中に、すでに「不如帰——早く故郷に帰りたい」の意味が込められていたと断定することは難しい。しかし、李白の望郷の思いを写したこの詩あたりも一つのヒントとなって、その鳴き声に「不如帰」の字を当てるようになった、と考えることはできるだろう。

獣

牛 うし

牛が、中国古典の中に印象的な姿で現れるのは、老子説話である。西晋、皇甫謐《こうほひつ》（二一五～二八二）『高士伝《こうしでん》』に、次のような有名な故事を記している。老子は、周の柱下史《ちゅうかし》（王室図書館長）であったが、周末の混乱を嫌って官を棄て、青牛に引かせた車に乗って西に去った。函谷関《かんこくかん》の関令《かんれい》（関所守）であった尹喜《いんき》は、めでたい気が東方から近づいてくるのを察知していた。そこで老子がやって来ると、彼を引き留め、強いて頼んで『道徳経《どうとくきょう》』五千余言を書かせた。これが後世、『老子』といわれることになる書物である。老子はこれを著し終えると、そのまま西に去り、行方をくらませたと伝えられている。青牛とは、黒色の牛のことである。このため、後世の詩文に詠まれる牛は、しばしば仙人への連想を含み、脱俗の気配を帯びるのである。

題竹石牧牛、並引
野次小崢嶸　幽篁相依緑
阿童三尺箠　御此老觳觫
石吾甚愛之　勿遣牛礪角
牛礪角尚可　牛闘残我竹

竹石牧牛《ちくせきぼくぎゅう》に題《だい》す、並《なら》びに引《いん》　黄庭堅《こうていけん》
野次《やじ》　小《すこ》しく崢嶸《そうこう》たり、幽篁《ゆうこう》　相《あ》ひ依《よ》りて緑《みどり》なり
阿童《あどう》　三尺《さんせき》の箠《むち》、此《こ》の老《お》いたる觳觫《こくそく》を御《ぎょ》す
石《いし》　吾《われ》は甚《はなは》だ之《これ》を愛《あい》す、牛《うし》をして角《つの》を礪《と》がしむる勿《なか》れ
牛《うし》の角《つの》を礪《と》ぐは尚《な》ほ可《か》なり、牛《うし》の闘《たたか》はば我《わ》が竹《たけ》を残《そこな》はん

野面《のづら》がちょっと盛り上がったところ、竹が寄り添うように緑に茂っている。童子が三《さん》尺《じゃく》の箠を持って、老牛を御している。自分はこの石がとても好きなので、牛には、この石で角を礪いだりしてもらいたくない。牛が角を礪ぐのはまだ良いとしても、牛同士がもし角突きあわせて闘ったりすれば、それこそ自分が大切にする竹を傷つけてしまうから。

この詩には「引」（序文）が付いている。「蘇軾《そしょく》が竹藪と怪石を描いた。この絵の手前の斜面に、李公麟《りこうりん》が牛に乗っている牧童の姿を書き加えたところ、はなはだ趣が出た。そこで戯れに詩を詠じた」。この引からもわかるように、文人画と詩歌が互いを引き立て合って見事に調和している詩である。そもそも蘇軾が描いた石と竹は、言うまでもなく文人画に好んで描かれる題材で

ある。そして李公麟が書き足した老牛と童子は、その世界がこころ懐かしい理想郷《アルカディア》であることを暗示するものである。

牛が絵画や詩歌の題材にしばしば登場するようになるのは、中唐期以降のことである。それまでの唐代前半期は、唐の国家が強勢を誇っていた。そのように、この時代の絵画も、速度と力との象徴である馬を好んで描いていた。このことは、盛唐期の掉尾を飾る詩人となった杜甫が、好んで馬を詠じ、また馬の絵画を詠じた多くの題画詩を残していることに端的に現れている（↓次項参照）。一方、牛に対する興味は、速度と力に対する関心と相反するものであり、いわば非効率の美学である。またこのことを裏書きするかのように、この詩に描かれるのが殊更に老牛であり、また老牛を御するのが非力で無邪気な童子であることは注意されなければならない。宋代に興ったいわゆる文人趣味の典型的な姿を、この詩の中に見ることができるだろう。

馬 うま

汗血馬《かんけつば》・銀鞍白馬《ぎんあんはくば》

馬は、古代の社会において、富と権力の象徴だった。それは、人間が飼育する家畜の中で最も高速の移動に堪え、最も大量の物資の運搬を可能にするものだったからである。この意味で、馬に対する愛好は興味深い時代差を示すことになる。社会が活力に満ち、膨張傾向にあるときには、馬が好まれる。前漢および唐の前半期が、その代表的な時代といえるだろう。前漢には、二輪の軽快な馬車が長安の都大路を疾駆していた。また盛唐の時代には、貴婦人の間にも騎馬の習慣が広がり、楊貴妃の姉妹たちは飾り立てた馬に跨《またが》って宮中に参内し、この様子は当時の長安市民の耳目をそばだてる恰好の話題となったのである。

これに対して社会が固定化し、また萎縮傾向にある場合には、牛が好まれた。西晋から南北朝にかけての時代、つまり門閥貴族の時代には、貴族たちは洛陽で、また建康（南京）で、牛車に乗って都大路をゆったりと移動していた。わが国の平安時代に牛車が用いられたのも、遅ればせながら、この中国の貴族社会の趣味が影響したものである。なお宋代以降、実用面ではなく、主に文人の趣味の世界において、牛が絵画や詩歌の題材に多く登場するようになる。近世の文人趣味が、世俗との違いを際立たせるために、あえて枯淡のもの、遅鈍なもの、怪奇なものを選択する過程で、牛が注目を集めるようになったものと考えてよかろう。

詩歌に馬が取り上げられる場合、馬を描いた絵画を詠じたもの、つまり題画詩と、馬を直接に詠じたものの二種類がある。馬は、詩のみならず絵画の重要な題材でもあった。杜甫は、唐代詩人の中にあってとりわけ馬を好んで取り上げた詩人である。「丹青引《たんせいいん》、曹将軍覇《そうしょうぐんは》に贈る」「韋諷《いふう》録事《ろくじ》の宅にて曹将軍の馬を画《えが》ける図を観《み》るの歌」などは前者の題画詩の例であり、「房兵曹《ぼうへいそう》の胡《こ》馬《ば》」「瘦馬行《そうばこう》」等は後者の例となる。

房兵曹胡馬
胡馬大宛名　鋒稜痩骨成
竹批双耳峻　風入四蹄軽
所向無空濶　真堪託死生
驍騰有如此　万里可横行

房兵曹《ぼうへいそう》の胡馬《こば》　杜甫《とほ》
胡馬《こば》　大宛《たいえん》の名《な》、鋒稜《ほうりょう》　痩骨成《そうこつな》る
竹批《たけそ》ぎて双耳峻《そうじすると》く、風入《かぜい》りて四蹄軽《していかろ》し
向《む》かふ所《ところ》　空濶無《くうかつな》く、真《まこと》に死生《しせい》を託《たく》するに堪《た》へたり
驍騰《ぎょうとう》　此《か》くの如《ごと》き有《あ》れば、万里《ばんり》　横行《おうこう》す可《べ》し

君の西域渡来の馬は、名にし負う大宛国の産。鋒《きっさき》は稜《かど》ばって、引き締まった骨格をしている。竹を削いだように両の耳は鋭くとがり、風をはらんで四つの蹄《ひづめ》は軽やかに駆ける。向かうところ足の届かぬ所はなく、真に戦場で命を預けてもよいような頼もしさだ。この馬の威勢がかくもすぐれて立派であれば、万里の彼方まで存分に行くがよかろう。

「胡」は、中国西北方面の異民族、またその居住地域を指す。「大宛」は、中央アジアのフェルガーナ（カザフ共和国領内）。そこは前漢の張騫《ちょうけん》が武帝の命を承けて西方探検をした折、血の汗を流すという名馬、いわゆる汗血馬を手に入れたところである。「空濶」は空間。「空濶無し」とは、この駿馬には遠すぎて辿り着けないところはない、という意味である。

杜甫における馬とは、このように野性をはらんだ力と、生死をも託するに足る頼もしさの象徴だった。

馬は、最も通俗的な意味では富裕の比喩ともなった。李白の「少年行」(↓一五一頁)に、

五陵年少金市東
銀鞍白馬度春風
落花踏尽遊何処
笑入胡姫酒肆中

五陵《ごりょう》の年少《ねんしょう》　金市《きんし》の東《ひがし》
銀鞍白馬《ぎんあんはくば》　春風《しゅんぷう》を度《わた》る
落花《らっか》　踏《ふ》み尽《つ》くして何《いず》れの処《ところ》にか遊《あそ》ぶ
笑《わら》つて入《い》る　胡姫《こき》　酒肆《しゅし》の中《うち》

五陵のお屋敷町の若者が、長安の金市の盛り場の東に姿を現すや、銀の鞍に白い馬という派手な出で立ちで、春風の中を闊歩する。落花を蹴立てて一体どこに遊ぶのかと見れば、笑いながら、胡姫が手招く酒肆の中に入っていった。

ここに見える「銀鞍白馬」とは、端的に、贅沢の代名詞である。

猿声《えんせい》

猿が中国の文学に詠まれるとき、イメージの中心にあるのは、猿の姿形や仕草ではなく、決まったようにその哀しい鳴き声なのである。

猿の鳴き声が文学の重要な題材となるのは、中国の最も古い文学である『詩経』の時代ではなかった。それよりも四、五百年下った前四世紀の『楚辞』の時代、つまりそれまでの文学の中心であった黄河流域に加えて、長江の中上流域が文学の重要な風土として立ち現れて以降のことである。『楚辞』九歌「山鬼《さんき》」に次のように見える。

雷塡塡兮雨冥冥　雷《かみなり》塡塡《てんてん》として　雨《あめ》冥冥《めいめい》
猨啾啾兮狖夜鳴　猨《えん》啾啾《しゅうしゅう》として　狖《ゆう》夜《よる》鳴《な》く

雷がゴロゴロと鳴って、雨が暗く降りしきる。その夜の闇の中で、猨《さる》（猿の異体字）と狖《さる》とが哀しげに鳴き叫ぶ。

「啾啾」は声が哀しく響くことをいう擬声語である。この『楚辞』の時代から、猿は、その鳴き声によって注目された。

しかも猿の鳴き声に対する関心は、その後もさらに強められてゆく。例えば、三国、呉の陸璣《りくき》の『毛詩《もうし》草木《そうもく》鳥《ちょう》獣《じゅう》虫《ちゅう》魚《ぎょ》疏《そ》』巻下には、「猱《さる》、……其の鳴くや嗷嗷《きょうきょう》として悲し」と、猿の鳴き声が取り出されて、その声の哀しさが強調されている。こうした流れを承けて、六朝以後の文学に現れる猿声は、その空《くう》を裂く甲高い鳴き声のゆえに、聞く者を哀しい気分にさそうものとなった。杜甫の「登高」の首聯を読んでみよう。

風急天高猿嘯哀　風急《かぜきゅう》に　天高《てんたか》くして　猿《さる》　嘯《うそぶ》くこと哀《かな》し
渚清沙白鳥飛廻　渚《なぎさ》清《きよ》く　沙白《すなしろ》くして　鳥《とり》　飛《と》び廻《めぐ》る

風は強く、空は高く晴れ上がって、猿の声が、哀しく尾を引いて響く。長江の渚は澄んで、沙は白く輝き、その上空を鳥が輪を描いて舞っている。

この詩（→一一五頁）は、杜甫が晩年、三峡の入口にある白帝城に逗留していた時期の作品である。三峡の深い谷間は、風が強い。その風に引きちぎられるように、猿の声がこだまする。

猿声は、特定の風土を背景にした題材である。それは長江の中上流域のものであり、特に三峡の景物として詩文に詠まれることが多かった。南朝、宋の盛弘之《せいこうし》に長江中上流域の地理を記した『荊州記《けいしゅうき》』があり、その逸文（『太平御覧《たいへいぎょらん》』巻五三所引）に、次のような記事が載せられている。

常に高きにいる猿の長く嘯《うそぶ》き、属《つづ》き引《の》びること凄《かな》しく異《あや》しく、空ろな岫《やま》に伝わり響き、哀しく転《こだま》して久しくくして絶ゆ。故に漁者《ぎょしゃ》歌つて曰く、

巴東三峡巫峡長　巴東《はとう》の三峡《さんきょう》　巫峡《ふきょう》長《なが》し
猿鳴三声涙霑裳　猿《さる》鳴《な》くこと三声《さんせい》　涙《なみだ》　裳《しょう》を霑《うるほ》す

巴東の三峡では、巫峡がどこまでも長い。巫峡の谷間で猿が二声、三声と鳴くと、これを聞く者は悲しくなって、涙で服を濡らすのだ。

「巴東」は、現在の重慶市東部、三峡の地域である。「巫峡」は、その三峡の一つ。ところで猿声が、哀しげに聞こえることには、三峡という特異な風土も、大いに関係している。三峡の深い谷間は、陰鬱で威圧的な光景を持っている。しかも都を遠く離れた、辺境の土地である。だからこそ三峡で聞く猿声は、しばしば詩人たちをして、流離の深い悲しみを思い起こさせることになった。

ところで三峡の猿声といえば、先の杜甫の「登高」詩も、三峡の入口にある白帝城（重慶市奉節県）での作であった。そして次に読む李白の作は、とりわけ名高い作品といえるだろう。

早発白帝城　　早《つと》に白帝城《はくていじょう》を発《はっ》す　　李白《りはく》

朝辞白帝彩雲間　　朝《あした》に辞《じ》す　白帝《はくてい》　彩雲《さいうん》の間《かん》

千里江陵一日還　　千里《せんり》の江陵《こうりょう》　一日《いちにち》にして還《かへ》る

両岸猿声啼不住　　両岸《りょうがん》の猿声《えんせい》　啼《な》いて住《や》まざるに

軽舟已過万重山　　軽舟《けいしゅう》　已《すで》に過《す》ぐ　万重《ばんちょう》の山《やま》

朝早く、朝焼け雲のたなびく辺りで白帝城に別れを告げ、千里下流の江陵まで、一日で還ってきた。両岸に啼き交わす猿の声がまだ止まないうちに、我が乗る小舟は、すでに幾万にも重なる三峡の山並みを通り過ぎてきたのだ。

李白のこの詩は、颯爽とした精神の躍動に満ちている。李白の伝記的研究によれば、この詩は、夜郎《やろう》（貴州《きしゅう》省正安《せいあん》県西北）への流謫を赦されて、白帝城から一気に長江を下るときの作である。この解放の喜びを歌う詩の中では、猿の哀しい鳴き声もが、明るい響きと軽やかな躍動に満ちているように感じられる。

ところで、杜甫や李白の詩に詠まれたこの三峡の猿声も、その後、両岸の森林が伐採され猿の生息地が失われたために、現在ではめったに聞くことはできない。

鹿鳴 ろくめい

鹿の鳴き声は、古くは『詩経』小雅の「鹿鳴」に次のように詠まれている。

呦呦鹿鳴　　呦呦《ゆうゆう》として鹿《しか》鳴《な》き
食野之苹　　野《の》の苹《よもぎ》を食《は》む
我有嘉賓　　我《われ》に嘉賓《かひん》有《あ》り

鼓瑟吹笙　瑟《しつ》を鼓《こ》し　笙《しょう》を吹《ふ》く

鹿は「ゆうゆう」と鳴いて、野づらの蓬《よもぎ》を食べる。わたしには佳《よ》き客人《まろうど》の訪れがあり、そこで瑟《こと》を鼓し笙を吹かせて、精一杯のもてなしをするのだ。

この詩は、客人をもてなす宴会の詩である。「呦呦 yōu yōu」と穏やかに鳴き交わしながら、何を怯えることもなく野辺の蓬を食べる鹿たち。この和やかな光景が、ここでは賓客をもてなす言祝《ことほ》ぎの詩の序詞になっているのである。ちなみに我が国の明治時代に造られた鹿鳴館は、外国からの賓客を接待する施設であったが、その名称はこの「鹿鳴」に由来している。

虫

蟬　せみ

寒蟬《かんせん》・秋蟬《しゅうせん》・秋蜩《しゅうちょう》

『礼記』「月令《がつりょう》」に、「仲夏《ちゅうか》の月（陰暦五月）……蟬始めて鳴く。……孟秋《もうしゅう》の月（初秋の七月）、……涼風《りょうふう》至り、白露《はくろ》降り、寒蟬《かんせん》鳴く」とある。中国古典詩に取り上げられる蟬は、秋の蟬（秋蟬・秋蜩）つまり寒蟬である場合が圧倒的に多い。中国で蟬を詠じた早い時期の作品に、後漢、王褒《おうほう》の「洞簫《どうしょう》の賦」（『文選』巻一七）がある。その一句に「秋蜩《しゅうちょう》は食《くら》はず、樸《こはだ》を抱《いだ》きて長吟す」とあるように、秋蟬は何も食べず、ただ梢に結んだ清らかな露を飲むものと考えられていた。
秋風の中で、葉もすがれようとする喬木の梢《こずえ》に止まり、ただ清露をすすって悲鳴哀吟する蟬。それが人間の世界に投影されるとき、危ういまでに高潔な生き方の象徴となる。

病蟬

病蟬飛不得　向我掌中行
折翼猶能薄　酸吟尚極清
露華凝在腹　塵点誤侵睛
黄雀兼鳶鳥　倶懐害爾情

病《や》める蟬《せみ》　賈島《かとう》

病蟬《びょうせん》　飛《と》ぶを得《え》ず、我《わ》が掌 中《しょうちゅう》に向《お》いて行《あゆ》む
折翼《せつよく》　猶《な》ほ能《よ》く薄《うす》く、酸吟《さんぎん》　尚《な》ほ極《きは》めて清《きよ》し
露華《ろか》　凝《こ》りて腹《はら》に在《あ》るも、塵点《じんてん》　誤《あやま》りて睛《ひとみ》を侵《をか》す
黄雀《こうじゃく》　兼《か》ねて鳶鳥《えんちょう》、倶《とも》に爾《なんぢ》を害《がい》するの情《じょう》を懐《いだ》く

病める蟬は、もう飛ぶこともできず、ただわたしの小さな掌《たなごころ》の上を歩むだけだ。折れた翼は、それでも巧緻な細工のように薄く、悲しげな声は、それでも高く清らかに響く。涼やかな露は、梢に結んでお前の腹をうるおさぬでもないが、しかし小さな埃《ほこり》が、誤ってお前の眼を潰《つぶ》してしまったのだ。それなのに雀と鳶《とび》は、こんなになったお前をどこまでも付け狙っている。

ここに詠まれた蟬は、あくまでも生きることに描く、高潔である。官吏としては生涯不遇であった詩人の、いわば自画像として描かれる。「酸吟」は、哀しげに吟ずること。作者の作詩にか

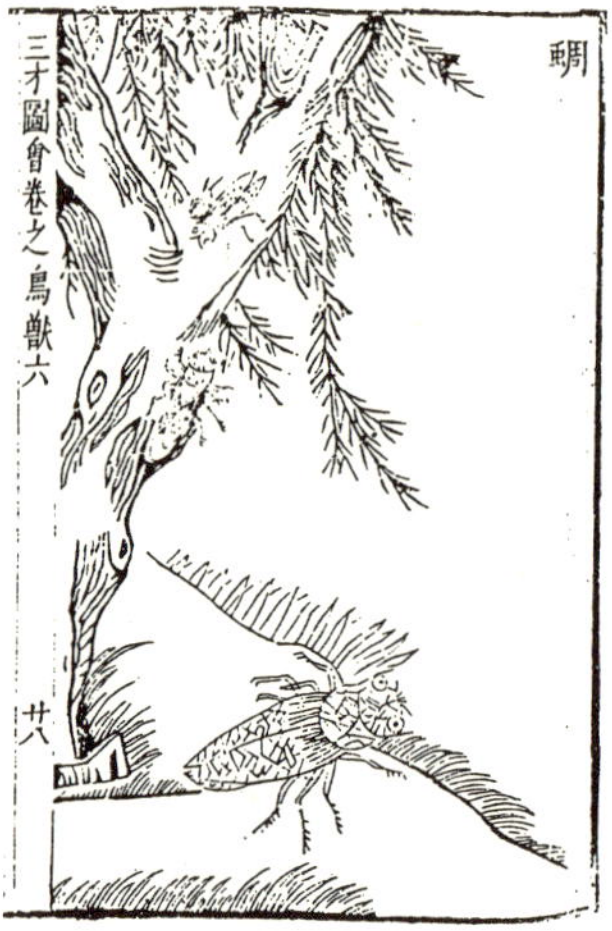

蜩（『三才図絵』）

ける苦吟を暗示していよう。「露華」は、露の美称。「黄雀・鳶鳥」は、蟬の天敵である鳥類を代表させたもの。ここでは、世間の悪意に満ちた人間の比喩となっている。

この賈島が描く蟬の姿は、尖鋭な稜角《りょうかく》を持っている。これに対して唐詩に詠じられた蟬のより平均的なイメージは、嘆老と郷愁という二つのやるせない感情によって代表されるものである。白居易の「早蟬《そうせん》」を読んでみたい。

六月初七日
江頭蟬始鳴
……
一催衰鬢色
再動故園情
西風殊未起
秋思先秋生

六月《ろくがつ》　初《はじ》めの七日《なのか》
江頭《こうとう》　蟬始《せみはじ》めて鳴《な》く
……
一《ひと》たび　衰鬢《すいびん》の色《いろ》を催《うなが》し
再《ふたた》び　故園《こえん》の情《じょう》を動《うご》かす
西風《せいふう》　殊《な》ほ未《いま》だ起《お》こらず
秋思《しゅうし》　秋《あき》に先《さき》んじて生《しょう》ず

……晩夏の六月七日、長江のほとりのここ江州（江西省九江市）で、蟬が鳴き始めた。……その声は、まずわたしの鬢の毛を白く変え、そしてわたしの望郷の念をかき立てる。秋風はまだ立っていないというのに、秋を悲しむ思いの方は、秋に先立って胸の中に湧き上がるのだ。

白居易のこの感慨は、蟬を秋の景物と見る前提があって初めて成り立つものである。秋は人生の秋を予感させる。また人はそのとき、久しく帰らぬ家郷のことを懐かしく思い出すのである。

促織《そくしょく》――蟋蟀《しっしゅつ》

キリギリス（ハタオリ）。促織の名は機織りを催促するという意味から来ている。女たちが冬着の支度にかかる秋に、この虫は鳴き始める。「促織」は、また「蟋蟀」ともいわれている。日本では、促織はキリギリス、蟋蟀はコオロギの意味で用いられるが、中国では、両者は厳密に区別されなかったようである。

この虫が登場する中国文学の最古の例となる『詩経』豳風《ひんぷう》「七月」を読んでみよう。

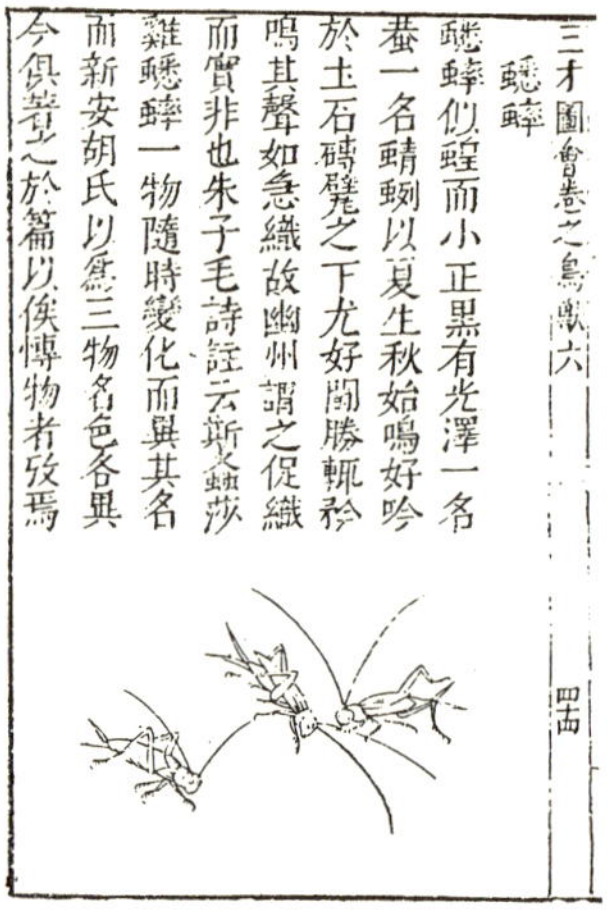
三才圖會卷之鳥獸六
蟋蟀
蟋蟀似蝗而小正黒有光澤一名
蛬一名蜻蛚以夏生秋始鳴好吟
於土石磚甓之下尤好鬪勝輒矜
鳴其聲如急織故幽州謂之促織
而實非也朱子毛詩註云斯螽莎
雞蟋蟀一物隨時變化而異其名
而新安胡氏以爲三物名色各異
今俱著之於篇以俟博物者攷焉

蟋蟀（『三才図絵』）

七月在野
八月在宇
九月在戸
十月蟋蟀
入我床下

七月《しちがつ》　野《や》に在《あ》り
八月《はちがつ》　宇《う》に在《あ》り
九月《くがつ》　戸《こ》に在《あ》り
十月《じゅうがつ》　蟋蟀《しっしゅつ》
我《わ》が床下《しょうか》に入《い》る

蟋蟀は、秋も初めの七月は、野原にいるが、八月は軒先、九月は玄関、冬の初めの十月には、わたしのベッドの下まで潜り込む。

秋の深まりを蟋蟀の移動によって示した、素朴ではあるが、印象に残る詩句である。

促織

促織甚微細　哀音何動人
草根吟不穏　牀下夜相親
久客得無涙　故妻難及晨
悲糸与急管　感激異天真

促織《そくしょく》　杜甫《とほ》

促織《そくしょく》　甚《はなは》だ微細《びさい》なるも、　哀音《あいおん》　何《なん》ぞ人《ひと》を動《うご》かす
草根《そうこん》に吟《ぎん》じて穏《おだ》やかならず、　牀下《しょうか》に　夜《よる》　相《あ》ひ親《した》しむ
久客《きゅうかく》　涙《なみだ》無《な》きを得《え》んや、　故妻《こさい》　晨《あした》に及《およ》び難《がた》し
悲糸《ひし》と急管《きゅうかん》と、　感激《かんげき》　天真《てんしん》に異《こと》なれり

促織は、小さな虫けらであるが、その哀しい鳴き声の、何と人の心を動かすことか。草の根もとで、落ち着かないように低く吟じていたが、今は、ベッドの下に潜り込んで身近にすだいている。久しく異郷をさすらう自分が、涙無しに聞いていられようか。わが老妻は、眠れずに夜を明かしかねている。哀しい調べの琴と、切なく響く笛と。だがしかし人間の作る音楽は、蟋蟀の真の力が心を打つことには、とうてい及ばないのだ。

「牀下」は「床下」と同じ。詩題に「促織」と明記しながら、詩中では、先の「蟋蟀」を詠んだ「七月」の詩句を引用することに注目したい。両者には厳密な区別がなかったことを裏付けている。ちなみにこの詩は、詠物詩である。詠物詩といえば、朦朧《もうろう》とした雰囲気の描写を愛するものが多い。しかしこの詩は、いかにも杜甫のものらしく、対象に食い入るような張りつめた眼差《まなざ》しを特徴としている。

蛍《ほたる》

蛍といえば、まず「蛍の光、窓の雪」の故事が思い出される。『蒙求《もうぎゅう》』（盛唐の李瀚《りかん》編）は、漢から魏晋の時期にかけての名士たちの有名なエピソードを編集した書物であり、我が国でも、平安時代前期から明治時代にかけて広く読まれた。その中に「孫康映雪《そんこうえいせつ》」「車胤聚蛍《しゃいんしゅうけい》」の二句が収められていて、孫康と車胤（共に東晋の人）が貧苦の中で、雪明かりに照らし、また蛍の光を聚《あつ》めて勉学にいそしんだというこの故事が有名になった。誰もが知っている「蛍の光」の歌詞も、もとを正せばこの『蒙求』にまで行き着く。

しかし蛍に対する初期のイメージは、この車胤の故事とは遠く隔るものであった。『礼記《らいき》』「月《がつ》令《りょう》」篇の季夏（晩夏の陰暦六月）の条に「腐草《ふそう》、蛍と為《な》る」とある。つまり蛍とは、腐った草からわき出す虫なのである。また『詩経』豳風「東山」に「熠燿《ゆうよう》、宵《よる》行く」の句があり、これに対する伝統的な注釈（「毛伝」）に、「熠燿は燐《りん》なり、燐は蛍火《けいか》なり」とある。「燐」とは、死屍《しし》が放つ光、いわゆる鬼火を示す。

蛍が、こうした陰気な世界からようやく抜け出したのが、先述の「車胤聚蛍」の蛍の用例である。その後、南北朝時代になると、蛍は貴族文学の中にも洗練された詩的題材として定着してゆく。

玉階怨　謝朓

夕殿下珠簾
流蛍飛復息
長夜縫羅衣
思君此何極

玉階怨《ぎょくかいえん》　謝朓《しゃちょう》

夕殿《せきでん》　珠簾《しゅれん》を下《くだ》せば
流蛍《りゅうけい》　飛《と》びて復《ま》た息《いこ》ふ
長夜《ちょうや》　羅衣《らい》を縫《ぬ》ふ
君《きみ》を思《おも》うこと此《ここ》に何《なん》ぞ極《きは》まらん

夕方の御殿に、真珠の御簾《みす》を下ろすと、ただよう蛍が、そこに飛んではまた止まります。秋の夜長に薄絹の衣を縫っていると、君のことが慕われて、この思いをどうすることもできません。

「玉階」は、御殿の階段。その奥は、宮女が当てにならぬ君王の来訪を待ち侘びるところであった。玲瓏《れいろう》とかがやく真珠の御簾に、ひややかに澄んだ蛍の光が宿る。清冽を極めた美の世界である。なおこの詩や『礼記』「月令」の例にも明らかなように、中国古典の世界では、蛍（アキマドボタル）は、晩夏から初秋にかけての景物であった。日本文学に現れる蛍（ゲンジボタル）が、概ね盛夏以前であるのとは、季節感が異なることに注意しなければならない。——腐草の蛍火、車胤の蛍火、そしてもの思う女性を美しく飾る蛍火、これらが組み合わされるなかで、蛍は、豊かなイメージを帯びて唐詩に詠み込まれることになる。

魚

鯉　こい

鯉書《りしょ》・鯉素《りそ》

中国で最も身近な魚は、鯉魚《りぎょ》（コイ）である。魚といえば、もっぱら川魚を食べる中国では、今でも市場に行くと、鯉を水槽に泳がせて売っているのを見ることができる。人々は、これを生きたまま買うと、家に持ち帰って調理する。事情は、かつての中国でも同じだっただろう。

こうした鯉であるから文学の世界に登場することも多く、様々なエピソードが伝えられている。その代表的なものが、次に読む楽府「飲馬《いんば》長城窟行《ちょうじょうくつこう》」（『文選』巻一七）である。

客従遠方来　遺我双鯉魚
呼児烹鯉魚　中有尺素書
長跪読素書　書上竟何如
上有加餐食　下有長相憶

客《かく》 遠方《えんぽう》より来《き》たり、我《われ》に双鯉魚《そうりぎょ》を遺《おく》れり
児《じ》を呼《よ》んで鯉魚《りぎょ》を烹《に》れば、中《うち》に尺素《せきそ》の書《しょ》有《あ》り
長跪《ちょうき》して素書《そしょ》を読《よ》む、書上《しょじょう》 竟《つひ》に何如《いかん》
上《うえ》には餐食《さんしょく》を加《くは》へよと有《あ》り、下《した》には長《なが》く相《あ》ひ憶《おも》ふと有《あ》り

ある人が遠方よりやって来て、わたしに二匹の鯉を届けてくれた。召使いの子供に命じて調理させたところ、腹の中から、一尺の白絹に書いた手紙が出てきた。跪《ひざまず》いて謹んでその手紙を読むと、手紙の中には、その後は如何お過ごしかと認《したた》めてある。そして始めには、たくさん食べて元気でいておくれと書いてあり、終わりには、いつまでもあなたのことを思っていると書いてあった。

この詩は、無名氏（詠み人知らず）の楽府古辞である。後世この一節に基づいて、手紙のことを「鯉書」「鯉素」というようになった。さらに唐代には、絹に書いた手紙を二匹の鯉の形に結んで送る習慣もあったようである。この鯉のほかに、手紙を運ぶものとして有名なものに雁があ

る。そこで手紙のことを、「雁信」「雁書」ともいう（↓二〇〇頁「雁」）。

鱸魚《ろぎょ》

鱸魚は、日本ではスズキと読まれているが、実体は、淡水と海水の境界に生息するハゼの仲間の魚である。この鱸魚が詩文の題材となるのは、西晋の張翰《ちょうかん》の故事にさかのぼる。張翰は、呉《ご》郡《と》（江蘇省蘇州市）の人。西晋によって呉国が滅ぼされた後、洛陽の都に上って、西晋の王族である斉王司馬冏《せいおうしばけい》に仕えた。しかし王族同士の内紛、いわゆる「八王の乱」がやがて始まろうとする険悪な世相の中で、仕官の道に見切りを付けた。そして秋風が立つのを見て故郷の菰菜《こさい》の飯と蓴菜《じゅんさい》の羹《あつもの》、それに鱸魚の膾《なます》のことを思い出した。「人生、志に適《かな》ふを得るを貴《たっと》ぶ。何ぞ能《よ》く数千里に羈宦《きかん》して、以て名爵《めいしゃく》を求めんや」。こう言うと、ただちに車を用意させて故郷に帰った。彼が仕えた司馬冏は、この直後（三〇二年）同じく王族の長沙王司馬乂《しばがい》によって殺されている。この帰郷に際して作ったとされるのが、次の「呉江《ごこう》を思ふの歌」である。

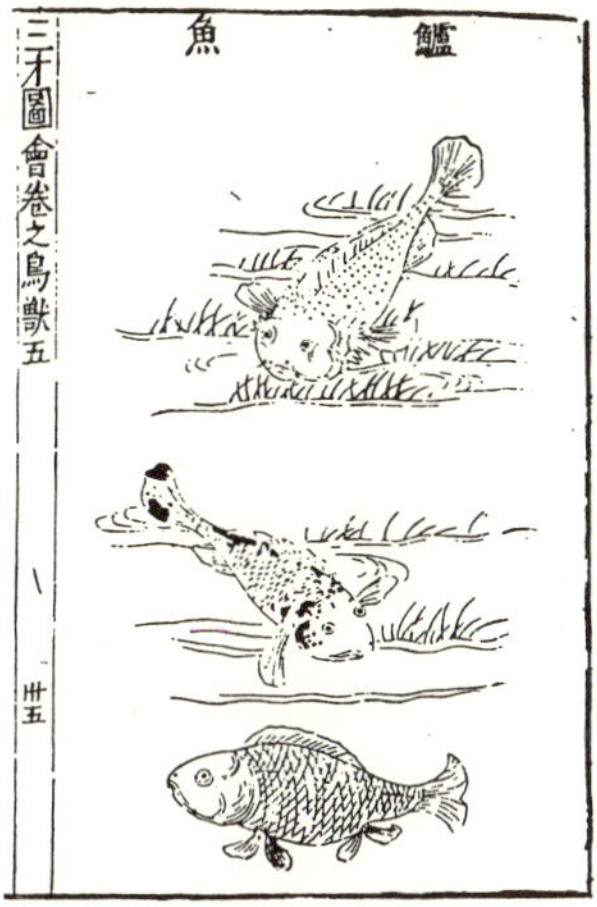

鱸魚（『三才図絵』）

秋風起兮佳景時
呉江水兮鱸魚肥
三千里兮家未帰
恨難得兮仰天悲

秋風《しゅうふう》起《お》こりて佳景《かけい》なる時《とき》
呉江《ごこう》の水《みづ》に鱸魚《ろぎょ》肥えたり
三千里《さんぜんり》にして家《いへ》に未《いま》だ帰《かへ》らず
得難《えがた》きを恨《うら》んで天《てん》を仰《あふ》いで悲《かな》しむ

秋風が立って、美しい景色の季節となった。故郷を流れる長江では、鱸魚も脂がのっていることだろう。三千里も隔てられて、家に帰ることもかなわない。その機会の得がたきを嘆きつつ、天を仰いで悲しむのだ。

張翰は故郷に帰ると、老母に孝養を尽くした後、自らの五十七歳の生涯を無事に終えている。「兮《けい》」は、楚辞系の韻文に頻繁に用いられるリズムを整えるための助字。この張翰の故事を踏まえて作られたのが、李白の次の詩である。

秋下荊門
霜落荊門江樹空
布帆無恙掛秋風
此行不為鱸魚膾
自愛名山入剡中

秋《あき》　荊門《けいもん》を下《くだ》る　　李白《りはく》
霜《しも》は荊門《けいもん》に落《お》ちて江樹空《こうじゅむな》し
布帆恙無《ふはんつつがな》く秋風《しゅうふう》に掛《か》く
此《こ》の行《こう》　鱸魚《ろぎょ》の膾《かい》の為《ため》ならず
自《みづか》ら名山《めいざん》を愛《あい》して剡中《せんちゅう》に入る

荊門の地に秋の霜が結んで、川辺の木はすっかりと葉を落とした。麻布の帆を、しっかりと秋風の中に掛ける。この旅は、決して鱸魚の膾《なます》を食べようと目論むものではない。名山を心から愛するあまり、剡渓を訪ねようと思い立ったのだ。

この詩は、李白が初めて故郷の蜀を出て、長江を荊門（湖北省宜昌《ぎしょう》市の下流四〇キロ）まで下り、さらに呉越の地を訪ねようとしたときの作品である。「剡中」とは、剡渓が流れる土地。現在の浙江省紹興市の東を流れる曹娥江《そうがこう》は、古来、剡渓と称された。そこは、六朝時代より唐代にかけて、文人が憧れる景勝の地である。こうして後世の詩文で「鱸魚」は、呉の風土を代表する風物として、また隠遁への願望を込めて現れることになる。

三　天文・気象・地理

日　ひ

羿《げい》・羲和《ぎか》・扶桑《ふそう》・白日《はくじつ》・落日《らくじつ》・夕陽《せきよう》

日（太陽）には、後世の詩文にもしばしば引かれる有名な伝説がある。日は、全部で十個あり、世界の東の涯《はて》に生える扶桑の大木の枝に懸かって休息している。その日の中には三本足の烏《からす》が棲んでいて、この烏が、扶桑の木のてっぺんで出番を待っている一個の日を口に咥《くわ》えて、大空を巡るのである（→一九六頁「烏」）。伝説上の聖天子である堯の時のこと、天に一度に十個の日が昇り、人々は、その熱さに苦しみ、草木は焼け爛《ただ》れた。そこで堯は、弓の達者な羿《げい》に命じてこれを射させた。すると、そのうちの九つに命中し、死んだ烏の翼が落ちてきたと伝えられる（『淮南子《えなんじ》』本経訓《ほんけいくん》）。

またもう一つ、羲和《ぎか》の伝説が有名である。彼女は帝俊《ていしゅん》（舜《しゅん》）の妻となって、十個の日を生んだ（『山海経』大荒南経《たいこうなんけい》）。また一説には、その羲和は六頭の龍に引かせた車を御して、日を運ぶともいわれている（『楚辞』「離騒《りそう》」）。ちなみに、羲和が日の御者であるのに対して、月を運行させる御者は、舒望《じょぼう》である。

明るく輝く太陽を「白日」という。次の詩は、この白日を描いた代表的な作品であろう。

登鸛鵲楼　　　　鸛鵲楼《かんじゃくろう》に登《のぼ》る　　　　王之渙《おうしかん》
白日依山尽　　　白日《はくじつ》　山《やま》に依《よ》りて尽《つ》き
黄河入海流　　　黄河《こうが》　海《うみ》に入《い》りて流《なが》る
欲窮千里目　　　千里《せんり》の目《め》を窮《きは》めんと欲《ほっ》して
更上一層楼　　　更《さら》に上《のぼ》る一層《いっそう》の楼《ろう》

輝く太陽は、山に凭《もた》れるように沈み、黄河は、そのまま海に注ぎ込む勢いで流れてゆく。このうえ千里の眺望を極めようと思い、楼閣を、さらに一階上るのだ。

王之渙が描くのは確かに夕日ではあるが、それは衰弱した穏やかな光を投げる尋常の夕日ではない。山に沈みきるその時まで、ぎらぎらと眩《まぶ》しい光を放ちつづける太陽である。そして杜甫が次の「江漢」詩に描く夕日も、また同様に、灼熱《しゃくねつ》の太陽である。

落日心猶壮　　落日《らくじつ》に　心《こころ》は猶《な》ほ壮《さか》んに
秋風病欲蘇　　秋風《しゅうふう》に　病《やまひ》より蘇《よみがえ》らんと欲《ほっ》す

落日を眺めるとき、心はなおも燃え盛《さか》り、涼しい秋の風が吹き始めて、病の体も、生き返る心地がする。

もっとも夕日をこのように激しく描くのは、むしろ例外というべきであろう。李商隠《りしょういん》の詩が描く夕日は、常の穏やかな夕日である。ただ常と異なるのは、その夕日の光を、無限の愛惜をこめて慈しむように描いている点なのである。

楽遊原　　楽遊原《らくゆうげん》　李商隠《りしょういん》
向晩意不適　　晩《くれ》に向《む》かつて　意《い》 適《かな》はず
駆車登古原　　車《くるま》を駆《か》つて　古原《こげん》に登《のぼ》る
夕陽無限好　　夕陽《せきよう》　無限《むげん》に好《よろ》し
只是近黄昏　　只《た》だ是《こ》れ　黄昏《こうこん》に近《ちか》し

暮れ方になって、気持ちがふさぎ、馬車を走らせて、いにしえの歴史を刻む楽遊原に登ってきた。夕日の光は、有り余るほどに溢れて、美しかった。だがしかし、夕闇がそこまで迫っていた。

楽遊原は、唐代の長安城内の南東部を占める高台であり、ここからは、長安の市街を一望することができた。前漢の宣帝《せんてい》が、生前に楽遊苑という御苑を開き、死後には彼を祀る廟が営まれたところである。「古原」とは、楽遊原が古い歴史を刻んだ土地であることをいう。李商隠（八一二?〜八五八）は晩唐を生きた詩人である。すでにその頃になると、唐朝の衰退は覆いがたく、詩人（知識人＝官僚層）は、国家と社会の前途に、確かな希望を持つことができなくなっていた。詩中の「意適はず」とは、こうした苦痛をいうのであろう。李商隠が見つめているこの「夕陽」とは、すべてを包み込んでやさしく慰藉《いしゃ》するものであり、また王朝と自らの運命に対して最期の時を告げるものだったのである。

月《つき》

日月《じつげつ》・白兎《はくと》・姮娥《こうが》・嫦娥《じょうが》・蟾蜍《せんじょ》
桂《かつら》・清暉《せいき》・清光《せいこう》・仲秋の名月《ちゅうしゅうのめいげつ》

月は、天上に輝く天体として、日（太陽）とともに最も大きな存在である。皇帝を「日」、皇后を「月」に見立てるのは、その一つの典型であろう。また、偉大な人物や勝《すぐ》れた業績を日月《じつげつ》になぞらえることもある。李白の「江上吟《こうじょうぎん》」がその例となる。

屈平辞賦懸日月　屈平《くっぺい》の辞賦《じふ》　日月《じつげつ》を懸《か》くるも
楚王台榭空山丘　楚王《そおう》の台榭《だいしゃ》　山丘《さんきゅう》に空《むな》し

屈原の作った勝れた辞賦（韻文の一体）は、天空に懸かった日月のように、今も輝いているが、楚王の築いた御殿は、山の間に空しく朽ち果てている。

屈原は、戦国時代の、楚の憂国の文人。名が「平」で、屈原とは字《あざな》による呼称である。『楚辞』に収められた「離騒」「天問」「九歌」「九章」の作は、彼の作品といわれている。楚王は、ここでは屈原を国都から追放した懐王《かいおう》・襄王《じょうおう》二代の王をいうのであろう。

次に読む李白の詩は、月そのものを主題に詠じた代表的な作品である。この中には、中国の詩人が月の中に思い描いてきた数々のイメージが集約されている。

把酒問月　酒《さけ》を把《と》つて月《つき》に問《と》ふ　李白《りはく》

青天有月来幾時　青天《せいてん》　月有《つきあ》りて来《このか》た幾時《いくとき》ぞ
我今停盃一問之　我《われ》　今《いま》　盃《さかづき》を停《とど》めて一《ひと》たび之《これ》に問《と》ふ

人攀明月不可得
月行却与人相随』
皎如飛鏡臨丹闕
緑煙滅尽清輝発
但見宵従海上来
寧知暁向雲間没
白兎擣薬秋復春
姮娥孤棲与誰鄰
今人不見古時月
今月曽経照古人
古人今人若流水
共看明月皆如此
唯願当歌対酒時
月光長照金樽裏

人《ひと》　明月《めいげつ》を攀《よ》づること得《う》可《べ》からず
月《つき》行《ゆ》きて却《かへ》つて人《ひと》と相《あ》ひ随《したが》ふ
皎《きょう》として飛《ひ》鏡《きょう》の丹闕《たんけつ》に臨《のぞ》むが如《ごと》く
緑煙滅《りょくえんめっ》し尽《つ》くして清輝《せいき》発《はっ》す
但《た》だ見《み》る　宵《よい》に海上《かいじょう》より来《き》たるを
寧《なん》ぞ知《し》らん　暁《あかつき》に雲間《うんかん》に向《む》かつて没《ぼっ》するを
白兎《はくと》　薬《くすり》を擣《つ》く　秋《あき》復《ま》た春《はる》
姮娥《こうが》　孤棲《こせい》して　誰《たれ》とか鄰《となり》す
今人《きんじん》は見《み》ず古時《こじ》の月《つき》
今《いま》の月《つき》は曽《か》経《つ》て古人《こじん》を照《て》らせり
古人《こじん》　今人《きんじん》　流水《りゅうすい》の若《ごと》きも
共《とも》に明月《めいげつ》を看《み》るは皆《み》な此《か》くの如《ごと》し
唯《た》だ願《ねが》ふ　歌《うた》に当《あ》たり酒《さけ》に対《たい》するの時《とき》
月光《げっこう》　長《とこしへ》に照《て》らせ金樽《きんそん》の裏《うち》を

大空に月が現れてから、一体どのくらい時間がたったのだろう。自分は今、杯を乾《ほ》す手をしばし休めてお前に尋ねたい。人間は、名月の高さまで攀じ登ることはできないのだが、しかし月の方は場所を移して人間にぴったりと寄り添ってくれるのだ。さながらに空中に投げ出した鏡のように明るく輝いて、丹塗《にぬ》りの宮門を照らし、夜霧がすっかり晴れるとき、清らかな光が発せられる。宵に、東の海上より差し昇るのは知っているが、酔いつぶれてしまうので、暁に雲の間に沈んでゆく光景まで見届けたことはない。月の世界では、白い兎が、不老長寿の薬をつくろうと臼《うす》を擣いて歳月を費やし、月に逃げた姮娥は、一人ぽっちのままもう誰と付き合うこともできないでいる。思えば、今の人間は、昔の月を見たことはないのだが、今の月は、かつて昔の人を照らしたことがあるのだ。昔の人も、今の人も、流れ去る水のようにこの世から去ってゆくのだが、しかしこうして名月を眺めたことは、誰もが同じであった。ただ願わくは、歌を唱《うた》い酒を飲むときぐらいは、月光よ、いつまでも黄金の酒器の中を照らしておくれ。

この詩の中で、月は、豊かなイメージを存分に繰り広げている。第一に、月の光は、「清光」「清輝」などと呼ばれるように、冷ややかなまでの透明感を持っている。この月光に特有の感覚が、意識と思考の覚醒をもたらし、様々な人生の感慨をもたらすのである。

第二に、月の持つ「不可触性」と「超越性」である。月は、無限の空間と永遠の時間とによって隔てられて、人間にはどうしても手が届かない、あくまでも遠い存在である。「人　明月を攀づること得可からず」の句は、この点をいう。もっとも見方を変えれば、この第二の特性は、月の持つ「普遍性」として理解することができるだろう。つまり月は、一握りの特権的な誰かに属するものではなく、誰からも等距離のところに分け隔てなく差し昇るのである。この側面は、次の第三の特性と関連してくる。

第三に挙げるべきは、月の持つ「親和性」である。月は誰に対しても、どこにいても、寄り添うかのようにやさしく光を投げかけてくれる。「月行きて却つて人と相ひ随ふ」の句は、この点をいうものである。王維の有名な「竹里館《ちくりかん》」を引いてみよう。

独坐幽篁裏　独《ひと》り坐《ざ》す幽篁《ゆうこう》の裏《うち》
弾琴復長嘯　琴《こと》を弾《だん》じ復《ま》た長嘯《ちょうしょう》す
深林人不知　深林《しんりん》　人《ひと》　知《し》らず
明月来相照　明月《めいげつ》　来《き》たりて相《あ》ひ照《て》らす

明月は、誰も尋ねて来ない深い竹林の中までも忘れずにやって来て、やさしく照らしてくれる。月は、このような孤独な人間に対して、何よりも親和的な存在なのである。

月の第四の特性は「結合」にある。月は、これを共に眺める人と人とを、時間や空間の隔てを超えて一つに結ぶ。先の李白の詩を見よう。李白の思いは、月を眺めている今、遥かな「時間」を隔てて、古人と結び合うのである。

月には、具体的なエピソードも数多く伝えられている。「白い兎」が月には住んでいて臼を搗《つ》いているというもの。これは古来、日本でもよく聞かれる話であるが、李白の詩でも「白兎《はくと》薬を擣く　秋復《ま》た春」として現れている。

次に「姮娥」の故事である。姮娥は、また嫦《じょう》娥《が》ともいう。彼女の夫は羿《げい》といった。羿は、十個の太陽が同時に空に出て地上を焦がし人々を苦しめるので、そのうちの九つを得意の弓で射落としたと伝えられる英雄である。彼はこの褒美として、西王母（仙界の女王）から不老不死の薬を貰った。ところが姮娥は、でき心からこの不老不死の薬を盗み、このことを咎《とが》められるのを恐れて月の世界へと逃げ込んだ。彼女はそれ以来、月の世界で、死によって終わることもない永遠の孤独に堪えなければならなくなった。死を恐れ、老いと容色の衰えを恐れた女性のひとつの悲劇がここにある。この故事も、李白の詩中に述べられている。

竹里館（『唐詩選画本』）

これ以外の伝説として、月には大きな蟾蜍《せんじょ》（ヒキガエル）が棲んでいて、これが月を飲み込むと、月が欠けてゆくといわれている。また月には、桂《モクセイ》の木が生えていると考えられていた。月のことを桂宮《けいきゅう》といったりするのは、このためである。

その月の桂も登場する杜甫の詩を読むことにしよう。満月を正面から詠じた詩である。

月円

孤月当楼満　寒江動夜扉
委波金不定　照席綺逾依
未缺空山静　高懸列宿稀
故園松桂発　万里共清輝

月円《つきまど》かなり　杜甫《とほ》

孤月《こげつ》　楼《ろう》に当《あ》たりて満《み》ち、寒江《かんこう》　夜扉《やひ》を動《うご》かす
波《なみ》に委《お》ちて　金《きん》　定《さだ》まらず、席《むしろ》を照《て》らして　綺《き》　逾《いよい》よ依《よ》る
未《いま》だ缺《か》けずして　空山静《くうざんしず》かに、高《たか》く懸《か》かりて列宿《れっしゅう》稀《まれ》なり
故園《こえん》　松桂《しょうけい》発《ひら》かん、万里《ばんり》　清輝《せいき》を共《とも》にせん

天空にひとつ浮かんだ月が、その明るい光を、我が住まう楼閣に満たしている。そして足元を流れる長江は、その夜の扉を揺らしている。月の光は、川波に落ちて黄金色にたゆたい、また綾絹《あやぎぬ》の敷物を照らして、その美しい彩《あや》に寄り添う。月は欠けることもなく円《まど》かに満ちて、ひと気のない山は静まり返り、天に高くに懸かって、光を失った星座は疎《まば》らにしか見えない。今ごろは遠い故郷の地でも、桂（木犀《もくせい》）は花を咲かせて香《かぐわ》しく匂っていることだろう。故郷とここと、万里を隔ててこの清らかな光を共にするのだ。

杜甫が逗留した白帝城のある小高い山は、現在、白帝山と呼ばれている。その山の中腹にあって、長江を眼下に見下ろすところに、杜甫がこの詩を作った西閣《せいかく》があったと考えられている。「金」「綺」は、金波（澄んだ川波）と綺席（綺《あやぎぬ》で飾った敷物）。いずれも月光を浴びて、美しく

浮かび上がるものである。「松桂」は、月の中に生えると考えられた桂のこと（「松」は添え字）。名月の夜には、月中の桂《モクセイ》の花が漂わす芳香が、地上にも降りかかると考えられていた。故郷に桂の花が発くとは、名月がここ白帝城と同じように、故郷にも明るく輝いていることを想像したもの。月の、隔てられたものを一つに結ぶ「結合」の特性がここにも現れている。

月の「結合」はまた、はるかな空間を隔てて、互いに思い合うもの同士を結びつけることもある。次に読む黄庭堅の黄龍清老《こうりょうせい》人に寄せた詩は、仲秋の名月を介して遠くの友人を思ったもの。

寄黄龍清老、三首、其一

万山不隔中秋月
一雁能伝寄遠書
深密伽陀枯戦筆
真成相見問如何

黄龍清老《こうりょうせいろう》に寄《よ》す、三首《さんしゅ》、其《そ》の一《いち》　黄庭堅《こうていけん》

万山《ばんざん》　隔《へだ》てず　中秋《ちゅうしゅう》の月《つき》
一雁《いちがん》　能《よ》く伝《つた》ふ　遠《とほ》きに寄《よ》する書《しょ》
深密《しんみつ》の伽陀《かだ》　枯戦《こせん》の筆《ふで》
真成《しんせい》に相《あ》ひ見《み》て　如何《いかん》を問《と》ふ

幾多の山も、あなたと私を照らすこの仲秋の名月を隔てることはできない。そして雁は、遠くへの手紙を届けることができる。あなたから届けられた、意味深い偈頌《げしょう》と、それを書き留める、枯れた震えるような筆づかい。それはさながらに、真実にお目にかかって、いかがお過ごしかと尋ねていただいたようなものである。

仲秋の名月は、遠く離れたもの同士を分け隔てることなく照らし、それゆえに、この明月を介して、二人の思いは結ばれるのである。なお雁が手紙を運ぶ鳥であることは、前漢の蘇武の故事によって有名である（↓二〇〇頁「雁」）。

河漢 かかん

銀河《ぎんが》・銀漢《ぎんかん》・雲漢《うんかん》・天漢《てんかん》
天河《てんが》

河漢は、文字通りには黄河と漢江（長江最大の支流、また漢水《かんすい》とも）を指す熟語であるが、また天の川を指す用法がある。これを「河漢」と呼ぶのは、中国では伝統的に、天上の秩序（天文）と地上の秩序（地理）とは相関するという観念があり、天の川が、地上の黄河と漢江に相当すると考えられたからである。また特に漢江に比せられるのは、天を南北に横切る天の川が、地上を北から南に（厳密には西北から東南に）流れる漢江と重ね合わされたためであろう。文学の素材としての「河漢」では、牽牛・織女にちなむ七夕説話が有名である。後漢の時期の詠み人知らずの「古詩十九首」の第十首（↓一〇七頁「七夕」）に、

迢迢牽牛星　迢《ちょう》迢《ちょう》たり牽牛星《けんぎゅうせい》
皎皎河漢女　皎《きょう》皎《きょう》たり河漢《かかん》の女《むすめ》

と見える。「河漢の女」とは、後世のいわゆる織女のことである。

ところで、黄河を遡ってゆくと、そのまま銀河に連なるという伝説もあった。晋・張華の『博《はく》物志《ぶつし》』（巻三）に次のように記されている。海辺に住む人が、毎年八月になると決まって筏《いかだ》が流れてくることを、不思議に思っていた。そこで食料も十分に積み込んで、筏に乗って黄河を遡る探検に出掛けた。初めの十日あまりは日月も星も見えていたのに、それを過ぎると、あたりはぼんやりとして昼と夜の区別もなくなった。さらに十日あまり進むと、立派な御殿があり、中には織り姫が住まうのが見え、また一人の男が水辺で牛に水を飲ませていた。そこはなんと銀河だったのである。――李白の「将進酒《しょうしんしゅ》」の冒頭、

君不見黄河之水天上来　　君《きみ》見《み》ずや　黄河《こうが》の水《みづ》　天上《てんじょう》より来《き》たり
奔流到海不復回　　奔流《ほんりゅう》して海《うみ》に到《いた》り　復《ま》た回《かへ》らざるを

天上の銀河が黄河に連なって、そのまま海に流れ込むという奔放な表現も、この伝説があればこそ、無理なく成り立つものであろう。

北斗《ほくと》

——北極星《ほっきょくせい》

夜空を飾る星座で最も代表的なのは、「北斗」である。「泰山《たいざん》北斗」また略して「泰斗《たいと》」という成語があるが、これは地上と天上の最も目立った存在を、この両者によって代表させたものである。また転じて、ある分野の権威ある人物を「泰斗」と称するのも、ここから来ている。

「北斗」は時間の経過につれて、柄杓《ひしゃく》の長い柄を振りながら北極星の周りを反時計回りに回転する。そこで「北斗」は、時間の推移を寓意《ぐうい》することがある。南朝、梁の簡文帝蕭綱《しょうこう》の「烏棲《うせい》曲《きょく》」に「北斗は天に横たわりて月将《まさ》に落ちんとす」とあるのは、夜明けの光景である。

「北斗」が星座の代表となったのは、その円周運動の中心に北極星を戴《いただ》くからである。その「北極星」は天の中央に位置して、その周囲に星々を回《めぐ》らせている。それは、権威の象徴であり、また地上の権威である天子と朝廷を指すことにもなった。杜甫の七言律詩「登楼《とうろう》」に、それは端的に詠われている。

北極朝廷終不改　北極《ほっきょく》の朝廷《ちょうてい》　終《つひ》に改《あらた》まらず
西山寇盗莫相侵　西山《せいざん》の寇盗《こうとう》　相《あ》ひ侵《をか》すこと莫《な》かれ

北極星のごとき朝廷の権威は、最後まで揺らぐことはない。だから西山の盗賊（吐蕃《チベット》）よ、我が国を侵すのではない。

杜甫はこの時、官職を失って蜀の成都に身を寄せていた。成都の西にはチベット高原の縁にあたる西山が聳《そび》えるのが見えるが、そこは吐蕃の勢力圏である。吐蕃は、安史の乱で力を失った唐の朝廷を侮ってしきりに侵略を繰り返した。この詩には、こうした時勢への嘆きがある。

参商　しんしょう

参星と、商星。すなわち、西洋でいうオリオン座の三（参）星と、サソリ座のアンタレスである。それぞれ冬と夏の空を飾り、決して同時に現れることがない。そこで容易に逢うことのできないもの同士を、参商の関係になぞらえることになる。杜甫の五言古体詩の名作「衛八処士《えいはちしょし》に贈る」の冒頭で十数年を経た後の友との再会を喜ぶところに、この参と商が現れている。

人生不相見　　人生《じんせい》　相《あ》ひ見《み》ざること
動如参与商　　動《やや》もすれば参《しん》と商《しょう》との如《ごと》し
今夕復何夕　　今夕《こんせき》　復《ま》た何《なん》の夕《ゆふべ》ぞ
共此灯燭光　　此《こ》の灯燭《とうしょく》の光《ひかり》を共《とも》にす

人と生まれて互いに会うことができないのは、いつも決まって参と商の星のようなものだ。だがこの夜は何と素晴らしい夜であろうか、この灯《ともしび》の光を君と共にすることができたのだ。

杜甫は人情に厚い。だから旅の杜甫を温かく迎えてくれた衛八処士（処士は無官の人物を指す）の友情に感激して、この心温まる詩を作ることになった。「今夕 復た何の夕ぞ」とは、まことに素朴な言い回しである。それゆえにこれが中国最古の詞華集『詩経』唐風「綢繆《ちゅうびゅう》」の「今夕は何の夕ぞ、此の良人《りょうじん》を見る」（今夜は何と素晴らしい夜か、この良き人と会えたのだ）を踏まえたものであることに、気づく人は少ないであろう。

雨《あめ》 ―― 春雨《しゅんう》・梅雨《ばいう》・秋霖《しゅうりん》

春雨は、恵みの雨である。

春夜喜雨
好雨知時節　当春乃発生
随風潜入夜　潤物細無声
野径雲倶黒　江船火独明
暁看紅湿処　花重錦官城

春夜《しゅんや》 雨《あめ》を喜《よろこ》ぶ　杜甫《とほ》
好雨《こうう》 時節《じせつ》を知《し》り、春《はる》に当《あ》たりて 乃《すなは》ち発生《はっせい》す
風《かぜ》に随《したが》ひて 潜《ひそか》に夜《よる》に入《い》り、物《もの》を潤《うる》ほして 細《こま》かにして声《こゑ》無《な》し
野径《やけい》 雲《くも》と倶《とも》に黒《くろ》く、江船《こうせん》 火《ひ》は独《ひと》り明《あき》らかなり
暁《あかつき》に紅《くれなゐ》の湿《うるほ》ふ処《ところ》を看《み》れば、花《はな》は重《おも》し 錦官城《きんかんじょう》

恵みの雨は時節を弁《わきま》え、春になると待ちかねたように降り出した。風とともに密《ひそ》かに夜まで入り込み、万物を潤して音も立てないように細かく降る。野面の小径は、雲と一つになって闇に沈み、江に浮かぶ船は、灯火だけが明るく光る。夜も明ける時、うす紅色が、しっとりと雨に濡れている有りさまを看た。それは、花が重たげに咲き満ちる、錦官城。

春雨の、霧のように細かい雨滴は、音もなく降って、あらゆる物を、隅々まで潤す。時間をも、しっとりと潤す。「密かに夜に入る」とは、雨が、戸口の中まで降り込んで床を濡らすように、夜の中まで降り込んで、時間を濡らすことをいう。これこそが、杜甫の想念の中でどこまでも肥え太った、春雨のイメージなのである。「錦官城」は成都の雅称。漢代、成都には、錦《にしき》を管理するための錦官という役所が置かれていた。

長江の一帯、いわゆる華中の地には梅雨がある。梅雨は、梅が大きく実る頃に降るのでこう呼ばれるようになった。ちなみに中国の気候は、淮河《わいが》を挟んで南北で気候を異にしている。これより南の梅雨を持つ地域は、日本と同じようにモンスーン気候に属して、降水量も豊かで稲作に適している。一方、これより北の華北には梅雨はなく、麦や雑穀を作る比較的乾燥した地域となっている。

梅雨

南京犀浦道　四月熟黄梅
湛湛長江去　冥冥細雨来
茅茨疎易湿　雲霧密難開
竟日蛟龍喜　盤渦与岸回

梅雨《ばいう》　杜甫《とほ》

南京《なんけい》　犀浦《さいほ》の道《みち》、四月《しがつ》　黄梅《こうばい》熟《じゅく》す
湛湛《たんたん》として　長江《ちょうこう》去《さ》り、冥冥《めいめい》として　細雨《さいう》来《き》たる
茅茨《ぼうし》　疎《そ》にして湿《うるお》ひ易《やす》く、雲霧《うんう》　密《みつ》にして開《ひら》き難《がた》し
竟日《きょうじつ》　蛟龍《こうりょう》　喜《よろこ》ぶ、盤渦《ばんか》　岸《きし》と与《とも》に回《めぐ》る

南京（成都）の犀浦県にある我が草堂の近くでは、陰暦の四月、梅が黄色く熟している。長江は、水を満々とたたえて流れてゆき、霧雨は、あたりも暗く降ってくる。屋根に葺《ふ》いた茅《かや》は、目が粗いので雨漏りしやすく、雲と霧はびっしりと空を覆って、晴れ間も見えない。江の底に潜む蛟《みずち》と龍は、一日中、大喜びだ。大きな渦《うず》は、土手を嚙むように渦巻いて流れている。

杜甫は長安で、安史の乱（七五五〜七六三）に直接巻き込まれた。その後、長安を去って、成都の西の郊外の浣花渓《かんかけい》という美しい流れの畔《ほとり》に、茅葺きのささやかな草堂を営んでいる。後世、杜甫草堂とも、浣花草堂とも呼ばれることになるものである。この詩は、その草堂で作られている。「南京」は、安史の乱で玄宗皇帝が一時期ここに避難したことから成都に与えられた名称。「犀浦」は、草堂のあった県の名である。なおここでいう「長江」は、長江の支流の岷江《びんこう》の、さらにその支流の錦江を指す。錦江は、成都の西と南の両面を取り囲むように流れている。

この詩に描かれるのは、鬱陶しい梅雨の情景そのものである。降りしきる雨。空を隙間なく埋める雨雲。堤すれすれに水を満たして、渦巻き流れる江。挙げ句の果ての、雨漏り。その中にただ一つ明るく豊かに実るのが、黄色い梅なのである。梅雨を詠じて、まことに印象に残る作品である。

秋の長雨を、秋霖《しゅうりん》という。華北は、一般に乾燥している。家を建てるときも城壁を築くときも、「版築《はんちく》」といって、木枠の中に入れた土をただ突き固めて土壁を作る方法が用いられたのは、こうした風土性も大いに関係している。しかしその華北も、秋霖に悩まされることがあった。玄宗皇帝の治世の末、天宝十三載（七五四）には、秋になってから六十余日も雨が降り続いた。長安の城壁や家屋も被害にあって崩れ、物価も騰貴して餓死者も出たと、『旧唐書《くとうじょ》』の「玄宗本紀《げんそうほんぎ》」をはじめとする、当時の歴史書は記している。次に読むのはその時期の詩である。

秋雨嘆、三首、其三　　秋雨《しゅうう》の嘆《なげ》き、三首《さんしゅ》、其《そ》の三《さん》　　杜甫《とほ》

長安布衣誰比数　　長安《ちょうあん》の布衣《ふい》　誰《たれ》か比数《ひすう》せん

反鎖衡門守環堵　　反《かへ》つて衡門《こうもん》を鎖《とざ》して　環堵《かんと》を守《まも》る

老夫不出長蓬蒿　　老夫《ろうふ》は出《い》でずして　蓬蒿長《ほうこうちょう》じ

稚子無憂走風雨　　稚子《ちし》　憂《うれ》ひ無《な》くして　風雨《ふうう》に走《はし》る

雨声颼颼催早寒　　雨声颼颼《うせいそうそう》として　早寒《そうかん》を催《うなが》し

胡雁翅湿高飛難
秋来未曽見白日
泥汚后土何時乾

胡雁《こがん》　翅《つばさ》　湿《うるほ》ひて　高飛《こうひ》すること難《かた》し
秋来《しゅうらい》　未《いま》だ曽《かつ》て白日《はくじつ》を見《み》ず
泥《どろ》は后土《こうど》を汚《けが》して　何《いづ》れの時《とき》か乾《かは》かん

長安の貧しい浪人の中で、一体、誰が自分に比べられようものか。家に帰ると粗末な門をぴったりと閉ざして、土塀の中にしがみつく。老いぼれは表にも出ることもなく、雑草は伸び放題、それなのに子供ときたら、無邪気にも風雨の中を駆け回る。雨はざあざあと降って、早くも時節はずれの寒さが募り、北から渡って来た雁は、羽も濡れて空高く飛ぶのにも難儀している。秋になってから、まだ一度も太陽を見ていない。泥は大地の后《かみ》さまを汚して、いつになったら乾くのであろうか。

「環堵」は家の周囲に環《めぐ》らした堵《どべい》、転じて陋屋《ろうおく》を意味する。「布衣」は、絹ならぬ麻の粗末な衣服を着た、無位無官の者。杜甫は仕官の道を求めて、この時すでに長安で十年にもなんなんとする不遇の浪人生活を送っていた。「比数」は同列に並ぶこと。「胡雁」とは、胡《えびす》（中国西北の異民族）の住む土地から飛来した雁のことである。雨の中を遊び回る子供の姿を詩に描くなど、当時は文学としてあり得ないことであり、杜甫の新しさを示して余りある。その屈託も知らない子供との対比を通して、杜甫の焦燥の思いが浮かび上がる。

霜《しも》

霜降《そうこう》・霜髪《そうはつ》・霜鬢《そうびん》

霜は、気温の下がったとき空気中の水蒸気がものの表面に凍って凝着したもの。とはいえこれは、今日の科学的な説明である。過去の中国において、霜とは、氷の微細な粒子が天上から降り注ぐものと考えられていた。それはいわば、目には見えないほどの細かい雪である。またそれは、青女《せいじょ》という女神が降らせるものと考えられた。中唐の詩人、張継《ちょうけい》の「楓橋夜泊《ふうきょうやはく》」の詩に「月落ち烏《からす》啼《な》きて霜《しも》天に満つ」とあるのは、夜気の冷え込みを、霜が飛ぶと形容したものである。

霜については、古くから「霜降」という語がある。これは二十四節気の一つであり、晩秋の陰暦九月の下旬、陽暦では十月二十三、四日頃に当たっている（→八八頁「二十四節気」）。霜は、晩秋の季語なのである。

ところで霜は、その白さのゆえに、また冬を間近に控えての生命力の枯渇を暗示するために、しばしば白髪の形容に用いられる。「霜髪」「霜鬢」という熟語は、この用法である。ここでは、李白の有名な詩を掲げておこう。

秋浦歌　　秋浦《しゅうほ》の歌《うた》　　李白《りはく》

白髪三千丈　　白髪三千丈《はくはつさんぜんじょう》

縁愁似箇長　愁《うれ》ひに縁《よ》りて箇《か》くの似《ごと》く長《なが》し
不知明鏡裏　知《し》らず明鏡《めいきょう》の裏《うち》
何処得秋霜　何《いづ》れの処《ところ》にか秋霜《しゅうそう》を得《え》たる

我が白髪は、三千丈もの長さだ。愁いと悲しみのために、こんなにも長くなってしまった。明るく澄んだ鏡の中の、この秋の霜を、一体どこで手に入れてしまったのか、わからないのだ。

「秋霜」は、言うまでもなく白髪のことである。李白は五十代の前半、長江南岸（安徽省池州《ちしゅう》市）の秋浦という清らかな水が流れる川の畔に身を寄せていた。四十歳で「老」を称する当時にあっては、とっくに老人の資格がある。しかし李白はこの時になって、初めて己れの老いと向かい合った。ふと、秋浦の澄んだ水面に映った自分の姿を見た。そこにあったのは、三千丈の長さに伸びた白髪だった。「丈」は十尺で、唐代ならば三メートル。「白髪の長さが九千メートル」とはいかにも大げさであり、そこで「白髪三千丈の誇張表現」などと皮肉を込めていわれることがある。しかし自分の老いと真向かった時の驚愕を、李白はこう言い表すほかなかった。その意味では、誇張はもはや誇張であることをやめて、唯一無二の真実の表現なのである。

雪《ゆき》——瑞雪《ずいせつ》

中国には、日本にあるような豪雪地帯はない。華北の冬は乾燥していて寒いけれども雪は少ない。南方は温暖で、やはり雪は降らない。このために、雪の生活の苦労を述べる文学は意外なほどに少ない。雪は特別なものとして、豊年のシンボルとなるか、あるいは風雅の対象となった。韓愈《かんゆ》の「御史台《ぎょしだい》より上《たてまつ》りて、天旱《てんひで》りし人飢《う》うるを論ずるの状」（『韓昌黎文集《かんしょうれいぶんしゅう》』巻三七）に、「今、瑞雪頻《しき》りに降る。来年、必ず豊かならん」とある。この一年は、旱魃《かんばつ》と飢餓に苦しめられたが、今このようにめでたい雪が降っているから、今度の歳は豊作であろうと期待するのである。ちなみに『万葉集』は、編纂者に擬せられる大伴家持自身の歌によって、締め括られている。それは、新年に降った雪を言祝《ことほ》いだ「新《あらた》しき年の始めの初春の今日降る雪のいや重《し》け吉事《よごと》」というものであるが、ここにも瑞雪を慶《よろこ》ぶ思想がある。

雪
尽道豊年瑞
豊年事若何
長安有貧者
為瑞不宜多

雪《ゆき》　　羅隠《らいん》
尽《ことごと》く道《い》ふ豊年《ほうねん》の瑞《ずい》なりと
豊年《ほうねん》　事《こと》　若何《いかん》
長安《ちょうあん》に貧者《ひんじゃ》有《あ》り
瑞《ずい》為《た》ること宜《よろ》しく多《おほ》かるべからず

人は口々に、この雪は豊年のめでたい徴《しるし》だと慶んでいる。しかし豊年の具合は、果たしていかばかりであろうか。長安の町には、貧しい者がいくらでもいる。めでたさも、あまり多めに見積もらないほうがよいのだ。

羅隠は、唐も最末期の詩人である。社会の破綻が誰の目にも明らかであったこの当時、瑞雪も、手放しで慶べないものとなっていた。もっともこの詩にしても、雪を瑞兆と見る思想を前提にしていることは改めていうまでもないのだが。

一方、雪は風雅の対象であった。それを後世の文人に植えつけるのに与《あずか》って力あったのが、王《おう》徽《き》之《し》の故事である。

王徽之、字は子猷《しゆう》。彼は、書聖王羲之の子として、南朝きっての名門の出であった。その王徽之が、郷里の会稽山陰（浙江《せっこう》省紹興《しょうこう》市）の地に引き隠《こも》っていたときのこと。夜、大雪が降った。眠りから覚めると、窓を開けて酒を用意させた。あたりは、白皚皚《はくがいがい》たる雪景色である。立ち上がって、しばらく左思（↓四六頁「詠史・懐古」）の山中に住む隠者を懐かしむ「招隠詩」（↓六四頁）を吟じていた。そのうちふと、剡県《せんけん》（紹興市の東南）に隠遁していた友人戴逵《たいき》のことを思い出して、ただちに舟を出して訪ねにいった。一晩がかりでようやく友人の門口が見えてきたとき、しかし門を敲《たた》くこともなく引き返した。これを訝《いぶか》る人に、彼は嘯《うそぶ》いて言った。「自分は興に乗じて行ったまで。興が尽きたので帰ってきたのだ。どうして、戴逵に会わなければならないのか」（『世説新語』任誕篇《じんたんへん》）。――南朝の貴族は、常識に束縛されることのない自由な精神と自在な振る舞いを、こよなく愛したのである。

夜雪
已訝衾枕冷
復見窗戸明
夜深知雪重
時聞折竹声

夜雪《やせつ》　白居易《はくきょい》
已《すで》に訝《いぶか》る　衾枕《きんちん》の冷《ひや》やかなるに
復《ま》た見《み》る　窗戸《そうこ》の明《あき》らかなるを
夜深《よるふか》くして　雪《ゆき》の重《おも》きを知《し》る
時《とき》に聞《き》く　竹《たけ》を折《を》るの声《こゑ》

夜具の中が、冷えてきたと思っていると、そのうち、窓の外が明るくなってきた。夜も深まる頃、雪が重たく積もり始めたのだと、わかった。時折、竹が折れる響きが、聞こえてくるのだ。

王徽之の雪に比べると、臥所《ふしど》の中に籠もって味わうこの白居易の雪にはしっとりとした味わいがある。雪の重さに堪えかねて、裂ける竹。静寂の世界を一瞬にして断つ鋭い竹の響きには、とりわけ深い情趣がたたえられている。

江雪
千山鳥飛絶
万径人蹤滅
孤舟蓑笠翁
独釣寒江雪

江雪《こうせつ》　　柳宗元《りゅうそうげん》
千山《せんざん》　鳥《とり》　飛《と》ぶこと絶《た》へ
万径《ばんけい》　人蹤滅《じんしょうめっ》す
孤舟《こしゅう》　蓑笠《さりゅう》の翁《おう》
独《ひと》り釣《つ》る寒江《かんこう》の雪《ゆき》

山という山から、鳥の飛ぶ姿は消え、道という道から、人の足跡が無くなった。それなのに、小舟の、蓑《みの》と笠を着けた翁《おきな》が、たった一人、冷たい江《かわ》に降りしきる雪の中で、釣り糸を垂れている。

この時、柳宗元は政争に敗れて、永州《えいしゅう》（現在の湖南省永州市）に左遷されていた。柳宗元は唐代の詩人にあって、自然の美を詠じた詩人として知られている。ただこの詩は、たんに自然描写に専念する詩とは一線を画して、凍《い》てつくような枯淡の美学が貫いている。

雪の白さは、詩歌の中ではしばしば白梅や、李花、梨花、等々の形容として用いられている（↓一三五頁「李」・一三八頁「梨花」）。例えば、北宋の蘇軾は、純白の梨花に対して「惆悵《ちゅうちょう》たり東欄二株の雪」（愛しいほどに美しいのは、東の柵の中に植えられた二本の雪のような梨の花）と詠じてもいる（↓一〇〇頁）。純白の花から雪への連想は、いわば修辞の常套《じょうとう》である。一方、雪を見て花を連想する次のような詩も存在している。

白雪歌送武判官帰京　岑参《しんじん》

北風巻地白草折
胡天八月即飛雪
忽如一夜春風来
千樹万樹梨花開
……

白雪《はくせつ》の歌《うた》、武判官《ぶはんがん》の京《けい》に帰《かへ》るを送《おく》る
北風《ほくふう》　地《ち》を巻《ま》いて　白草《はくそう》　折《を》れ
胡天《こてん》　八月《はちがつ》　即《すなは》ち雪《ゆき》を飛《と》ばす
忽《たちま》ち　一夜《いちや》　春風《しゅんぷう》来《き》たり
千樹《せんじゅ》　万樹《ばんじゅ》　梨花《りか》開《ひら》くが如《ごと》し
……

北風が大地に吹き荒れ、白草を根こそぎにする。北の胡《えびす》の空には、陰暦八月ともなればもう雪が舞い始めるのだ。その時、思いがけずも春風が吹いてきて、一面の木という木々に、真っ白い梨の花が開いたようだ。

春風が咲かせたという詩中の梨花が、北風のもたらした雪の花であることは言うまでもない。西域の、内地とは異質な風土が、詩人の豊かな想像力の助けを得て溌剌《はつらつ》と描き出されている。作者の岑参はみずから西域に従軍の経験を持ち、その経験の中から斬新な辺塞詩を作った（↓五五頁「辺塞」）。この詩は西域の地で、節度判官である友人の武　某《なにがし》が長安に帰るのを見送ったものである。「白草」は、中国北方の乾燥地帯に生える草の一種。秋風が吹くと、根元からちぎれて転がる。「転蓬《てんぽう》」「断蓬」「飛蓬」などと呼ばれるのは、この草である（↓一七七頁「転蓬」）。

雲 くも

白雲《はくうん》・青雲《せいうん》・浮雲《ふうん》・朝雲《ちょううん》

雲は山の洞穴を住まいとし、朝に湧きだし、晩にはそこに帰るものと考えられていた。陶淵明の「帰去来の辞」に「雲は心《こころ》無くして以て岫《ほら》を出で、鳥は飛ぶに倦《う》んで帰るを知る」とあるのは、雲と鳥の営みによって一日の時間を象徴的に描きだしたもの。また杜甫の七言律詩「返照《へんしょう》」の第四句に「帰雲《きうん》　樹《き》を擁して山村を失ふ」とあるのは、晩に山の洞穴に帰ろうとする雲が、その途中で山林を包み、山村をすっぽりと隠したことをいうものである。

雲は、その中に様々なイメージを蓄えている。その一つに「白雲」がある。それは、社会的な束縛から解き放たれていること、つまり自由の象徴である。またその意味を限定すれば、隠遁の比喩でもあった。例えば、杜牧の有名な「山行」詩の第二句に、「白雲生ずる処　人家《じんか》有り」（↓二八三頁）とある。その「人家」とは、この「白雲」の用法から、ほぼ確実に隠者の住まいを思い描いたものである。こうした「白雲」を正面から描いた作品に、王維の次の詩がある。

送別

下馬飲君酒　問君何所之
君言不得意　帰臥南山陲
但去莫復問　白雲無尽時

送別《そうべつ》　王維《おうい》

馬《うま》より下《くだ》りて君《きみ》に酒《さけ》を飲《の》ましむ、君《きみ》に問《と》ふ何《なん》の之《ゆ》く所《ところ》ぞ
君《きみ》は言《い》ふ意《い》を得《え》ず、帰《かへ》りて南山《なんざん》の陲《ほとり》に臥《が》せんと
但《た》だ去《さ》れ復《ま》た問《と》ふこと莫《な》からん、白雲《はくうん》　尽《つ》くるの時《とき》無《な》し

さあここで馬を下りよう、君には酒でも飲んでもらいたい。そして尋ねよう、一体どこに往くつもりなのか。君は言う、思うようにならないので、南山の山懐《やまふところ》に佗び住まいしようと思う。君がそのつもりなら、ただ去るがよい、もう二度と問うこともやめよう。君の向かうところには、白雲が尽きることなく湧き上がっているのだ。

この詩は、詩題こそ送別であるが、恐らくは具体的な送別の事件を踏まえたものではない。作者が、自らの精神を隠遁の世界に送り出そうとする詩なのである。王維は中年以降、長安の東南、終南山の東の麓に輞川荘《もうせんそう》という別荘を営み、官界から離れた余暇の時間をここで送るようになる。いわば半官半隠の生活を選んだのである。この詩はこうした境遇の中で、世俗を厭《いと》う思いを込めて作られたものであろう。

ところで「白雲」に対しては、「青雲」という語がある。青天に浮かぶ白い雲。それは高位高官の地位をいう。白居易の「初めて拾遺を授けらる」と題された詩の一句に、「慙《は》づらくは青雲の器《うつは》に非《あら》ざるを」とある。これは、自分がエリートコースに乗るべき器ではないと謙遜したもの。ちなみに我が国では多く熟して「青雲の志」というが、これは立身出世を願う心のことである。「白雲」が隠棲の比喩であったのとは正反対の意味となっている。

また「浮雲」は、あてどなく空を漂う雲であり、自由ではあるが不安定な境遇の、また故郷を離れて漂泊する旅人の比喩となった。李白の「友人を送る」の第五句に、これから旅立つ友人の胸中を思いやって「浮雲《ふうん》　遊子の意」（空に頼りなげに浮かぶ雲、それは旅人となる君の心だ）と述べるのが有名な例である。

「朝雲《ちょううん》」という語もある。朝に湧き出した雲のことだが、宋玉の「高唐《こうとう》の賦《ふ》」の序によって、艶冶《えんや》な趣に包まれている。その賦の「序」にいう。——その昔、楚《そ》の襄王《じょうおう》が、詞臣《ししん》の宋玉を伴って離宮の雲夢台《うんぼうだい》に御幸《みゆき》した。高唐観を眺めやると、そこだけに雲気が盛んに湧き起こっていた。襄王が、そのわけを宋玉に尋ねた。宋玉の曰く、あれがいわゆる朝雲です。以前、先の懐王が高唐観の離宮に遊んだ時、疲れて昼寝をしたのです。その時の夢の中に美しい女性が現れ、王に向かって告げました。「妾《わたし》は巫山《ふざん》の神女で、高唐観に住まっております。王がここにいらっしゃるのを聞いて、枕席《ちんせき》を薦めに参りました」。王は、この女に情けをかけました。女が去るに当たって言うことには、「妾は巫山の南、高丘《こうきゅう》の嶺にいて、夜明けには朝雲となり、日暮れには行《こう》雨《う》（にわか雨）となって、毎朝毎夕、陽台《ようだい》の下に参ります」。明くる朝、王が陽台の方を眺めると、果たして女の言葉の通りであったので、そこで神女を祀って廟を建て、朝雲と命名したのです。——この「高唐の賦」の物語る説話をもとにして、後世の詩文では、「雲雨」によって艶なる女性の美しさ、また男女の交情に譬えることが常套となる。李白の「清平調詞」第二首の前半に、楊貴妃の美しさを、牡丹の花に重ね合わせながら次のように述べるのが、その好例となるだろう。

一枝紅艶露凝香
雲雨巫山枉断腸

一枝《いっし》の紅艶《こうえん》 露《つゆ》 香《かを》りを凝《こ》らす
雲雨《うんう》の巫山《ふざん》 枉《むな》しく断腸《だんちょう》

一枝の紅く艶なる牡丹の花は、結ぶ露ごとにしっとりと香りを漂わす。この美しさを前にしては、朝雲となり行雨となって現れる巫山の神女への胸の焦《こが》れさえ、空しく消えて無くなるほどだ。

風 かぜ ── 春風《しゅんぷう》・凱風《がいふう》・秋風《しゅうふう》・朔風《さくふう》

春の風は、陽気を世界の隅々にまで通わせて、万物に新しい生命を吹き込む。冬の暖房が十分ではなかった過去の時代には、春の歓《よろこ》びは例外なく、すべての人々のものであった。春風を詠じたもっとも古い時期の詩は、『詩経』邶風《はいふう》に収める「凱風」である。

凱風自南
吹彼棘心
棘心夭夭
母氏劬労

凱風《がいふう》 南《みなみ》よりし
彼《か》の棘心《きょくしん》を吹《ふ》く
棘心《きょくしん》 夭夭《ようよう》たり
母氏《ぼし》 劬労《くろう》す

暖かい風が南から吹いて、棘《いばら》の若芽を吹きすぎる。棘の若芽は、柔らかく大きく育ってゆくが、このように我らを育てて、母君は、ずいぶんと苦労をされた。

春の「凱風」は、母の愛のように、万物を養い育てるのである。

春風に言い及んだ詩は、その後も少なくない。しかし次の詩のように、もっぱら春風を取り上げて詠じたものは、必ずしも多くはない。

春風

春風先発苑中梅
桜杏桃梨次第開
薺花楡莢深村裏
亦道春風為我来

春風《しゅんぷう》　　白居易《はくきょい》

春風《しゅんぷう》　先《ま》づ発《ひら》く　苑中《えんちゅう》の梅《うめ》
桜杏桃梨《おうきょうとうり》　次第《しだい》に開《ひら》く
薺花《せいか》　楡莢《ゆきょう》　深村《しんそん》の裏《うち》
亦《ま》た道《い》ふ　春風《しゅんぷう》　我《わ》が為《ため》に来《き》たると

春風は、まず庭先の梅の花を咲かせ、やがて桜・杏・桃・梨を、次から次へと咲かせてゆく。ひなびた村里の薺《なずな》の花や楡《にれ》の莢《さや》までもが、愉しげに語っている。春風は、この自分のためにやって来たのだ、と。

春風が、梅に始まって、次々に花々を咲かせるさまを描いた詩の前半は、無造作のように見えて、春の深まりを実感させる力強い言葉の響きを持っている。とはいえ、前半以上に自在を極めるのは、後半の二句であろう。薺の花、楡の莢。それらは決して、春を美しく飾る名花ではない。ひなびてむさ苦しい村里に咲くものである。しかし、春は忘れることなく、この中にも訪れている。何の変哲もない春の発見。この小さな驚きを、擬人法を用いて、薺花と楡莢自身に「春風は、自分のために吹いてくる」と語らせているところが見事である。小篇ながら、詩人の非凡な力量を窺うことができる。

秋の訪れは、ふとした風のそよぎの中に、真っ先に感じられるものである。「秋来ぬと目にはさやかに見えねども風の音にぞ驚かれぬる」とは、『古今和歌集』巻四に収められた藤原敏行《ふじわらのとしゆき》の有名な歌である。次に読む詩は、こうした繊細な感覚が、我が王朝期の歌人ばかりではなく、中国の古典詩人にも共通していることを示して、興味もひとしお深いものがある。

秋風引

何処秋風至
蕭蕭送雁群
朝来入庭樹
孤客最先聞

秋風引《しゅうふういん》　劉《りゅう》禹《う》錫《しゃく》

何《いづ》れの処《ところ》よりか　秋風《しゅうふう》　至《いた》る
蕭《しょう》蕭《しょう》として　雁群《がんぐん》を送《をく》る
朝来《ちょうらい》　庭樹《ていじゅ》に入《い》るを
孤客《こかく》　最《もつと》も先《さき》に聞《き》く

いったいどこから、秋風は吹いてくるのか。さわさわと吹いて、雁の群れを南へと送ってくる。今朝、庭の樹にその秋風がそよいでいるのを、孤独な旅人が、まっさきに聞きつけた。

「客」とは、故郷を離れて日々を過ごす旅人。そのイメージの核心は、孤独と不遇の二つにあるが、「孤客」はこの前者に重点を置いた詩語といえるであろう。

この劉禹錫の風は、秋も早い時期のものである。晩秋の風となると、杜甫の七言律詩「登高」の首聯が、有名なものであろう。

秋風引（『唐詩選画本』）

風急天高猿嘯哀
渚清沙白鳥飛廻

風急《かぜきゅう》に　天高《てんたか》くして　猿《さる》嘯《うそぶ》くこと哀《かな》し
渚清《なぎさきよ》く　沙白《すなしろ》くして　鳥《とり》飛《と》び廻《めぐ》る

晩秋の九月九日、重陽の節句に当たっての作品である（→一一四頁「重陽」）。杜甫が老病の身を養っていた白帝城の地は、深い谷間が口を開け、普段から風が強い。ましてや晩秋の時期に当たって、絶壁に吹き寄せる北風は猿の哀鳴を吹きちぎり、鷗の翼を空高くまで吹き上げる（→二二五頁「猿声」）。

冬の風は、「朔風」「北風」などともいう。やはり杜甫の詩を引いてみよう。

雨

物色歳将晏　天隅人未帰
朔風鳴淅淅　寒雨下霏霏
多病久加飯　衰容新授衣
時危覚凋喪　故旧短書稀

雨《あめ》　杜甫《とほ》

物色《ぶっしょく》　歳《とし》将《まさ》に晏《く》れんとするも、天隅《てんぐう》　人《ひと》　未《いま》だ帰《かへ》らず
朔風《さくふう》　鳴《な》りて淅淅《せきせき》たり、寒雨《かんう》　下《くだ》りて霏霏《ひひ》たり
多病《たびょう》　久《ひさ》しく飯《はん》を加《くは》え、衰容《すいよう》　新《あら》たに衣《ころも》を授《さづ》く
時《とき》危《あやふ》くして凋喪《ちょうそう》を覚《おぼ》ゆ、故旧《こきゅう》　短書《たんしょ》も稀《まれ》なり

景色はようやく冬枯れて、一年も暮れようとしているが、この天のはてにあって、自分はまだ故郷に帰ることもかなわずにいる。朔風は、冷たくひゅうひゅうと鳴っている。寒雨は、びしょびしょと降っている。病を抱えて食事にも気を遣わざるをえず、体も衰えたので、九月（陰暦）には冬着の支度も済ませた。この不穏な時勢の中で、身にしみておのれの衰えを思う。それなのに旧友たちは、短い便りさえ自分に寄こしてくれないのだ。

「授衣」とは、晩秋の陰暦九月、寒さに備えて冬着の準備をすること。この詩も「登高」と同じく白帝城における作である。この頃、杜甫は老衰に加えて、糖尿と肺疾（喘息）の病に苦しんでいた。淅淅として淋しげに鳴る朔風も、霏霏として降り注ぐ寒雨も、杜甫には堪えがたく思わ

れるものであった。

霞 かすみ ―― 雲霞《うんか》

霞は、我が国語でいうところのカスミではない。和語のカスミは、春霞というように、地上にうっすらとただよう靄《もや》のことである。ところで江戸時代の博学をもって知られる漢学者に、伊藤東涯《とうがい》（伊藤仁斎《じんさい》の長子）がいる。その彼に『名物六帖《めいぶつりくじょう》』なる書物がある。これは、漢語（名）と、これに対応する事物（物）との不一致を正すために編集された一種の辞典であるが、試みにその中を見ると、端的に「霞《ヤケ》」と読み仮名が振られている。つまり、中国の「霞」とは、朝焼け、夕焼けのクモのことなのである。これによれば「雲霞」の熟語にしても、「雲」「霞」の二字は共にクモを意味し、両者の違いは、「霞」が朝日や夕日によって赤く焼かれたクモを指すということに尽きるのである。

霞を詠じて古来名高い秀句は、南朝、斉の詩人謝朓《しゃちょう》の「晩《くれ》に三山《さんざん》に登り、還《ふりかえ》つて京邑《けいゆう》を望む」の次の二句であろう。

余霞散成綺　余霞《よか》散《さん》じて綺《あやぎぬ》と成《な》り
澄江浄如練　澄江《ちょうこう》浄《きよ》くして練《ねりぎぬ》の如《ごと》し

名残の赤い夕焼けは、天に散じてあざやかな綺のように見え、澄んだ長江は、水も白く光って肌理《きめ》細やかな練のようだ。

これは謝朓が、都の建康（現在の南京市）の西郊の、長江に臨んだ三山に登った時の作である。次に読むのは、杜甫の祖父に当たる則天武后朝の宮廷詩人、杜審言《としんげん》（六四六?～七〇八）のものである。

和晋陵陸丞早春遊望　杜審言《としんげん》
独有宦游人　偏驚物候新
雲霞出海曙　梅柳渡江春
淑気催黄鳥　晴光転緑蘋
忽聞歌古調　帰思欲沾巾

晋陵《しんりょう》なる陸丞《りくじょう》の「早春《そうしゅん》の遊望《ゆうぼう》」に和《わ》す
独《ひと》り宦游《かんゆう》の人《ひと》有《あ》りて、偏《ひとへ》に驚《おどろ》く物候《ぶっこう》の新《あら》たなるに
雲霞《うんか》　海《うみ》より出《い》でて曙《あ》け、梅柳《ばいりゅう》　江《こう》を渡《わた》つて春《はる》なり
淑気《しゅくき》　黄鳥《こうちょう》を催《もよほ》し、晴光《せいこう》　緑蘋《りょくひん》に転《てん》ず
忽《たちま》ち古調《こちょう》を歌《うた》ふを聞《き》きて、帰思《きし》　巾《きん》を沾《うるほ》さんと欲《ほっ》す

官吏となって異郷にあるものだけが、風物や時候の変化にとりわけ感じやすいのだ。朝焼けの雲が東の海から湧き起こるときに、夜は明けて、梅と柳は長江を南に渡ると、もはや春のよそおいとなる。穏やかな陽気は、鶯のさえずりを誘い、明るい日差しは、緑の浮草にきらめいている。このとき思いがけずも陸君が古《いにしえ》振《ぶ》りの詩を歌うのを耳にして、洛陽の都に帰りたい思いが募り、涙で手巾《しゅきん》を濡らすことになった。

晋陵なる陸丞の「早春の遊望」に和す（『唐詩選画本』）

杜審言が長江の北の岸辺にある江陰《こういん》県（現在の江蘇省江陰市）の地方官となっていたときに、晋陵県（現在の江蘇省常州《じょうしゅう》市）の副官（丞）であった陸 某《なにがし》が作った「早春の遊望」に唱和した詩である。この詩の「雲霞」は、「雲」と「霞」（朝焼け雲）ではなく、たんに「霞」を二音節化したものであろう。真っ赤な朝焼けの雲が、東の大海原から湧き上がるとは、壮麗な夜明けの光景である。

広大な中国大陸では、気候も、長江の南北で大きく異なる。「梅柳　江を渡つて春なり」の一句は、江北ではまだ冬景色の梅と柳も、江南では花は綻び、緑に芽ぐんで春のよそおいとなっていることをいうものだが、南北の風土の相違を描いた印象深い名句である。「黄鳥」は鶯のことだが、わが国のウグイスとは異なる（→一八八頁「鶯」）。

ちなみに則天武后は唐の三代皇帝の高宗の皇后であったが、高宗の死後、自らが帝位に即《つ》いた。中国史上のただ一人の女帝である。この女帝は、唐の創業以来の権臣《けんしん》たちの本拠地である長安を嫌って、東の洛陽を神都《しんと》と改名し、首都機能をここに移した。杜審言が宮廷詩人として活躍したのは、この則天武后の都だった。

山《やま》

南山《なんざん》・南山の寿《なんざんのじゅ》・南山捷径《なんざんしょうけい》
東山《とうざん》・寒山《かんざん》

中国古典の中に現れる名山には、まず「五岳《ごがく》」がある。東岳「泰山」・中岳「嵩山《すうざん》」・西岳「華山」・北岳「恒山《こうざん》」・南岳「衡山《こうざん》」の総称である。また「廬山《ろざん》」「峨眉山《がびさん》」「会稽山」「黄山《こうざん》」「九《きゅう》華山《かざん》」「終南山」「徂徠山《そらいさん》」「五台山《ごだいさん》」「天台山《てんだいさん》」「敬亭山《けいていざん》」など、詩文に繰り返し詠み込まれた山は、数え上げればきりがない。ただここでは、これら固有名詞としての山ではなく、普通名詞としての「南山」「東山」「寒山」について説明することにしたい。

山は、不動のもの、ゆったりと落ち着いたもの、どっしりと構えて威厳に満ちたものである。『論語』「雍也《ようや》篇」に、「子曰く、知者は水を楽しみ、仁者《じんしゃ》は山を楽しむ、知者は動き、仁者は静かなり」とある。これが、山に対する古典的なイメージを代表している。

「南山」は、固有名詞となると西安（唐代の長安）の南方に聳《そび》える「終南山」の別称である。古くは『詩経』の小雅「節南山《せつなんざん》」に、「節として聳える彼《か》の南山、維《こ》れ石《いは》は巌巌《がんがん》たり」などと見えている。また陶淵明が「飲酒」詩の中で「菊を采《と》る東籬の下《もと》、悠然として南山を見る」と詠じたとき、その「南山」は、彼の住まい（江西省九江市）の南にあった「廬山」を指していた。つまり、その土地における固有名詞としての用法であった。しかしこうした用法が詩文に度重なる過程で、「南山」という語に、山一般の属性である「不動のもの、ゆったりと落ち着いたもの、どっしりと構えて威厳に満ちたもの」なるイメージが集約されることになった。世に出ぬ前の諸葛孔明が吟じていたという「梁甫吟《りょうほぎん》」に「南山」が現れる。

力能排南山　力《ちから》 能《よ》く南山《なんざん》を排《はい》し
文能絶地紀　文《ぶん》 能《よ》く地紀《ちき》を絶《た》ちしも
一朝被讒言　一朝《いっちょう》 讒言《ざんげん》を被《かうむ》り
二桃殺三士　二桃《にとう》 三士《さんし》を殺《ころ》せり

戦国時代の斉に仕えた田開疆《でんかいきょう》・古冶子《こやし》・公孫接《こうそんしょう》は、その力は、「南山」をも押し退《の》け、その智力は、地軸をも絶ちきるほどの勇士だった。しかしいったん讒言をこうむり、かくて二つの桃がこの三人を殺すこととなった。

晏嬰《あんえい》（?～前五〇〇）は春秋時代の斉《せい》の宰相であり、晏子（晏先生）と尊称され、『晏子春秋』は彼の言行録といわれている。その晏嬰が斉の政治を切り盛りしていたとき、田開疆ら三人の傍若無人の振る舞いを嫌って、排除しようと図った。その策略とは、彼らに二つの桃を与えて、功績のあるもの二人がこれを食べよ、というものだった。誇り高き彼らは自らの功績を声高に言い募り、挙げ句の果てにはその破廉恥な自己主張に恥じ入って、三人とも自害して果てた。こうして晏嬰は、自分の手を汚すことなく三人を抹殺したのである。

斉の国は、現在の山東省一帯を領有していた。ここにいう「南山」が、長安の南方の南山を指すものでないことは、明らかである。なるほどそれは、古来その名を知られた長安の南山を意識するものであったとしても、固有名詞の用法から外れて、「どっしりと構えた山」の意味になっている。このことは、対句の中で「南山」と対応する「地紀」(地軸)が固有名詞ではないことから明らかである。

ちなみに、皇帝の長寿を祈念して称《たた》える成語に「南山の寿《じゅ》」がある。南山は永遠に不動の存在であることからこの成語ができたのだが、この場合も、南山の意味はすでに固有名詞の用法を離れて、一般化されている。

なお「南山捷径《しょうけい》」という成語がある。長安の南の「南山」は、都に最も近い隠棲の地であった。王維が、その東麓に「輞川荘《もうせんそう》」という別荘を営んで半官半隠の生活を送ったことは、その有名な例である。ところで「野《や》に遺賢《いけん》無し」(埋もれた賢者はいない)とは、善政のシンボルである。そこで唐の歴代皇帝は、おのれの仁徳を世に示すために、しばしば隠者を召した。こうした風潮を逆手にとって、手っ取り早く出世の糸口をつかもうとするときに、南山にこもって隠者を装う者も現れることになる。「南山捷径」(南山は出世の近道)とは、こうした打算的な隠遁の風潮を皮肉った当時の言葉である。

人日、杜二拾遺に寄す（『唐詩選画本』）

「東山」は、東晋の謝安が隠棲したところである。それは現在の浙江省《せっこう》紹興《しょうこう》市の東、上虞《じょうぐ》県を流れる剡渓《せんけい》（曹娥江の上流）の東岸にあった山と考えられている。彼は東晋の朝廷からたびたび召されたが、応ぜず、東山にこもって悠悠自適の生活を送った。その後、四十歳を過ぎてようやく官界に入ると、たちまちのうちに宰相となった。そして三八三年、弟の謝石《しゃせき》と甥の謝玄《しゃげん》に命じて、大挙して南下する前秦の苻堅《ふけん》の大軍を淝水《ひすい》の戦に破り、威望朝野を圧することになる。こうして東山には、大志を養いながら隠棲するところ、という意味が備わることになった。高適《こうせき》の杜甫に寄せた「人日、杜二拾遺に寄す」に、長く不遇の浪人生活が続いた自らの前半生を回顧し、

一臥東山三十春
豈知書剣老風塵

一《ひと》たび東山《とうざん》に臥《が》して三十春《さんじっしゅん》
豈《あ》に知《し》らんや書剣《しょけん》の風塵《ふうじん》に老《お》いんとは

謝安のような世間に名を知らしめるほどの活躍を夢みながら、ただ世に埋もれておのが能力を朽ちるに任せるしかない自分を、高適はこのように嘆くのである（→九二頁「人日」）。

「寒山」は、ひと気のない寂しい山のこと。「空山」もほぼ同義であるが、「寒山」には、世を遁れて隠棲するところという意味が加わることが多い。杜牧の七言絶句「山行」の前半、

遠上寒山石径斜　遠《とほ》く寒山《かんざん》に上《のぼ》れば　石径《せっけい》斜《なな》めなり
白雲生処有人家　白雲《はくうん》生《しょう》ずる処《ところ》　人家《じんか》有《あ》り

ここにいう「人家」は、詩中の「寒山」との兼ね合いから、隠者の住まいを暗示することになる（→二六八頁「雲」）。なお付け加えれば、森鷗外に、「寒山拾得《かんざんじっとく》」という唐代中期の二人の禅僧、寒山・拾得に取材した短編の歴史小説がある。蘇州の寒山寺は、この禅僧寒山が住したことにちなんで、後世この名で呼ばれることになった。ところで「寒山」というこの僧名にしても、普通名詞「寒山」がこのような隠遁の地という意味を持っていればこそ、選んで付けられたものであろう。

水 みず ―― 流水《りゅうすい》・南浦《なんぽ》

水は、両義に用いられる。一つはいわゆる水、つまり物質の名としての水である。もう一つは、自然界に具体的な形をとって存在している水、つまり河・湖・海などの総称としての水である。今は「漢江」「湘江」と称される長江の支流も、古くはよく「漢水」「湘水」と書かれた。この場合の「水」は、「江」の意味である。また杜甫の五言律詩「岳陽楼《がくようろう》に登る」の第一句に見える「洞庭水」は「洞庭湖」であり、この「水」は「湖」のことである。

観念化された前者の用法については、『老子』が最も豊かなイメージを提供している。例えば、

・上善《じょうぜん》は水の若《ごと》し。水は善《よ》く万物を利して、争はず。衆人の悪《にく》む所に居《を》る。故に道に幾《ちか》し。（すぐれた善は、水に似ている。水は万物を利するが、決して他者と争わない。人々の嫌う低いところに溜まる。だから道に近いのである。）

・江海《こうかい》の能《よ》く百谷《ひゃっこく》の王たる所以《ゆえん》の者は、其の善く之に下《くだ》るを以てなり。故に能く百谷の王為《た》り。（長江や大海が、多くの谷川の王者である理由は、それが谷川の下に位置するからである。だから、多くの谷川の王者たりうるのである。）

・天下、水より柔弱なるは莫《な》し。而《しか》も堅彊《けんきょう》なるを攻むる者《こと》、之に能く先んずる莫し。其の以て之に易《かは》ること無きを以てなり。（この世界に、水より弱いものはない。しかし堅固なものを攻めることで、水に勝るものはない。それは水が、自らの柔弱なる本性を決して変えない

からである。）

ここに描かれる水は、自ら低く身構えることによって、万物を受け入れて包容するものであり、またその柔軟な本性のゆえに、最後までしぶとく自己を主張し続ける強靭《きょうじん》性を備えるものなのである。こうして水は、道家の思想（老荘思想）が鼓吹《こすい》されるところでは、常に、かけがえのない真理の比喩となった。

一方、具体的な形を持つ後者の水は、具体的で、鮮明なイメージの喚起力を持つだけに、文学作品にはいっそう好んで取り上げられた。その中から「流水」と「南浦」を取り上げてみよう。

「流水」は、川を流れる水である。古くは『論語』子罕《しかん》篇の「逝《ゆ》く者は斯《か》くの如きかな、昼夜を舍《を》かず」（流れゆく者はかくの如きであるのか、昼も夜も休むことがない）によって、この「流水」の語は特定のイメージを持つことになった。これは一般に、孔子の「川上《せんじょう》の嘆《たん》」と呼ばれている。川の水の流れ、それは時間の流れの比喩である。もっともこの時間の比喩は、後世になると、さらに二つの異なった意味に用いられることになる。すなわち、去ったきり二度と回帰しない「時間の一回性」をそこに見るのか、それとも、永遠に尽きることのない「時間の永続性」を見るのか。前者の解釈は、人生の短命を嘆く悲観と容易に結びつくであろうし、後者の解釈によれば、おのれの人生の限度を超えた大きな時間の流れ（歴史）を視野に納め置くことによって、たっぷりとした楽観の哲学を生むことになる。

「南浦《なんぽ》」は、文字通りには、南の入り江の岸辺。しかしこれが詩文に現れるとき、それは実際の位置とは関係なく、別れの岸辺を意味することになる。『楚辞』の九歌「河伯(かはく)」に、「美人を南浦に送る」（良き人を南の岸辺に見送る）、また南朝、梁《りょう》の江淹《こうえん》の「別れの賦」（『文選』巻一六）に「君を南浦に送るとき、傷《いた》めども之を如何《いかん》せん」と見えている。次に読む王維の詩は、南浦を詠じた最も美しい詩であろう。

斉州送祖三

送君南浦涙如糸
君向東州使我悲
為報故人憔悴尽
如今不似洛陽時

斉州《せいしゅう》にて祖三《そさん》を送《おく》る　王維《おうい》

君《きみ》を南浦《なんぽ》に送《おく》れば　涙《なみだ》　糸《いと》の如《ごと》し
君《きみ》は東州《とうしゅう》に向《む》かひ我《われ》をして悲《かな》しましむ
為《ため》に報《ほう》ぜよ故人《こじん》は憔悴《しょうすい》し尽《つ》くし
如今《じょこん》は似《に》ず洛陽《らくよう》の時《とき》に

君を南の岸辺に見送るとき、涙は途切れずに、糸のように流れ落ちる。君は洛陽へと旅立って、自分をこうも悲しませるのだ。洛陽に着いたならば、我がために伝えておくれ、君たちの親友は、やつれはてて、今はもう一緒に洛陽にいた時とは別人のようになってしまった、と。

「祖三」は、王維の詩友である祖詠《そえい》を指す。王維は、二十一歳で科挙（進士科）に合格して間もなく、斉州（山東省済南《さいなん》市）に左遷されている。この詩は、その時期の作である。左遷の途中、洛陽を通過しているので「洛陽の時」の語があるのであろう。なお「東州」は、長安から見て東にある洛陽を指すもので、王維がいた斉州から見れば西にある。「故人」は、旧友、ここでは王維自身のことを指す。

漢詩年表

時代	西暦	人物・出来事
東周 春秋戦国		晏嬰（?—前五〇〇） 孔子（前五五一—前四七九）
		〈『詩経』の成立（前六世紀ごろ）〉
		屈原（前三四三—前二七七） 荊軻（?—前二二七）
秦		宋玉（前三〇三—前二二二?）
前漢		高祖〔劉邦〕（前二五六?—前一九五） 枚乗（?—前一四〇）
		劉安（前一七九—前一二二）
	前九一?	〈司馬遷『史記』完成〉
		武帝（前一五七—前八七） 李延年（?—前八七?）
新		李陵（?—前七四） 蘇武（前一四〇?—前六〇）
後漢	二五	〈後漢の成立〉
	一四五?	〈王逸『楚辞章句』成立 このころ「古詩十九首」〉
三国		禰衡（一七三—一九九） 王粲（一七七—二一七）
		曹操（一五五—二二〇）
	二二〇	〈魏の建国〉 文帝曹丕（一八七—二二六）
	二二二	〈魏・呉・蜀に分裂〉 曹植（一九二—二三二）
西晋	二六五	〈晋の成立〉 阮籍（二一〇—二六三） 皇甫謐（二一五—二八二）
	三〇〇	潘岳（二四七—三〇〇） 陸機（二六一—三〇三）
五胡十六国 東晋		左思（二五〇?—三〇五?） 郭璞（二七六—三二四）
		孟嘉（二九六—三四九）
	三五三	王羲之（三〇三—三六一）、蘭亭の会を催す
	三八三	〈淝水の戦〉 謝安（三二〇—三八五）

時代	西暦	人物・出来事
		王徽之（三三八?—三八六） 王康琚（生没年未詳）
南北朝 北魏 宋	四二〇	〈宋の建国〉 陶淵明（三六五—四二七）
		謝霊運（三八五—四三三） 陸凱（生没年未詳）
斉	四七九	〈斉の建国〉 顔延之（三八四—四五六）
		鮑照（?—四六六） 謝朓（四六四—四九九）
梁	五〇二	〈梁の建国〉 江淹（四四四—五〇五） 沈約（四四一—五一三）
		何遜（?—五一八?） 呉均（四六九—五二〇）
		劉勰（四六六?—五二一?）
	五三〇?	〈このころ『文選』『玉台新詠』成立〉
		昭明太子〔蕭統〕（五〇一—五三一） 蕭子顕（四八七—五三七）
		武帝蕭衍（四六四—五四九） 簡文帝〔蕭綱〕（五〇三—五五一）
		元帝〔蕭繹〕（五〇八—五五四）
陳	五五七	〈陳の建国〉 庾信（五一三—五八一）
隋	五八九	〈隋の建国〉 江総（五一九—五九四）
唐 初唐	六一八	〈唐の建国〉
	六二七	〈貞観の治〉 王勃（六五〇?—六七六?）、「初唐の四傑」
		陳子昂（六六一?—七〇二?） 杜審言（六四六?—七〇八）
盛唐	七一二	〈玄宗即位〉
		沈佺期（六五六?—七一四）、「近体詩の完成」
		李乂（六五七—七一六） 王翰（六八七—七二六）
		張説（六六七—七三〇） 張九齢（六七八—七四〇）

金	北宋	五代十国	晩唐	中唐

孟浩然（六八九―七四〇）　王之渙（六八八―七四二）
賀知章（六五九―七四四）　崔顥（？―七五四）
郭利貞（生没年未詳）
七五五 〈安禄山の乱勃発〉 王昌齢（？―七五六）
王維（七〇一？―七六一）　李白（七〇一―七六二）
高適（七〇一？―七六五）　杜甫（七一二―七七〇）
岑参（七一五？―七七〇）　戴叔倫（七三二―七八九）
韋応物（七三七？―七九一？）
丘為（七〇三―七九八？）　鮑溶（生没年未詳）
八〇五 李賀（七九〇？―八一六？）　柳宗元（七七三―八一九）
韓愈（七六八―八二四）　元稹（七七九―八三一）
劉禹錫（七七二―八四二）　姚合（七七七―八四二）
賈島（七七九―八四三）　白居易（七七二―八四六）
杜牧（八〇三―八五二）　李商隠（八一二？―八五八）
李群玉（？―八六二？）　温庭筠（八一二？―八六六）
九〇七 〈唐の滅亡〉 司空図（八三七―九〇八）
羅隠（八三三―九〇九）　韋荘（八三六？―九一〇）
九六〇 〈宋の建国〉 林逋（九六七―一〇二八）
梅尭臣（一〇〇二―一〇六〇）
一〇六九 〈王安石の新法〉 欧陽脩（一〇〇七―一〇七二）
王安石（一〇二一―一〇八六）　蘇軾（一〇三六―一一〇一）
黄庭堅（一〇四五―一一〇五）
一一一五 〈金の建国〉 朱熹（一一三〇―一二〇〇）
楊万里（一一二七―一二〇六）

中華民国	清	明	元	蒙古／南宋

辛棄疾（一一四〇―一二〇七）　陸游（一一二五―一二〇九）
一一二七 〈宋の南遷〉
一二三四 〈金の滅亡〉 元好問（一一九〇―一二五七）
呉文英（一二〇〇？―一二六〇？）
一二七九 〈元、中国を統一〉
一三六八 〈明の建国〉 李夢陽（一四七三？―一五三〇）、
「古文辞派（前七子）」
李攀龍（一五一四―一五七〇）・
王世貞（一五二六―一五九〇）、「古文辞派（後七子）」
袁宏道（一五六八―一六一〇）、「公安派」
一六四四 〈明の滅亡・清、北京に遷都〉
銭謙益（一五八二―一六六四）　呉偉業（一六〇九―一六七一）
顧炎武（一六一三―一六八二）
一七〇七 〈『全唐詩』の刊行〉
王士禛（一六三四―一七一一）、「神韻説」
沈徳潜（一六七三―一七六九）、「格調説」
袁枚（一七一六―一七九七）、「性霊説」
一七八一 〈『四庫全書』完成〉
一八五一 黄遵憲（一八四八―一九〇五）
一九一一 〈辛亥革命〉
一九一二 〈中華民国成立〉
魯迅（一八八一―一九三六）
一九四九 〈中華人民共和国成立〉

【ま】

【ら】

作者別詩題索引

＊引用箇所が複数ある場合、全文が引用されているページを太字で示す。

人名索引

[著者紹介]

松原 朗（まつばら あきら）
東京都出身。専修大学文学部教授。早稲田大学大学院文学研究科博士課程単位取得満期退学、文学博士（早稲田大学）。
主な著作に、『唐詩の旅—長江篇』（社会思想社・現代教養文庫）、『中国離別詩の成立』（研文出版中国語版『中国離別詩形成論考』李寅生訳、中華書局）、『晩唐詩の揺籃 —張籍・姚合・賈島論—』（専修大学出版局）、『漢詩の事典』（松浦友久 編 植木久行・宇野直人・松原朗 著／大修館書店）、『七五調のアジア —音数律から見る日本短歌とアジアの歌』（岡部隆志・工藤隆・西條勉 編著／大修館書店）、『生誕千三百年記念・杜甫研究論集』（松原朗 編／研文出版）、『教養のための中国古典文学史』（佐藤浩一・児島弘一郎・松原朗 著／研文出版）などがある。

漢詩《かんし》の流儀《りゅうぎ》—その真髄《しんずい》を味《あじ》わう

NDC 921 ／viii,296p ／ 20cm

初版第1刷—— 2014年11月30日

著者 —— 松原朗《まつばらあきら》
発行者 —— 鈴木一行
発行所 —— 株式会社 大修館書店
〒113-8541 東京都文京区湯島2-1-1
電話03-3868-2651（販売部） 03-3868-2290（編集部）
振替00190-7-40504
[出版情報]http://www.taishukan.co.jp

装丁者 —— 井之上聖子
印刷・製本 —— 図書印刷

ISBN 978-4-469-23274-5 Printed in Japan

漢詩の事典

松浦友久 編　植木久行・宇野直人・松原朗 著

漢詩のすべてがわかる、わかりやすい読み物ふう事典
漢詩の歴史と魅力を語る「漢詩の世界」、詩人の生涯、代表作、詩風などを解説した「詩人の詩と生涯」、日本の歌枕に相当する〈詩跡〉を紹介する「名詩のふるさと」、漢詩の用語・約束事について解説した「漢詩を読むポイント」などで構成。充実した付録と索引付き。

A5判・上製・函入・九五四頁　本体　七六〇〇円

中国文化史大事典

編集代表　尾崎雄二郎・竺沙雅章・戸川芳郎

この一冊で中国の歴史・文化がわかる！

B5判・上製・函入・一五〇六頁
本体　三二〇〇〇円

七五調のアジア

音数律からみる日本短歌とアジアの歌

岡部隆志・工藤隆・西條勉　編著

アジアの歌文化の共通性や多様性を明らかにする一冊。

四六判・上製・二九〇頁　本体　二〇〇〇円

大修館書店　定価＝本体＋税